O EVANGELHO DE LOKI

JOANNE M. HARRIS

O EVANGELHO DE LOKI

A ÉPICA HISTÓRIA DO DEUS TRAPACEIRO

Tradução
Ananda Alves

1ª edição

Rio de Janeiro | 2016

Publicado originalmente por Gollancz, Londres.

Título original: *The gospel of Loki*

Texto revisado segundo o novo
Acordo Ortográfico da Língua Portuguesa

2016
Impresso no Brasil
Printed in Brazil

CIP-BRASIL. CATALOGAÇÃO NA PUBLICAÇÃO
SINDICATO NACIONAL DOS EDITORES DE LIVROS, RJ

Harris, Joanne M., 1964-
H243e O evangelho de Loki / Joanne M. Harris; tradução de Ananda Alves.
- 1ª ed. - Rio de Janeiro: Bertrand Brasil, 2016.
23 cm.

Tradução de: The gospel of Loki
ISBN 978-85-286-2075-7

1. Ficção inglesa. I. Alves, Ananda. II. Título.

CDD: 823
16-34313 CDU: 821.111-3

EDITORA BERTRAND BRASIL LTDA.
Rua Argentina, 171 - 2º andar - São Cristóvão
20921-380 - Rio de Janeiro - RJ
Tel.: (0xx21) 2585-2000 - Fax: (0xx21) 2585-2084

Atendimento e venda direta ao leitor:
mdireto@record.com.br ou (0xx21) 2585-2002

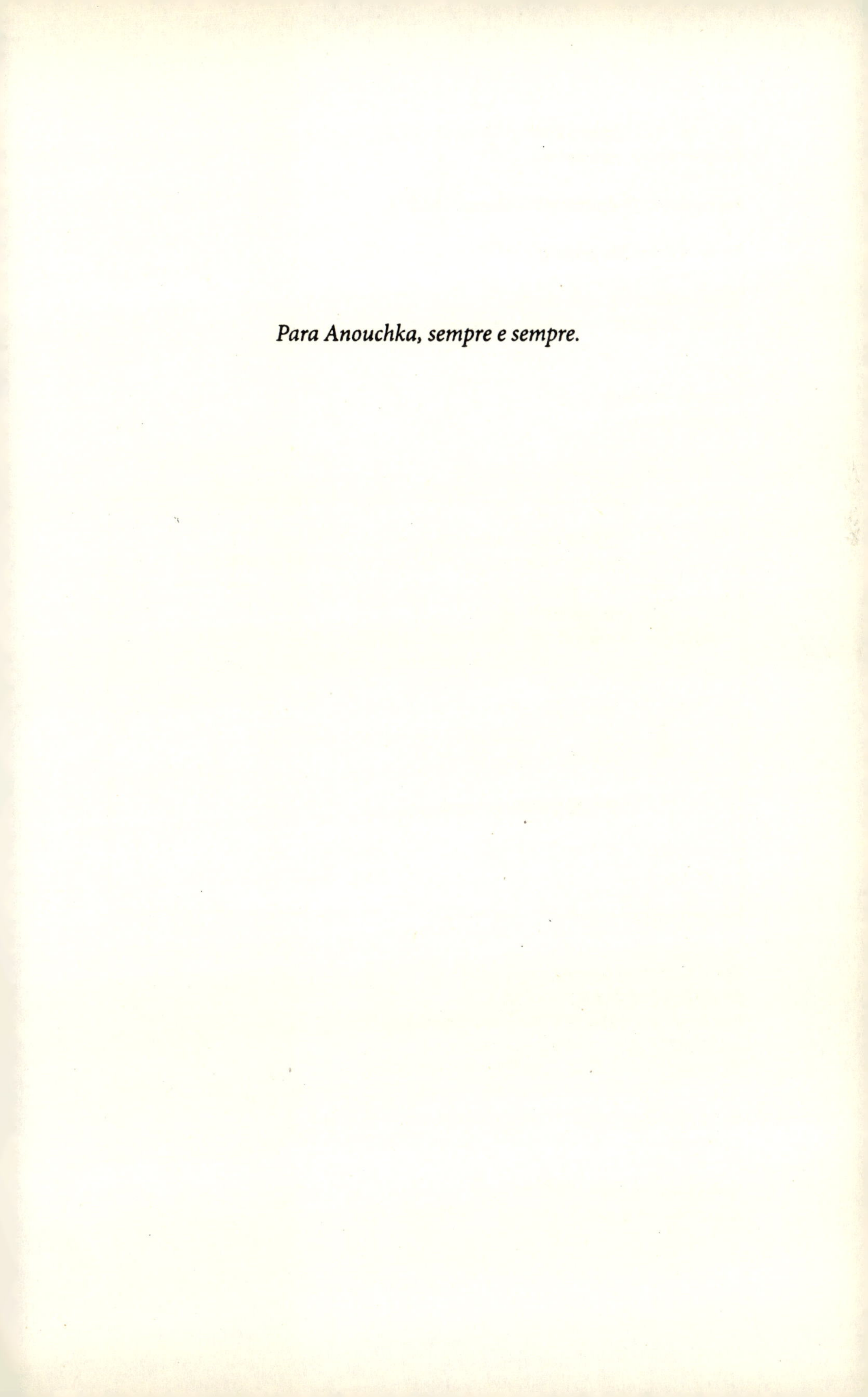

Para Anouchka, sempre e sempre.

AGRADECIMENTOS

Gostaria de agradecer imensamente a todos que colaboraram para que este livro saísse dos meus sonhos e fosse para seus Kindles e estantes. Para Jon Wood, da Orion Books, dedico a runa da persistência, humor e entusiasmo. Para Gillian Redfearn, da Gollancz, a runa da energia e imaginação. Para Jenn McMenemy, a runa do sucesso (que também é a runa do chocolate) e, para Jemima Forrester, a runa da comunicação. A runa referente a maravilhosas obras de arte é dedicada a Andreas Preis e de realizar coisas importantes, para Sophie Calder. Para Anne Riley, ofereço a runa que permite ficar à tona enquanto sofremos a ameaça de nos afogar em meio a tanta papelada; para Becca Marovolo, a runa de acreditar em si mesmo, mesmo quando ninguém mais parece fazê-lo; e, para Mark Richards, a runa que faz com que coloquemos as coisas nos lugares certos. Para Peter Robinson, dedico a runa de revirar silenciosamente os Mundos enquanto todo mundo vai dormir e, para Kevin e Anouchka, a runa correspondente à comida mexicana, grandes abraços, chá quentinho e sempre saber a onde vocês pertencem.

Precisa-se de Nove Mundos para fazer um livro, ou é o que parece do meu lado da mesa. Aos editores, revisores, designers, artistas, equipes do comercial e marketing, representantes literários, vendedores, desenvolvedores de sites. E a vocês, é claro. Os leitores, *tweeters*, blogueiros, sonhadores, fãs — a todos que abriram a porta e adentraram esses mundos que construímos. Sem uns aos outros, não estaríamos aqui. A última runa vai para vocês. Vocês sabem qual é. Usem-na com cuidado.

PERSONAGENS

Essas são as pessoas que você encontrará nas páginas deste livro. Um conselho antes que comece: não confie em *nenhuma* delas.

Os Deuses

(mais conhecidos como Os Populares)

Odin — também conhecido como o Caolho, Pai de Todos, o Ancião, o General. Líder de Aesir. Sabe como convencer as pessoas sobre seu próprio potencial (e o dos outros). Atiraria o irmão aos lobos (e assim o fez) por um tostão.

Frigga — esposa de Odin, a Vidente. Madrasta de...

Thor — o Deus do Trovão. Gosta de golpear as coisas. Não é fã d'Aquele que Vos Fala.

Sif — sua esposa. Cabelos bonitos. Também não é minha admiradora.

Balder — o Deus da Paz. Até parece. Conhecido como Balder, o Bravo. Bonito, esportivo, popular. Soa um pouco convencido para você? Sim, também achei.

Bragi — o Deus da Poesia. Duas palavras: *espere alaúdes.*

Iduna — esposa de Bragi. Gosta de frutas.

Freia — a Deusa do Amor. Vaidosa, mesquinha e manipuladora. Dormirá praticamente com qualquer um, contanto que joias estejam envolvidas.

Frey — o Ceifeiro. Irmão gêmeo de Freia. Não é um cara ruim, mas tem um fraco por loiras.

Máni — a Lua. Dirige uma carruagem fria.

Sól — o Sol. Dirige uma carruagem quente.

Sigyn — criada de Freia. Esposa adorável. Possivelmente a mulher mais irritante de todos os Nove Mundos.

Heimdall — o Guardião. Não curto. É hostil com Aquele que Vos Fala.

Hoder — o irmão cego de Balder. Um atirador melhor do que você possa imaginar.

Mímir — o Sábio. Tio de Odin. Aparentemente, não é tão sábio quanto deveria.

Hoenir — o Silencioso. Nunca cala a boca.

Njord — pai de Frey e Freia. Deus dos Mares. Pés legais. Casado com...

Skadi — a Caçadora, Deusa do Inverno. Não é uma das minhas maiores fãs. As palavras "perdoar e esquecer" não fazem parte do seu vocabulário. Tem um fraco por *bondage*. E cobras.

Aegir — Deus da Tempestade. Casado com...

Ran — a zeladora dos afogados. Como se não fosse esquisita o suficiente, gosta de festas.

Týr — o Deus da Guerra. Valente, mas não inteligente.

Outros

(Incluindo: demônios, monstros, déspotas, aberrações e outros seres indesejáveis)

Aquele que Vos Fala — Seu Humilde Narrador. Também conhecido como o Malandro, Pai das Mentiras, Loki, Sortudo, Incêndio, O Cão e vários outros epítetos, nem todos lisonjeiros. Não é o cara mais popular.

Hel — sua filha, guardiã dos Mortos.

Jormungand — a Serpente do Mundo, demônio descendente d'Aquele que Vos Fala.

Fenrir — mais conhecido como Fenny, demônio-lobo, também é demônio descendente de...

Angrboda — ou Angie. Mãe dos três acima. Pode me condenar. Acontece que não sou naturalmente monogâmico.

Dvalin — um ferreiro. Um dos filhos de Ivaldi.

Brokk — outro ferreiro. Bom em costura.

Thiassi — um déspota. Pai de Skadi. Gosta de pescar no gelo, torturar e viajar para fora.

Thialfi — um fã.

Roskva — uma fã.

Gullveig-Heid — a Feiticeira. Renegada de Vanir. Senhora das runas. Extraordinária metamorfa. Gananciosa, esperta e rancorosa. Minhas qualidades preferidas...

Lorde Surt — Governante do Caos. Ou o que quer que você use para chamar o chefe de um lugar que, por definição, *não* possui regras.

PRÓLOGO

Eu conheço uma história sobre os filhos da terra.
Eu a conto, já que é o meu dever.
Sobre como nove árvores deram vida aos Mundos
Os quais gigantes vieram a reter.

Ok. *Pare.* Pode parar.

Essa era a Versão Autorizada. A Profecia do Oráculo, de acordo com Odin, o Pai de Todos, feita pela Cabeça de Mímir, o Sábio, contando em 36 estrofes toda a história dos Nove Mundos, desde "Que se faça a luz" até Ragnarök.

Bem legal, não acha?

Bem, essa aqui *não é* a Versão Autorizada. É a *minha* versão dos acontecimentos. E a primeira coisa que você tem que entender sobre essa breve narrativa é que *não* existe um começo de verdade. Aliás, nem um final; embora, é claro, haja várias versões de ambos. Múltiplos finais e começos, tecidos uns aos outros de tal maneira que ninguém consegue mais separá-los. Finais, começos, profecias, mitos, estórias, lendas e mentiras; tudo faz parte do mesmo tapete, principalmente as últimas, é claro — você sabia que eu diria isso, já que sou o Pai e Mãe das Mentiras, mas nesse momento, são tão verdadeiras quanto qualquer coisa que seja vista como *história.*

Veja bem, essa é a questão sobre história. A dele. É isso que é. A versão dos eventos de acordo com o Ancião, o que basicamente o restante de nós deveria aceitar como verdade irrefutável. Bem, pode me chamar de cínico, mas nunca fui de aceitar as coisas baseadas em confiança e acontece que eu sei que história não é nada além de voltas e metáforas, componentes que fazem parte de toda lorota quando você os expõe desde sua base. E o que faz sucesso ou cria um mito, é claro, é *como* e por *quem* ela é contada.

A maior parte do que conhecemos como história chegou até nós através de um único texto: "A Profecia do Oráculo". É velho, escrito em uma língua antiga e, por muito tempo, foi basicamente o único conhecimento que tínhamos. Do início ao fim, o Oráculo e o Ancião já tinham tudo planejado entre eles, o que tornou tudo ainda mais irritante assim que descobrimos o que *de fato* significava que já era tarde demais.

Mas chegaremos lá em breve.

"Paus e pedras podem quebrar meus ossos", como dizem nos Reinos Médios, mas, com as palavras certas, você consegue criar um mundo e fazer de si mesmo o rei. Rei ou até deus — o que nos leva de volta ao Ancião, aquele mestre contador de histórias, guardião das runas, senhor da poesia, escriba do Primeiro e Último Momento. Criacionistas nos fariam acreditar que cada palavra de sua história é verdadeira. Mas "licença poética" sempre foi o nome do meio do Ancião. Ele tem diversos nomes, é claro. Eu também. E já que isso aqui não é *história*, e sim *mistério* — *minha* história —, vamos começar comigo, só para variar. Os demais já tiveram a chance de contar suas versões dos eventos. Essa é a minha.

Vou chamá-la de *Lokabrenna* ou, em tradução livre, *O Evangelho de Loki*. Loki, esse sou eu. Loki, o Portador da Luz, o incompreendido, o esquivo, o belo e modesto herói dessa específica trama de mentiras. Adicione uma pitada de sal, mas, pelo menos, é tão verdadeira quanto a versão oficial e, ouso dizer, mais divertida. Até o momento, a história, como ela é, tem me garantido um papel desfavorável. Agora é a minha vez de subir ao palco.

Que

se

faça

a

luz.

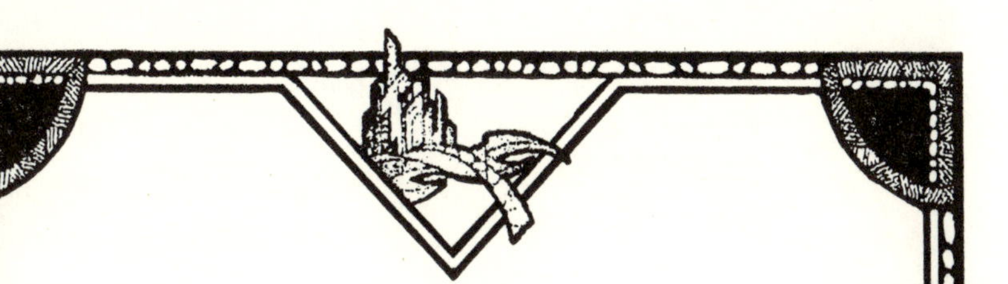

LIVRO 1

Luz

Aquela foi a primeira Era, o tempo de Ymir.
Não havia terra ou mar.
Somente o vazio entre duas escuridões,
Nenhuma estrela para ser vista.

Profecia do Oráculo

LIÇÃO 1

Fogo e Gelo

Nunca confie em um ruminante...

Lokabrenna

TODOS NÓS VIEMOS DO FOGO E DO GELO. Caos e Ordem. Luz e escuridão. No princípio — ou antigamente —, havia fogo saindo de um buraco no gelo, causando rotura, agitação e mudanças. Mudar nem sempre é confortável; é um fato da vida. E foi então que a vida como conhecemos se iniciou, assim que o fogo do Mundo Inferior quebrou o gelo do Mundo Superior.

Antes disso, os Reinos Médios não existiam. Nada de deuses, pessoas ou vida selvagem. Havia apenas Ordem e Caos, puros e plenos.

Mas nem a Ordem nem o Caos eram muito hospitaleiros. A ordem perfeita é imóvel, paralisada, imutável e estéril. O caos total é incontrolável, volátil e destrutivo. O meio termo — basicamente uma água morna — criou o ambiente perfeito para que outro tipo de vida emergisse das geladas Terras Ermas e que vulcões irrompessem do gelo.

A Versão Autorizada é assim, sustentada pelo Oráculo. Do encontro entre a Ordem e o Caos surgiu um ser gigante chamado Ymir, o pai do Povo do Gelo, e uma vaca, Audhumla, que lambeu o sal que havia no gelo, revelando o primeiro homem, Buri. A partir daí, acho que podemos concluir que a vaca foi a instigadora primária de tudo que se seguiu — guerra, Tormento, o Fim dos Mundos. Lição Um: nunca confie em um ruminante.

Os filhos de Buri e os de Ymir se odiavam desde o princípio e não demorou muito para que dessem início a uma guerra. Os três netos de Buri, filhos de Bór — chamados Odin, Vili e Vé —, finalmente mataram o velho Ymir e criaram os Reinos Médios com o que restara do homem; as pedras a partir de seus ossos; a terra, de sua carne; os rios, de seu sangue fumegante. Seu crânio originou o Firmamento; seu cérebro, as nuvens; suas sobrancelhas, a divisão entre Terras Internas e Externas.

Obviamente, não há como provar — então vamos aceitar — essa hipótese tão improvável. Todas as possíveis testemunhas desapareceram, com exceção de Odin, o Ancião, o único sobrevivente daquela guerra, arquiteto e cronista do que agora chamamos de Era Antiga e, assim sendo, o único (exceto eu) a ter ouvido a profecia fatal, entregue a ele pela Cabeça de Mímir quando os Mundos eram recentes.

Pode me chamar de cínico se quiser. Mas tudo isso soa um pouco conveniente demais. A Versão Autorizada dos eventos deixa de fora uma série de detalhes, os quais criacionistas parecem ignorar com prazer. Particularmente, tenho minhas dúvidas — principalmente sobre a vaca gigante —, mas até hoje é melhor ter cautela com a forma com que se expressa tais pensamentos. Até a sugestão de que o relato de Odin sobre as coisas ser metafórico em vez de literal resulta em gritos de heresia e uma boa dose de desconforto pessoal para Aquele que Vos Fala, motivo pelo qual, até então, sempre tomei o cuidado de manter o meu ceticismo para mim mesmo.

Mas foi assim que religiões e histórias se perpetuaram no mundo: não através de batalhas e conquistas, mas poemas, conhecimentos e cantigas, difundidos por gerações e escritos por estudiosos e escribas. E é assim que, por volta de quinhentos anos depois, uma nova religião com seu novo deus surgiu para nos substituir; não através de guerra, mas de livros, histórias e palavras.

No final das contas, palavras são o que resta quando todas as ações estão completas. Palavras podem estilhaçar a fé, dar início a uma guerra, mudar o curso da história. Uma narrativa pode fazer seu coração bater mais rápido, derrubar paredes, escalar montanhas... Ei, uma boa trama pode até levantar os mortos. E é por isso que o Rei das Histórias se tornou o Rei dos deuses, porque *escrever* e *fazer* história estão apenas a uma página de diferença.

Não que houvesse muito *disso* quando Odin lutara contra o Povo do Gelo. Na época, não havia runas com as quais escrever e nada além de pedras nas quais escrever. Mas metáfora ou não, é nisto que eu acredito: que o mundo fora criado a partir da Mudança, que é serva do Caos, e somente através dela que ele perdurara. Assim como Seu Humilde Narrador, na verdade; mudando para se adaptar à circunstância.

A lebre da neve troca a cor de sua pelagem para o branco a fim de não ser vista no inverno. O freixo perde suas folhas no outono para sobreviver ao frio. Todo tipo de vida faz a mesma coisa — até os deuses —, alterando suas aparências a fim de se adaptarem às estações do mundo. Deveria existir um nome para esse tipo de coisa... na verdade, deveria ser um dos *meus* nomes. Vamos chamá-la de *Revolução.*

LIÇÃO 2

Aesir e Vanir

Nunca confie em um sábio.

Lokabrenna

OS MUNDOS ESTÃO SEMPRE MUDANDO. Faz parte da sua natureza a maré baixar e correr. É por isso que, antigamente, os Reinos Médios eram menores do que são hoje — mais tarde, expandiram-se durante a Guerra de Inverno e, depois, retrocederam novamente como calotas de gelo, apenas para repetirem o processo quando a Ordem apareceu para reivindicá-los. Esse sempre foi o jeito das coisas; aquela troca entre Ordem e Caos. E, entre ambos, havia a Yggdrasil, o tronco que mantém os Reinos separados, conhecida por alguns como o Freixo do Mundo e, por outros, como o Corcel de Odin. Acredite, o Ancião vai inserir o próprio nome na história em algum momento, como sempre, embora aquela árvore (se é que era uma árvore) tenha sido plantada bem antes de Ymir ser um ínfimo lampejo nos olhos de Audhumla.

Alguns dizem que não era uma árvore, mas um tipo de metáfora cósmica. Suas raízes, diziam, ficavam no Submundo, imersas no Caldeirão dos Rios, onde as águas fervem com coisas efêmeras, nascidas da fonte primária do Sonho. Seu galho mais alto era o galho das estrelas, que cruza o céu em noites limpas. Não existia Reino pelo qual não crescesse; tinha até um pezinho no Caos, onde serpentes e demônios trabalhavam incansavelmente para minar a vida das suas raízes. Ratatosk, o esquilo, levava notícias para todos os Mundos através dos galhos da grande Árvore -- assim como Odin, o Caolho, é claro; o maior colecionador de novidades, acumulando e distribuindo.

Alguns podem desconfiar de que havia a possibilidade do Ancião e Ratatosk serem um único ser; certamente seu lance era coletar e disseminar informação. Foi assim que nasceu sua lenda, conforme vocês sabem, e como ela sobreviveu por tanto tempo. Também foi o motivo pelo qual ele foi o primeiro a ver a mudança das estações, o declínio de nossa influência e início do nosso fim.

Já que tudo tem que acabar, claro. Tudo morre — até os Mundos, os deuses, inclusive Aquele que Vos Fala. Assim que os Mundos receberam vida, Ragnarök, o Fim de Todas as Coisas fora escrito em cada célula viva e em runas mais complexas do qualquer outra que conhecemos. Vida e Morte no mesmo pacote — com Ordem e Caos agindo não como duas forças opostas, mas uma única força cósmica vasta demais para a nossa compreensão.

Estou mencionando isso para que vocês entendam como essa história vai terminar, ou seja, nada bem para nenhum de nós. Tudo começa com muita esperança, mas esses Mundos que construímos para nós mesmos são apenas castelos na areia, aguardando a maré noturna. O nosso não era diferente. Odin sabia disso. E, ainda assim, continuava a expandi-lo. Alguns caras nunca aprendem.

Então...

Depois de criar os Mundos a partir dos restos de Ymir (literal ou figurativamente), Odin e os filhos de Bór partiram para alocar seus territórios. O Povo do Gelo reivindicou as Terras Externas, no Norte gelado dos Mundos. O Povo da Pedra tomou as montanhas que se formavam como uma espinha pelas Terras Internas. A Humanidade — que, agora, chamamos de Gente — fez dos vales e planícies sua moradia, no coração dos Reinos Médios. O Povo dos Túneis ("Vermes", conforme os chamávamos) vivia na escuridão do Mundo Inferior, escavando à procura de metais preciosos. Criaturas sombrias — lobisomens, bruxas e coisas sem nome se lançaram pelo rio Sonho — encontraram seu caminho pela Floresta de Metal, área que se espalhava por uma grande parte do sul das Terras Internas antes de ser reduzida a pântanos, desertos de sal e, finalmente, o Mar Uno.

O céu também possuía seus territórios. Sol e Lua — que, de acordo com o que Odin dizia, eram fragmentos de fogo lançados das forjas do Caos — passeavam pelo céu em suas carruagens, cada um tentando ultrapassar o outro. O céu noturno era coberto de estrelas: silencioso, ordenado e sereno. E, para os deuses — porque, àquela altura, Odin já havia dado a si mesmo o status divino —, havia Asgard, uma cidadela com o topo nas nuvens, ignorando as Terras do Sul; ligada aos Reinos Médios pela Bifrost, uma ponte longa e estreita, feita de pedra, que brilhava no céu como um arco-íris.

Obviamente, eles não eram deuses de verdade. Ainda não. Outra tribo, chamada Vanir, desejava a divindade. Os Vanir eram o Povo do Fogo, uns bastardos, nascidos das escórias do Caos e da promiscuidade da Humanidade, mas tinham poderes que o povo de Odin — os Aesir —, não conseguia dominar ou duplicar. Além disso, os Vanir possuíam *runas* com as quais escreviam sua própria versão da história; runas que, astuciosamente utilizadas, poderiam garantir que sua tribo vivesse para todo o sempre através das memórias.

Desde o início, Odin, cujas ambições eram iguais, cobiçava aquelas runas misteriosas — letras de um texto secreto —, e os poderes que com elas vinham. Mas os Vanir, como previsto, não estavam interessados em dividi-las.

Por conta disso, uma série de desavenças aconteceu. Os Aesir, embora mais fracos em número, eram de longe melhores táticos, enquanto os Vanir possuíam encantos e runas. Por um tempo, quase pareceu que chegariam a um acordo pacífico.

Os Vanir enviaram uma representante para Asgard a fim de dar início à discussão dos termos. Ela era Gullveig-Heid, a Feiticeira, e estava pronta para competir com os deuses por cada pedaço de ouro que possuíam. Era uma senhora do Fogo, uma bruxa como todos os Vanir, uma metamorfa, uma operária das runas, um oráculo, uma autoridade em encantos. Ela os assustou um pouco, acho, talvez com exceção de Odin, que a observava exibir seus poderes com crescente espanto e inveja.

Ela veio até eles como uma bela mulher, vestida de ouro dos pés à cabeça. Havia ouro em seus cabelos soltos, nos anéis em seus dedos dos pés e das mãos. Era o próprio brilho e encarnação do Desejo — e quando adentrou o recinto, até Odin a cobiçara. Ela mostrou a ele as runas do Antigo Texto tatuadas nas palmas de suas mãos, como poderia usá-las para escrever o nome dele em uma lasca de pedra e, então, o que *mais* elas poderiam fazer, enfim, prometeu ensinar tudo isso a ele... por um preço.

Bem, com Gullveig, nada era de graça. Ganância fazia parte de sua natureza. O preço pela paz com os Vanir era ouro; cada pedaço que os Aesir possuíam. Caso contrário, disse a Feiticeira, os Vanir usariam seu encanto — suas runas —, para reduzir Asgard a pó. E, então, Gullveig mudou seu Aspecto de bela mulher para o de uma megera que exibia os dentes separados ao sorrir e gargalhava na cara de todos, dizendo:

— Então, meninos, qual vai ser? A moça de ouro ou a víbora? Estou avisando, ambas possuem dentes e eles *não* ficam onde vocês imaginam.

Os Aesir — nunca sutis — se sentiram ultrajados por aquela arrogância. Os Vanir terem escolhido uma mulher para comunicá-los sobre seu desafio já era um insulto por si só, mas sua insolência e orgulho (ambas qualidades que respeito e admiro) foram o suficiente para fazer com que Odin e seus homens perdessem o controle. Eles agarraram Gullveig e a atiraram dentro da enorme lareira que estava acesa no salão de festas de Odin, esquecendo-se de que ela era uma filha do Fogo e que não sofreria nenhuma lesão.

De dentro das chamas, mudou para o Aspecto Ígneo e gargalhou e zombou dos homens, cuspindo e prometendo retaliação. Três vezes eles tentaram queimá-la antes que os idiotas se dessem conta da verdade. Naquela altura do campeonato, por sinal, já estava bastante claro que a chance deles obterem paz havia se esvaído.

Ainda assim, a transição de cão para deus está somente a uma revolução de distância e Odin estava apenas começando. Quanto mais ele ouvia falar sobre as runas, mais as queria para si e mais frustrado se sentia. Porque, assim como Gullveig mostrara, as runas eram bem mais do que reles formas de escrever a história. Eram fragmentos do Caos *per se*, carregados com seu fogo e energia. O mero dialeto do Caos se encontrava naqueles 16 símbolos e, com ele, um poder impressionante.

Poder esse capaz de mudar os Mundos; moldá-los, construí-los, governá-los e conquistá-los. Com as runas e o tipo certo de liderança, os Vanir teriam dado cabo em Odin e seu pequeno bando de revolucionários. No entanto, eles eram Caóticos por natureza e não possuíam a devida liderança, enquanto os Aesir tinham Odin como General, cuja crueldade era quase tão grandiosa quanto sua esperteza.

Por décadas, ambos os lados se encontravam em guerra sem que um conseguisse vantagem; entre eles, os Reinos Médios eram queimados e os muros de Asgard, reduzidos a cascalho. Gullveig viu a futilidade de travar uma guerra com os Aesir e partiu com um bando de renegados para se estabelecer nas montanhas. Ela não tinha intenção alguma de compartilhar as runas com Odin e seu povo, então, em vez disso, foi até o Povo do Gelo, que vivia no extremo norte das Terras Internas, e decidiu unir forças com eles.

O Povo do Gelo era uma raça selvagem, que descendia diretamente de Ymir. Odiavam todos os Aesir, responsáveis por os levarem para as terras do Norte e roubarem seu direito inato — o novo Mundo, criado a partir do legado de Ymir. Odiavam os Vanir com quase a mesma intensidade, mas respeitavam o Caos, o fogo que corria em suas veias e, quando ouviram a proposta de Gullveig, aceitaram ansiosamente. Ao contrário dos Aesir, eram um povo matriarcal, e não viam problema algum em aceitar a autoridade de uma mulher. Gullveig os deu uma parte de seu encanto e, em troca, eles a ensinaram tudo que sabiam sobre caça, pesca, armas, barcos e sobrevivência no Norte sombrio.

Sob a influência de Gullveig, o Povo do Gelo cresceu em poder e força. Eram muitos em número, enquanto os Aesir e Vanir eram poucos. Criaram fortalezas nas montanhas, com fortes construídos nas rochas. Esculpiram vales pelas geleiras e fizeram estradas pelas montanhas.

Alguns se mudaram das Terras do Norte para a Floresta de Metal, a uma curta distância de Ida, a planície acima de onde Asgard se localizava. Utilizaram as runas de Gullveig para mudarem de Aspecto, tomando formas de animais — lobos da neve, aves de rapina —, visando caçar e espionar seus inimigos. Vigiaram os Aesir e os Vanir, alimentando a malícia a cada dia, até que, por fim, o General se deu conta de que, a não ser que trabalhassem juntos, ambos os povos se renderiam àquela nova e inesperada ameaça.

Entretanto, após anos de conflito, nenhum dos lados confiava no outro. Como poderiam esperar manter a paz sem garantias de fé? A solução de Odin parecia ingênua.

— Faremos uma troca — disse Odin. — Seu povo e sua técnica pelo nosso povo e nossa técnica. Podemos aprender bastante uns com os outros se cooperarmos. E, caso nenhum dos lados traia o outro, eles terão uma boa quantidade de reféns para lidar da forma que bem entenderem.

Parecia uma ideia razoável. Os Vanir concordaram com a troca. Dariam a Odin as runas enquanto o General dividiria com eles a arte da guerra e os proveria com líderes que os ensinaria o valor da ordem e da disciplina.

E então, após longa discussão, os Vanir aceitaram entregar Njord, o Homem do Mar, com seus filhos, Frey e Freia. Em troca, receberam Mímir, o Sábio, tio de Odin, bom amigo e confidente, e um jovem bonito chamado Hoenir (apelidado de "O Silencioso" na esperança de que um dia conseguisse entender a mensagem), o qual Odin escolhera não por suas habilidades, mas precisamente porque era o membro do qual os Aesir sentiriam menos falta quando o inevitável acontecesse.

Por um tempo, o acordo deu certo. Os três convidados ensinaram as runas ao General — as 16 letras do Antigo Texto. Primeiramente, o ensinaram a ler e escrever, assegurando seu lugar na história. Em seguida, veio o lado oculto das runas: seus nomes, versos e posições. Cada um dos Vanir possuía uma runa especial que governava seu Aspecto, o que os garantia seu poder e os permitia orientar as runas, cada uma de maneira individual. E, então, Odin transmitiu suas novas habilidades para o restante dos Aesir, alocando para cada um uma runa de acordo com sua natureza. Assim sendo, Thor, o filho de Odin, recebeu *Thúris*, a Espinhosa, runa da força e da proteção. Sif, a esposa de Thor, recebeu *Ár*, runa da abundância e dos frutos; Týr, o chefe de guerra de Odin, foi agraciado com *Týr*, o Guerreiro; a Balder, o Justo, filho mais novo de Odin, foi dada *Fé*, a runa dourada do sucesso; e Odin manteve para si duas delas: *Kaen*, o Incêndio — mais sobre isso depois —, e *Raedo*, o Artífice, uma runa simples à primeira vista, mas que o garantia acesso a locais nos quais os outros jamais se aventuraram, até para a Terra dos Mortos e as fronteiras do Pandemônio.

Enquanto isso, de volta ao acampamento dos Vanir, Mímir e Hoenir ganhavam tempo espionando e descobriam segredos ao mesmo tempo que divulgavam informações falsas sobre Odin, os Aesir e suas táticas. Mímir era esperto o suficiente à sua maneira, mas não para ganhar o jogo. E Hoenir *executava* seu papel decentemente, mas cada vez que abria a boca (o que fazia bastante), confirmava o que os Vanir suspeitavam: que oferecia bem menos do que aparentava.

Como já era de se esperar, os idiotas estragaram tudo. Deveriam ter previsto que isso aconteceria. Naqueles dias, Odin estava longe de ser o conspirador sutil que se tornaria. Mas já *era* cruel, disposto a sacrificar seus amigos a fim de conseguir o que queria. Deveria saber que, ao enviá-los para o acampamento inimigo para espionar, praticamente assinara sua garantia de morte. Lembre-se *disso* quando você começar a achar que o Ancião está do lado dos anjos. Lembre-se de como ele chegou onde está. E nunca lhe dê as costas a não ser que esteja usando uma malha de metal.

No final, os Vanir perderam a paciência. Começaram a desconfiar dos novos amigos. E Hoenir, nunca o mais discreto, continuava deixando vazar informações. Finalmente compreenderam que Odin tinha a melhor parte do acordo: aprendera o segredo das runas sem dar nada em troca e os deixara com um espião e um palhaço, além de um monte de perguntas não respondidas.

É claro que, àquela altura, já era tarde demais para revisar os termos. E, então, os Vanir, como vingança, pegaram Mímir, deceparam sua cabeça e a enviaram com Hoenir de volta para Asgard. O Ancião, entretanto, pegou a Cabeça e, usando suas habilidades mais recentes, preservou-a com as runas e a fez falar, transmitindo o todo o conhecimento de Mímir ao General. Assim, Odin, o Cruel se tornou Odin, o Sábio, incontestado e amado por todos... talvez com exceção da Cabeça de Mímir, a qual ele manteve em uma nascente gelada que levava diretamente ao Rio Sonho.

No final, Odin pagou por sacrificar Mímir. O primeiro pagamento foi seu olho, como parte do feitiço para manter Mímir com vida. O resto, bem... Mais sobre isso depois. Basta dizer neste momento: nunca confie em um oráculo. E nunca confie o trabalho de um criminoso a um homem sábio.

Se eu estivesse em Asgard na época, teria roubado as runas, mantido minha cabeça *e* poupado todos nós de um monte de dissabores. Sabedoria não é tudo. Sobrevivência requer um elemento da trapaça, Caos e subterfúgio. Todas qualidades que possuo (se assim posso dizer) em abundância. Eu estaria na minha zona de conforto ao espionar para os Aesir. Teria ensinado a eles um ou dois truques que mesmo os Vanir não possuíam. Mímir, o Sábio não era sábio o suficiente. Hoenir, o Silencioso, deveria ter assim permanecido. E Odin deveria saber desde o princípio que a perfeita Ordem não se curva; ela simplesmente fica de pé até se partir, o que é o motivo pelo qual raramente sobrevive por um tempo significativo. O General não sabia disso na época, mas ele precisava de um amigo; um amigo cujos princípios fossem flexíveis o suficiente para dar conta da moral baixa enquanto Odin comandaria do alto, mantendo a Ordem intocável...

Basicamente, ele precisava de *mim*.

LIÇÃO 3

Sangue e Água

Nunca confie em um parente.

Lokabrenna

NÃO ESTOU AFIRMANDO QUE Odin *criou* os Mundos. Nem mesmo Odin diz isso. Os Mundos terminaram e recomeçaram tantas vezes que ninguém sabe como surgiram. Mas Odin certamente os moldou. Para o Povo dos Reinos Médios, aquele tipo de poder significava uma qualidade sagrada e, com Asgard e as runas ao seu lado, o Ancião era invencível. Das praias do Mar Uno aos bancos do Rio Sonho, tudo estava sob o seu comando, e seus rivais — o Povo da Pedra e o ingovernável Povo do Gelo —, eram, se não totalmente subjugados, pelo menos obrigados a assistir, furiosos e em silêncio, sua triunfante ascensão.

Mas com o poder vem a responsabilidade. E, com ela, o medo. E, com o medo, a violência. E, com ela, o Caos...

É aí que Aquele que Vos Fala entra em cena. Hora de prestar atenção. Até então, eu existia no Caos, é claro, no mundo do Pandemônio. Caos, o puro. Caos, o selvagem. Caos, o impoluto. Governado pela Desordem em seu Aspecto primário, na forma de Lorde Surt, o Destruidor, Pai do encanto, Mestre da Mudança, a nascente original do Fogo. Os Vanir eram apenas um povo bastardo do Fogo, vivendo das sobras do encanto que caíam da mesa de Lorde Surt. Mas eu era o Incêndio encarnado, um verdadeiro filho do Caos, feliz e livre.

Bem, talvez não *inteiramente* livre. Ou mesmo totalmente feliz. Lorde Surt era um mestre ciumento, impiedoso e desgastante. Não havia uso da razão com Surt; ele era, por natureza, insensato. Você também pode tentar ser razoável com um vulcão em erupção, uma tempestade ou a varíola. E nós éramos sem forma, inocentes, hostis com *tudo* que jazia além das fronteiras do nosso mundo, e era assim que Surt queria que permanecêssemos: um Caos perfeito, irrestritos à forma, alegremente livres de todas as regras de deus, da humanidade ou da física.

Eu, por outro lado, era perverso. Era, afinal de contas, a minha natureza. E estava curioso para saber mais sobre os outros Mundos que se encontravam além das nossas fronteiras; Mundos nos quais Ordem e Caos se encontravam e, às vezes, coexistiam; nos quais criaturas mantinham a mesma forma, viviam e morriam sem provar do Fogo.

É claro que eu já ouvira falar dos deuses. As partes beligerantes — bem, em sua maioria — deixaram de lado suas diferenças e os sobreviventes daquela guerra — 24 Aesir e Vanir, no total — e viviam juntas em Asgard. Não era uma aliança fácil. Alguns dos Vanir se recusaram a aceitar Odin como seu General e se separaram para unir forças com Gullveig nas terras do Norte. Outros se aliaram com o Povo da Pedra, alguns se enterraram no Mundo Inferior e outros fugiram para as florestas das Terras Internas e se esconderam na forma de animais. Deste modo, as runas antigas estavam dispersas e perdidas, divididas entre nossos inimigos, corrompidas e semeadas como grãos que se revertem em flores selvagens.

É claro que essa ilegitimidade causou seus efeitos no Caos. Runas têm o Fogo como sua fonte primária e, cada vez que os Aesir ou Vanir usavam um pedaço do encanto roubado, sempre que mudavam de Aspecto ou lançavam uma runa em um inimigo, todas as vezes que mergulhavam um dedo no Rio Sonho, escreviam uma história ou até gravavam o nome no tronco de uma árvore caída, o Caos tremia com tanto ultraje e eu ficava cada vez mais curioso. Quem eram aquelas pessoas, cuja influência eu podia sentir através dos Mundos? Como é que eu conseguia senti-las, e será que elas sabiam que eu estava lá?

Enquanto isso, em Asgard, os 24 permaneceram em uma fortaleza devastada pela guerra, dilacerada por disputas mesquinhas, discutindo incessantemente, alvos fáceis para qualquer um que desejasse ser um deus. Eu os vi principalmente através de seus sonhos, que eram pequenos e sem imaginação, mas que, ainda assim, alimentavam meus pensamentos. Talvez até mesmo uma parte de mim soubesse o quanto eles precisavam de um amigo e o quanto eu poderia ajudá-los se, pelo menos, conseguissem deixar de lado seus preconceitos pequenos e débeis.

Naqueles tempos, o General gostava de viajar pelos Mundos sob o Aspecto de Artífice. Seu olho cego, sacrificado para as runas, via bem mais além do que o olho vivo jamais enxergara, e ele estava obcecado com a exploração e a busca por conhecimento. Odin era um grande viajante no Sonho — aquele rio que margeia nossas fronteiras, correndo ao lado da Morte, dividindo esse mundo do próximo —, e, com frequência, vigiava nosso reino de sua parte mais longínqua, murmurando feitiços para si mesmo e envesgando seu olho sem visão.

Ele não parecia tão impressionante na época... um homem alto, por volta dos 50 anos, com cabelos grisalhos desgrenhados e um tapa-olho. Mas, até mesmo ali, senti que era algo fora do comum. Para começar, ele possuía encanto — aquele fogo primário roubado do Caos, o que mais tarde foi chamado pelo Povo de *magia* e temido com supersticiosa reverência. Eu podia ver nas cores que espiralavam ao seu redor e pelo rastro que deixava, tão única quanto uma digital, uma vasta labareda de azul brilhante em meio à solidão de rochas e neve. Eu vira aquele rastro em sonhos que eram maiores e mais iluminados que os demais e, agora, quase conseguia *ouvi-lo* também; sua voz macia e persuasiva; suas palavras.

Loki, filho de Laufey.

Filho de Farbauti — Incêndio —

Nós não precisávamos tanto de nomes na época do Pandemônio. É claro que eu os *tinha* — assim como todo o resto —, mas, no passado, eles não possuíam poder sobre mim. Em relação à minha família, tal qual era... bem, demônios não possuem família. Meu pai era um relâmpago e minha mãe, uma pilha de galhos secos (não, isso *não* foi uma metáfora), o que, para ser justo com Aquele que Vos Fala, eram pais bastante pobres.

De qualquer forma, um Incêndio é difícil de controlar: volátil, imprevisível. Não estou criando desculpas nem nada, mas faz parte da minha natureza ser problemático. Surt deveria saber disso. Odin também. Ambos receberam o que estava em seus caminhos.

Deixar o Caos era estritamente proibido, é claro, mas eu era jovem e curioso. Vira o homem tantas vezes olhando para nossos domínios, nos vigiando do Sonho e além, trabalhando em seus encantos primitivos. Para ser franco, quase senti pena dele; como um homem sentado próximo a uma fogueira crepitante deve sentir por um mendigo sentado do lado de fora, tentando aquecer suas mãos com um fósforo. Mas aquele mendigo tinha uma aparência nobre apesar de todos os trapos e tremores. Era uma aparência que me dizia que, cedo ou tarde, estava destinado a ser rei. Eu até admirava sua arrogância; imaginava como faria aquilo. E então, naquele dia, pela primeira vez, desacatando Surt e todas as leis do Caos, abandonei meu Aspecto flamejante e me aventurei no Mundo Superior.

Por um momento, fiquei desorientado. Muitas sensações, todas novas, envolviam meu novo Aspecto. Eu podia ver cores, sentir o cheiro de enxofre, a neve no ar e ver o rosto do homem à minha frente, coberto de encanto da cabeça aos pés. Eu poderia ter escolhido qualquer forma: a de um animal, ave ou até um simples rastro de fogo. Mas, assim como aconteceu, assumi a forma com a qual talvez você esteja familiarizado: a de um jovem com cabelos vermelhos e certo *je ne sais quoi*.

O homem olhava para mim com espanto (e, ouso dizer, admiração). Eu sabia que, por trás de meu disfarce humano, ele me conhecia como um filho do Fogo. Um demônio, se você preferir o termo; embora, para ser sincero, a diferença entre deus e demônio é realmente apenas uma questão de perspectiva.

— Você é real? — perguntou, finalmente.

Bem, é claro, aquele termo era relativo. *Tudo* é real em algum nível, você sabe, até (talvez em especial) os sonhos. Mas eu não estava acostumado a falar em voz alta. No Caos, isso era desnecessário. Nem esperava o transparente impacto da fisicalidade; os sons (o vento, o esmigalhar da neve, o barulho abafado de uma lebre da neve na lateral de uma colina próxima), as vistas, as cores, o frio, o medo...

Medo? Sim, suponho que tenha sido medo. Foi minha primeira emoção. O Caos em sua forma mais pura é livre de qualquer emoção, funcionando no instinto e somente instinto. O Caos Puro não possui pensamentos. É por isso que apenas toma forma quando encara o inimigo, transformando-se em seus pensamentos; a substância de seus medos mais profundos.

Ainda assim, *foi* uma experiência intrigante — de certa forma, claustrofóbica —, manter somente uma forma, constrito por suas limitações, sentindo o frio, parcialmente cego pela luz, atacado por todas aquelas sensações.

Flexionei meus membros em experiência, tentei falar em voz alta. Funcionou. Ainda assim, com percepção tardia, não posso evitar pensar que, se eu *realmente* quisesse tentar me misturar, deveria ter criado algumas roupas para mim.

Estremeci.

— Gog e Magog, está frio. Sério, vocês estão tentando me dizer que vocês, pessoas, *escolhem* viver aqui fora?

Ele me encarou com seu único olho; azul, gélido e nem um pouco bondoso. Atrás dele, suas cores não demonstravam nenhum sinal de medo, apenas prudência e astúcia.

— Então. Você é Loki, não é? — perguntou.

Contraí meus novos ombros.

— O que há em um nome? Uma rosa, por mais que chamada de outra coisa, continuaria a exalar o mesmo perfume virginal. E, falando nisso, se pudesse arrumar um jeito de me emprestar algumas *roupas*...

Ele assim o fez: umas bombachas e uma camisa, retiradas de sua mochila e cheirando intensamente a cabra. Eu as vesti, fazendo uma careta por conta do cheiro, enquanto meu novo colega se apresentava como Odin, um dos filhos de Bór. Eu o conhecia pela sua reputação, é claro. Seguira sua carreira de longe. Observara seus sonhos. Eu não estava o que você chamaria de impressionado e, ainda assim, sua ambição e crueldade não eram escassas de potencial.

Conversamos. Ele explicou sua posição como General em Asgard, descreveu com excelência a Fortaleza do Céu e seus habitantes, falou sobre os Mundos a conquistar e ricas recompensas a serem ganhas, e, então, mudou para o assunto de uma possível aliança com o meu povo contra o Povo do Gelo, os renegados Vanir, Gullveig-Heid e os chefes guerreiros que ocupavam as Terras Externas.

Tive que rir.

— Acho que não.

— Por que não?

Expliquei que Lorde Surt não era de fato um cara que fazia alianças.

— "Xenófobo" nem ao menos começa a definir o quanto ele despreza estranhos. É ruim o suficiente que seu tipo de vida emergira do gelo, em primeiro lugar, mas você jamais o convencerá a fazer um trato com uma raça de pessoas que entrou nos Mundos nua e coberta por cuspe de vaca.

— Mas se pudéssemos conversar... — começou Odin.

— Surt não conversa. Ele é uma força primária. Reduz a Ordem em todas as suas formas às partículas que a compõem. Do chefe guerreiro mais poderoso à menor das formigas, ele os odeia imparcialmente. Simplesmente pela virtude de estarem vivos e conscientes, vocês já são uma ofensa para ele. Não pode persuadi-lo. Não pode falar. Tudo que você pode fazer, se tiver algum bom senso, é apenas sair de seu caminho.

Odin parecia pensativo.

— E, ainda assim, *você* veio.

— Me julgue. Estava curioso.

É claro que ele não entendia. O mais perto que chegara do Caos fora através do Sonho, seu irmão efêmero. E pessoas primitivas sempre imaginam seus deuses à sua imagem; na melhor das hipóteses, um tipo de chefe guerreiro, com sua mentalidade típica. Por toda sua inteligência, eu podia dizer que Odin jamais compreenderia a escala e a grandiosidade do Caos... pelo menos não até o Fim dos Mundos, então seria tarde demais.

— Eu vou governar os Mundos — disse ele. — Possuo poder, ouro, runas. Tenho os melhores guerreiros que os Mundos jamais viram. Tenho o Sol e a Lua. Tenho a riqueza do Povo dos Túneis...

— Lorde Surt não se interessa por posses — respondi. — É sobre o Caos que estamos conversando. Nada tem substância, ordem ou regras. Nem ao menos mantém o mesmo Aspecto físico. Essas coisas com as quais você se importa tanto... ouro, armas, mulheres, muralhas... eu as vi em seus sonhos e nenhuma delas significou nada. Para Surt, é tudo entulho cósmico: destroços e escombros na maré.

— Esqueça o Lorde Surt por um minuto — disse ele. — Talvez esteja certo. Mas, e você? A mim, parece que alguém como você poderia ser um grande sucesso em meu acampamento.

— Aposto que sim. O que eu ganho com isso?

— Bem, liberdade, para começar. Liberdade e oportunidade.

— Liberdade? Faça-me o favor. Você acha que não sou livre?

Ele balançou a cabeça.

— Você acha que é? Quando existem Mundos para descobrir e moldar e você tem que ficar em um único lugar o tempo todo? Não passa de um prisioneiro desse Surt, quem quer que ele seja.

Tentei explicar

— Mas o Caos é, tipo, a incubadora da criação. O resto não passa de excesso. Quem quer viver em um tanque séptico?

— Melhor um rei na sarjeta — disse ele —, do que um escravo no palácio do imperador.

Veja bem, aquela boa lábia já estava causando discórdia. E, então, ele começou a me contar sobre os Mundos que visitara; sobre o Reino Médio, residência do Povo, no qual as pessoas de Asgard já começavam a ser adoradas como deuses; sobre o Povo dos Túneis do Mundo Inferior, trabalhando para trazer da escuridão ouro e pedras preciosas; sobre a Árvore do Mundo, Yggdrasil, suas raízes nas profundezas do Mundo Inferior e sua copa, nas nuvens de Asgard; sobre o Povo do Gelo; o Mar Uno; as Terras Externas, bem ao longe. Todos perfeitos para conquistar, disse Odin; tudo novo e pronto para queimar. Tudo que poderia ser meu, disse ele, ou eu poderia retornar ao Caos e passar uma eternidade polindo os sapatos de Surt...

— O que você quer de mim? — perguntei.

— Preciso dos seus talentos — respondeu Odin. — Os Vanir me deram seu conhecimento, mas nem as runas são tudo. Eu fiz esse mundo a partir de sangue e gelo. Dei a ele regras e um propósito. Agora preciso proteger o que construí ou vê-lo cair de volta em anarquia. Mas Ordem não pode sobreviver sozinha; suas leis são invariáveis demais; ela não pode se curvar. A Ordem é como o gelo que desliza, trazendo vida à inatividade. Agora que estamos em paz novamente, Aesir e Vanir, o gelo deslizará de volta. Estagnação acontecerá. Meu reino sucumbirá à escuridão. Não posso ser visto quebrando minhas próprias regras. Preciso de alguém ao meu lado que possa quebrá-las quando necessário.

— E o que eu ganho com isso, mais uma vez?

Ele sorriu e disse:

— Farei de você um deus.

Um deus.

Bem, você conhece a Profecia. Odin já estava silenciosamente levando crédito pela criação dos mundos, bem como pelo nascimento da humanidade. Deste modo:

Do amieiro e do freixo,
Moldaram o primeiro povo da madeira.
Um deu espírito; outro deu a palavra;
Outro deu fogo no sangue.

O Povo tende a presumir que o terceiro, o doador de fogo, era o Seu Humilde Narrador. Bem, posso ser culpado de muitas coisas, mas não vou levar a responsabilidade pelo Povo ou nada que tenha a ver com eles. De onde quer que tenham vindo, pode ter certeza que não foi de algumas árvores e Aquele que Vos Fala. E independente do significado que Oráculo *realmente* quisera passar, não deveria ser interpretado literalmente. Ainda assim, era uma história popular e não causava nenhum dano à reputação florescente de Odin como o papaizinho de todos nós.

Por enquanto, voltemos à história e à promessa de Odin de me tornar um deus.

Bem...

Ele tinha um argumento sobre o Caos, pensei. Existem vantagens em ser uma entidade independente. No Pandemônio, eu sabia que sempre seria uma fagulha em uma fornalha, uma centelha na fogueira, uma gota em um oceano de sonhos derretidos. No mundo novo de Odin, eu poderia ser qualquer coisa que quisesse: um agente de mudança, um agitador, um operador de milagres. Um deus.

O que soava bastante atraente, mas...

— É claro que você jamais poderia voltar — disse ele.

Pensei naquilo também. Odin estava certo. O Caos pode não ter *regras* assim, mas de fato possui *leis* e eu sabia que seus lordes possuíam métodos engenhosos para lidar com aqueles que as quebravam. Ainda assim...

— Como eles saberiam? Como você disse, sou uma gota no oceano.

— Ah, eu precisaria de garantias da sua boa-fé — respondeu Odin. — Analise pelo meu ponto de vista. Será difícil o suficiente explicar a sua presença aos Aesir. Preciso ter certeza da sua lealdade antes de abrir os portões de Asgard.

— É claro — retruquei.

Ah, faça-me o favor, pensei. Lealdade, honra, verdade, boa-fé... todas aquelas coisas pertencem à Ordem. Os filhos do Caos não precisam, nem as compreendem por inteiro.

Mas, de alguma maneira, o Ancião lera minha mente.

— Não vou pedir pela sua palavra — disse ele. — Mas, ainda assim, precisarei de algo. Um sinal de aliança, se preferir.

Dei de ombros.

— Que tipo de sinal? — perguntei.

— *Esse* — respondeu Odin e, de repente, senti uma onda causticante em meu braço. Ao mesmo tempo, algo me atingiu com tamanha força que me fez cair de costas na neve. Cores tomavam conta de tudo ao meu redor. Mais tarde, aprendi que aquilo se chamava *dor*. Já sabia que não era um fã.

— O que em Pandemônio foi *isso*?

É claro que, em meu Aspecto ígneo, jamais experimentara dor física. Em alguns níveis, eu ainda era bastante inocente. Mas *de fato* reconheci algum tipo de ataque e voltei à minha forma primária, pronto para me reunir ao Pandemônio.

— Eu não faria isso se estivesse em seu lugar — recomendou Odin, reconhecendo minhas intenções. — Minha marca está em você agora. Meu encanto. Somos irmãos, goste disso ou não.

Reassumi a minha forma física e — cacete — me vi nu novamente.

— Nem *sonhando* que eu sou seu irmão — protestei.

— Somos irmãos de sangue — disse ele. — Ou irmãos em encanto, se preferir.

Toquei meu braço. Ainda doía. Mas agora, na carne nova e rosada, havia uma marca, uma espécie de tatuagem, que emanava um leve brilho violeta contra a minha pele. A fisgada estava desaparecendo, mas a marca, a forma de um graveto partido, persistiu.

— O que é isso? O que fez comigo?

Odin sentou-se em uma pedra. O que quer que tivesse feito a mim, retirara de si uma grande quantidade de encanto. Suas cores enfraqueceram consideravelmente e seu rosto estava quase incolor.

— Considere isso uma insígnia de lealdade — disse ele. — Todo o meu povo possui uma agora. Os Vanir nos ensinaram seus nomes e usos; a sua é *Kaen*, o Incêndio. Bem apropriado, pensei, dada a sua natureza demoníaca.

— Mas eu não preciso de uma insígnia — protestei. — Essas suas runas — apontei para a marca violeta —, são apenas algumas das letras que formam a linguagem do Caos. Não preciso de runas para fazer o que faço. Posso lidar com o Caos direto *da fonte*.

— Não nesse Mundo ou com esse corpo. Seu Aspecto determina o que pode fazer.

— Ah.

Eu devia ter pensado naquilo. É claro que o encanto, em sua forma mais pura, existe apenas nos reinos do Caos e do Sonho. Aqui, eu teria que fazer por onde. *Trabalhar.* Como a *dor*, senti que aquela seria uma experiência que eu desejaria evitar ao máximo.

— Isso não fazia parte do acordo — falei.

Mas eu sabia que a raposa velha me pegara. Assim que me deu a marca de sua runa, parte de nossos encantos se fundiram. Se retornasse ao Caos agora, eles saberiam que eu os traíra. E, agora, eu não tinha escolha a não ser aceitar sua oferta de me tornar um deus.

— Seu desgraçado. Você sabia que isso iria acontecer — protestei.

Odin sorriu, ironicamente.

— Então isso nos torna irmãos em trapaça. Mas eu lhe contei a verdade — disse ele. — Nunca me esquecerei do que devo a você. Nunca beberei um gole de vinho sem antes ver seu cálice cheio. E, independentemente do que sua natureza o leve a fazer, prometo que ninguém do meu povo jamais o tocará com violência. Você será o mais próximo de um irmão para mim. Contanto que prometa servir a mim, é claro.

Que opção eu tinha? Dei a minha palavra. Não que uma promessa signifique muito para um demônio... ou um deus. Mas eu *realmente* servi a ele. Servi muito bem, embora metade do tempo nem ele soubesse o que realmente precisava. E até mesmo quando renegou o acordo...

Mas falaremos mais sobre isso depois. Basta dizer o seguinte: nunca confie em um irmão.

LICÃO 4

Olá e Bem-Vindo

Nunca confie em um amigo.

Lokabrenna

E ENTÃO FUI PARA ASGARD, onde Odin me apresentou aos meus novos amigos, os 23 Aesir e Vanir. Todos polidos, brilhosos e bem-alimentados, vestidos com peles, sedas e brocados, coroados com ouro, pedras preciosas e, de modo geral, aparentando bastante satisfeitos consigo mesmos.

Você provavelmente já ouviu falar de Asgard. Os Mundos já eram cheios de fábulas sobre o seu tamanho, sua magnificência, seus 24 corredores — um para cada deus —, jardins, porões e instalações de esportes. Uma fortaleza construída no afloramento de uma rocha tão alta, acima da planície que parecia ser parte das nuvens; um lugar de raios de sol e arco-íris, acessível apenas através da Ponte do Arco-Íris, que a ligava aos Reinos Médios. De qualquer forma, essa é a história. E, sim, *era* impressionante. Mas naqueles dias, era menor, protegida por sua localização; um grupo de construções de madeira cercado por estacas. Mais tarde cresceu, mas, na época, ainda parecia uma fortaleza pioneira sitiada... o que era *exatamente* o que era.

Encontramo-nos no salão de Odin, um espaço de tamanho considerável, cálido, com uma abóbada e 23 assentos, uma mesa comprida cheia de comida e bebida e seu trono dourado na ponta. Todos possuíam um lugar, menos eu.

Fedia a fumaça, cerveja e suor. Ninguém me ofereceu algo para beber. Olhei para os rostos sem emoção ao meu redor e pensei: *esse clube não está aceitando novos membros.*

— Esse é Loki — anunciou o Ancião. — Ele será parte da família, então vamos fazê-lo se sentir bem-vindo e nada de piadas sobre sua ascendência infeliz.

— *Que* ascendência infeliz? — perguntou Frey, o líder dos Vanir.

Acenei discretamente para todos e contei que viera do Caos.

Um segundo depois, eu estava incapaz de agir, acuado por duas dúzias de espadas atacando partes de mim que sempre preferi manter intactas.

— Ai!

Ao contrário do restante das minhas sensações recentemente adquiridas, o lance da dor não se tornava mais divertido. Considerei a possibilidade de ser algum tipo de cerimônia de iniciação, mais um jogo do que qualquer outra coisa. Então olhei para aqueles rostos novamente; os olhos estreitados, os dentes à mostra...

Nenhuma dúvida em relação a isso, disse a mim mesmo. *Esses desgraçados realmente não gostam de mim.*

— Você trouxe um *demônio* para Asgard? — perguntou Týr, o chefe guerreiro de Odin. — Está fora de si? Ele é um espião. Provavelmente um assassino também. Ordeno cortar a garganta desse ratinho.

Odin o lançou um olhar de reprimenda.

— Deixe-o em paz, Capitão.

— Você só pode estar brincando — respondeu Týr.

— Já disse, deixe-o em paz. Ele está sob minha proteção.

Relutante, o paredão de lâminas foi afastado d'Aquele que Vos Fala. Sentei-me e tentei sorrir vitoriosamente. Ninguém ao meu redor parecia convencido.

— Huh, olá — falei. — Sei que deve parecer estranho que alguém como eu queira passar um tempo com pessoas como vocês. Mas me deem uma chance e provarei a todos que não sou um espião. Juro. Cortei todos os meus laços ao vir para cá; sou um traidor para o meu povo. Enviem-me de volta e eles me matarão... ou pior.

— E daí? — Aquele era Heimdall, um tipo exibido, com armadura dourada e dentes combinando. — Não precisamos da ajuda de um traidor. Traição é uma runa corrompida, que nunca voa numa linha reta ou atinge o alvo.

Aquilo era típico de Heimdall, coisa da qual vim a me dar conta mais tarde. Pomposo, rude e arrogante. Sua runa era *Madr*, correta como um dado, quadrada e prosaica. Pensei na marca de *Kaen* no meu braço e disse:

— Às vezes o corrompido é melhor que o correto.

— Você acha? — questionou Heimdall.

— Vamos tentar — sugeri. — Meu encanto contra o seu. Deixemos Odin decidir o vencedor.

Havia um alvo de arco e flecha do lado de fora. Notei assim que chegamos. Os deuses eram previsivelmente afeiçoados a esportes; sujeitos populares também o são. Eu nunca havia usado um arco antes, mas entendia o princípio.

— Venha, Douradinho — chamei, sorrindo. — Ou está considerando melhor?

— Uma coisa eu posso dizer — respondeu. — Você sabe falar. Agora vamos ver o quão bem consegue agir.

Os Aesir e os Vanir nos seguiram para fora. Odin veio por último, parecendo curioso.

— Heimdall é o melhor atirador de Asgard — disse ele. — Os Vanir o chamam de Olho de Falcão.

Dei de ombros.

— E daí?

— E daí que é melhor você ser bom.

Sorri de novo.

— Eu sou Loki — falei. — *Bom* não está nem perto de chegar aos meus pés.

Paramos em frente ao alvo. Eu conseguia dizer por suas cores que Heimdall estava certo de que iria me derrotar; seu sorriso dourado irradiava confiança. Atrás de mim, o restante deles, encarando-me com desconfiança e desprezo. Achava que *eu* sabia o que era preconceito, mas esse grupo mudou minha percepção. Podia vê-los se coçando para derramar uma porção do meu sangue de demônio, mesmo que corresse pelas veias de uns 12 ou mais que estavam ali. O próprio Heimdall era um deles — um filho bastardo do Fogo primário —, mas eu podia ver ele não estava muito a fim de celebrar nosso parentesco. Existem raças que se odeiam à primeira vista — mangustos e serpentes, cães e gatos — e, embora não conhecesse muito sobre os Mundos, imaginei que aquele tipo franco e musculoso seria o inimigo natural do tipo ágil e tortuoso que pensa com sua cabeça e não com seus punhos.

— Qual distância? Cem passos? Mais?

Dei de ombros.

— Você escolhe. Não dou a mínima. Vou vencê-lo de qualquer jeito.

Mais uma vez, Heimdall sorriu. Chamou dois servos e apontou para um ponto distante bem no fim da Ponte do Arco-Íris.

— Ponha o alvo lá — ordenou. — Então, quando Loki perder a aposta, não terá que caminhar tanto de volta para casa.

Eu não disse nada, apenas sorri.

Os servos obedeceram. Cumpriram a ordem em seu tempo. Enquanto isso, deitei na grama e fingi tirar uma breve soneca. Talvez até tivesse dormido se Bragi, deus da música e das canções, já não estivesse trabalhando em um hino de vitória para Heimdall. Justiça seja feita, sua voz não era ruim, mas o tema não era inteiramente do meu gosto. Além disso, ele tocava um alaúde. Odeio alaúdes.

Dez minutos depois, abri um dos olhos. Heimdall estava me encarando de cima.

— Estou dormente — falei. — Pode ir primeiro. O que quer que faça, prometo que posso fazer melhor.

Heimdall mostrou seus dentes dourados, convocou a runa *Madr*, mirou e atirou. Eu não vi onde a runa atingiu — meus olhos não eram tão bons quanto os dele —, mas pude ver pelo brilho de seus dentes que deve ter sido bom.

Eu me espreguicei e bocejei.

— Sua vez, traidor — disse ele.

— Certo. Mas aproxime mais o alvo.

Heimdall pareceu confuso.

— O que quer dizer com isso?

— Eu disse para aproximar mais o alvo. Não consigo vê-lo daqui. Uns 36 passos já dão.

O rosto de Heimdall estava petrificado em confusão.

— Você diz que vai vencer... *me* vencer... trazendo o alvo para *mais perto*?

— Acorde-me quando o fizer — falei e me deitei para mais um cochilo.

Dez minutos depois, os servos retornaram, carregando o alvo. Agora eu conseguia ver o tiro de Heimdall, a assinatura vermelha da *Madr* estampada bem no centro. Os Aesir e os Vanir aplaudiram. De fato, *foi* um tiro muito impressionante.

— Heimdall Olho de Falcão é o vencedor — declarou Frey, outro tipo bonitão e atlético todo brilhante em sua armadura prateada. Os demais pareciam inclinados a concordar. Acho que Frey era popular demais para ser contradito... ou talvez fosse a espada de runa que balançava sugestivamente em seu quadril que fazia com que desejassem manter a amizade. Uma peça elegante, aquela espada. Mesmo naquele estágio precoce, me peguei imaginando se ele seria tão popular sem ela.

Odin fitou com seu único olho o Seu Humilde Narrador.

— E então?

— Bem... nada mal. O Cérebro de Passarinho consegue atirar — falei. — Mas consigo derrotá-lo.

— Na verdade, é Olho de Falcão — corrigiu Heimdall, entre dentes. — E se você pensa que vai vencer ficando bem *próximo* ao alvo...

— *Agora* nós o viramos de costas — ordenei.

Mais uma vez, Heimdall pareceu confuso.

— Mas isso seria...

— Sim. Isso mesmo — concordei.

Heimdall deu de ombros e gesticulou para os dois servos, que, com obediência, viraram o alvo para que o centro do alvo ficasse em suas costas.

— Agora tente acertar o centro — pedi.

Heimdall sorriu com desdém.

— Isso é impossível.

— Você está dizendo que não consegue?

— Ninguém conseguiria.

Sorri e convoquei a runa *Kaen*. Uma runa de fogo rápida, que mudava de forma, esperta e *malandra*. E, em vez de atirar em uma linha reta na direção do alvo, conforme Heimdall fizera, dei um peteleco na runa para o lado, enviando-a em uma curva aberta para voltar ao seu ponto de partida, ricochetear e, então, atingir o centro do alvo por trás, apagando a *Madr* com uma labareda violeta. Um tiro travesso, porém, bom.

Olhei para o Ancião.

— Então? — perguntei.

Odin riu.

— Um tiro impossível.

Heimdall rosnou.

— Um truque — disse ele.

— Ainda assim, Loki venceu.

Os outros deuses foram forçados a concordar com diferentes graus de graça. Odin bateu em minhas costas. Thor o fez também... tão forte, na verdade, que quase me derrubou. Alguém me serviu uma taça de vinho e, no primeiro gole, me dei conta de que *aquilo* era uma das poucas coisas que faziam meu Aspecto corpóreo valer a pena.

No entanto, Heimdall permaneceu em silêncio. Deixou o salão com o andar digno de um homem que tinha um sério problema de hemorroidas e eu sabia que havia ganhado um inimigo.

Algumas pessoas ririam disso, mas não Heimdall. Daquele dia até o Fim dos Mundos, nada o fizera esquecer aquela primeira humilhação. Não que eu quisesse ser amigo dele. Amizade é superestimada. Quem precisa de amigos quando se tem a certeza da hostilidade? Você sabe onde está com um inimigo. Sabe que ele não o trairia. São com aqueles que querem ser *amigo* que você deve ter cuidado. Ainda assim, essa era uma lição que eu ainda aprenderia. Além do mais, ainda tinha esperanças. Esperanças de que poderia provar a mim mesmo no tempo certo; haveria um dia em que me aceitariam.

Sim, às vezes é difícil acreditar que eu era tão inocente. Mas eu era como um filhote que ainda não sabia que as pessoas que o adotaram o manteriam acorrentado em um canil e o alimentariam apenas de serragem. Acho que leva um tempo para aprender esse tipo de lição. Então, até lá, lembre-se disto: *Nunca confie em um amigo.*

LIÇÃO 5

Tijolos e Argamassa

Nunca confie em um operário.

Lokabrenna

E, ENTÃO, Seu Humilde Narrador recebeu uma relutante aceitação, embora não estivesse nem perto de ser a calorosa recepção que o General havia prometido. Não era só por causa da minha diferença racial, porque eu era fisicamente menos imponente, radical em minhas opiniões ou um estranho para seus métodos. Era simplesmente (e digo isso com toda modéstia) por ser bem mais *esperto* do que resto do povo de Asgard. Caras inteligentes não são populares de forma alguma. Eles incitam suspeita. Não se encaixam. Podem ser úteis, como provei ser em diversas ocasiões, mas, entre a população geral, sempre há a vaga sensação de desconfiança, como se as mesmas qualidades que os tornam indispensáveis também os tornassem perigosos.

Havia algumas compensações em ter um Aspecto corpóreo. Comida (tortas de geleia eram as minhas favoritas), bebida (principalmente vinho e hidromel), atear fogo em coisas, sexo (embora ainda ficasse deveras confuso em relação a todos os tabus acerca do assunto — nada de animais, irmãos, homens, mulheres casadas, demônios — francamente, me surpreendia o fato de que *alguém* fizesse sexo, levando em consideração as tantas regras contra). Também havia dormir, que eu gostava, e sobrevoar as muralhas no Aspecto de falcão (e, de vez em quando, derramar uma boa porção de cocô em cima da armadura dourada de Heimdall enquanto ele vigiava a Bifrost). Isso, descobri, era *humor*, outra sensação nova para mim... e, do seu jeito, até melhor do que sexo, embora, mais uma vez, fosse difícil saber onde ficavam seus limites.

Naquela altura, eu já tinha descoberto que havia tanta xenofobia na Ordem quanto no Caos, especialmente entre os Vanir, dos quais Heimdall era o pior. Na minha experiência, as raças mistas são sempre as mais sensíveis e, sendo em parte oriundos do Caos, os Vanir sentem uma necessidade especial de expressar a superioridade moral sobre tal ralé como Aquele que Vos Fala.

Dentre eles, além de Heimdall, havia Frey, o Ceifeiro, e sua irmã gêmea, Freia, uma mulher assanhada, com olhar forte, a quem Odin dera o título de Deusa do Desejo. Ambos eram altos, com cabelos bronze, olhos azuis e uma atração em especial por superfícies refletoras.

E então havia Bragi, o Bardo, e sua esposa, Iduna, a Curandeira, responsável pelas Maçãs da Juventude... ambos tocadores de alaúde e videntes que usavam bolas de cristal do tipo mais fatigante, que acreditavam no poder da cura através da música e gostavam de usar flores nos cabelos. Também havia Njord, o Pescador, que passava boa parte do tempo livre nos rios, cutucando trutas; e Aegir, o Marinheiro, que, com sua pálida esposa Ran, assumira o papel de Lorde das Ondas. Seu salão ficava submerso, guardado por águas-vivas luminosas, lá, governavam em tronos de madrepérola, com seus longos cabelos ondulando que nem algas marinhas.

Ao lado dos Aesir, estava o filho mais velho de Odin, Thor, conhecido como Deus do Trovão (presumi, no início, que fosse por causa de seus intestinos), um parvo musculoso com mais barba do que cérebro e uma paixão por esportes e por bater em coisas. Sua esposa era Sif, uma mulher de cabelos dourados e brilhosos, propensa ao excesso de peso, a quem Odin concedera (não sem humor, pensei) o título de Deusa da Fartura.

Também havia Frigga, a Feiticeira, esposa calma e amargurada de Odin; Hoenir, apelidado de o Silencioso por sua aparente habilidade de falar sem ao menos parar para respirar; Týr, o deus da Guerra, um tipo forte e, na maior parte do tempo, quieto, com o queixo similar ao de um buldogue; Hoder, o filho cego de Odin; e seu irmão Balder, apelidado de o Justo, o qual odiei de primeira com uma intensidade particular.

Por que Balder, você quer saber? Algumas coisas são apenas instintivas. Não era como se ele desgostasse de *mim*... o que, afinal de contas, dificilmente acontecia sem precedentes. Não era porque as mulheres o adoravam ou porque todos os homens queriam *ser* ele. Nem ao menos porque Balder era bonito, corajoso, bom e verdadeiro, ou porque passarinhos cantavam, flores desabrochavam e pequenos animais fofinhos saltitavam de alegria e pulavam ao seu redor em uma resignação jubilosa até quando ele peidava. Para falar a verdade, realmente não sei *o motivo* pelo qual eu o detestava. Talvez porque as pessoas *gostassem* tanto dele ou porque nunca tivera que lutar por aceitação. Vamos encarar isso, o cara nasceu com um conjunto inteiro de talheres de ouro na boca e, se era bonzinho, isso se deu apenas porque nunca teve que ser o contrário. E, para piorar as coisas, foi *ele* quem me serviu a primeira taça de vinho, colocou uma coroa de flores na minha cabeça e disse que eu era bem-vindo.

Bem-vindo. Aquele choramingão hipócrita.

Bem-vindo? Bem diferente do tipo de recepção que Odin me levara a esperar. E, apesar os esforços de Balder para me tornar um dos garotos — me aliciar a participar de eventos esportivos, me apresentar para garotas solteiras, a geralmente me incentivar a deixar meus cabelos soltos e "relaxar" —, eu podia dizer que a maior parte de Asgard ainda me odiava em segredo. Pelo menos, tinham um saco de pancadas, alguém para desprezar, culpar. E isso eles fizeram, por *tudo*.

Se Freia aparecesse com uma espinha no nariz, sempre era culpa do Loki. Se o alaúde de Bragi estivesse desafinado, se Thor perdesse uma de suas luvas, se alguém peidasse audivelmente durante um dos discursos de Odin... dez para um que eu levaria a culpa.

Todos os demais possuíam salões para si. Eu estava preso em um quarto dos fundos sem água corrente, a milhas de distância de qualquer lugar, úmido, melancólico e na seca. Não possuía servos, roupas finas ou posto superior. Ninguém se ofereceu para me mostrar o lugar. Pode me chamar de exigente se quiser, mas eu esperava que o novo irmão de Odin viesse a ter um tratamento um pouco mais real.

Ainda assim, você notará que a história não revela o que aconteceu com os *outros* irmãos de Odin, os lendários Vili e Vé. Provavelmente foram enterrados em algum pátio ou espalhados pelos nove Mundos. De qualquer forma, lá estava eu, observado com uma hostilidade velada pela maioria dos meus novos amigos... com exceção das mulheres, de quem eu recebia uma recepção levemente mais calorosa.

Bem, não me culpem por ser atraente. Demônios são assim, em sua maioria. Além disso, não era como se a competição fosse acirrada. Chefes de guerra suados, peludos, sem um pingo de polidez ou destreza, cujas ideias de diversão se resumiam a matar alguns gigantes, lutar contra uma serpente, e, em seguida, comer um boi e seis leitões sem ao menos tomarem banho antes, enquanto arrotavam uma canção popular. É *óbvio* que as mulheres flertavam comigo. Um *bad boy* sempre chama atenção, e eu sempre tive uma boa lábia.

Uma das criadas de Freia parecia especialmente interessada em mim... Sigyn, uma mulher maternal com expressão tristonha e figura desagradável que escondia debaixo de uma série de vestidos florais modestos. Até a esposa de Thor, Sif dos Cabelos Brilhosos, não era totalmente imune ao meu charme, o que levava mais a conversas espirituosas do que simplesmente sair socando as coisas, uma mudança bem-vinda na Central da Testosterona.

Apesar disso, comecei a sentir tensões em minha direção. Estava com o Ancião há algum tempo e ainda tinha que provar o meu valor a ele. Não que tenha dito assim com tantas palavras, mas havia uma espécie de frio no ar sempre que ficávamos a sós e eu sentia que, cedo ou tarde, ele começaria a me ameaçar. Além disso, tivemos problemas no Norte: o Povo da Pedra nos atacara duas vezes; primeiro, arrebataram os flancos mais baixos da montanha de Asgard, onde havia uma saliência plana na qual poderiam construir e se abrigar; e, depois, lançando pedras enormes em todos nós com catapultas gigantescas.

Aquela foi a primeira vez do Povo da Pedra; sabíamos que eram excelentes construtores, criando enormes salões a partir de montanhas, mas nunca os vimos construir máquinas ou nos atacar em tal número. Odin pensara que deveria haver um novo chefe guerreiro em cena, talvez trabalhando com Gullveig-Heid, com aspirações a deus. O Povo do Gelo também estivera inquieto — normalmente ficava assim durante o verão —, e se mudara das terras mais ao Norte para fincar acampamento nos arredores da Floresta de Metal. De Asgard, eles pareciam matilhas de lobos à espreita; cautelosos à primeira vista, esperando por oportunidade. Odin sabia que o Povo do Gelo era uma ameaça maior do que aparentava. Muitos possuíam fragmentos da tradição das runas intercambiadas dos Vanir renegados e eram mestres em trocar de aparência, comumente viajando no Aspecto de lobos, ursos ou águias. Eram menos organizados que o Povo da Pedra, vivendo em comunidades menores, geralmente guerreando entre si, mas se enfim decidissem colocar suas rivalidades de lado, assim como os Aesir fizeram com os Vanir...

Basta dizer que Odin estivera mais do que um pouco preocupado com aquilo e, embora até agora nenhuma tribo tenha conseguido alcançar a Fortaleza do Céu, seus números aumentavam em proporções alarmantes. Os guerreiros de Asgard — Thor, Týr e Frey —, rapidamente terminaram o trabalho com as máquinas arremessadoras de rochas pertencentes ao Povo da Pedra, mas o inimigo não recuara tanto quanto esperávamos. Em vez disso, continuaram nos arredores da Floresta de Metal, a maior parte escondida de nossos olhos, o que fez o Ancião se tornar ainda mais cauteloso. O momento perfeito para uma crise, de fato, para que pudesse demonstrar o meu valor aos deuses. Tudo que eu precisava era da oportunidade certa.

Finalmente ela aconteceu quando Heimdall, que, por conta de sua visão aguçada, havia se autonomeado Guardião de todos nós, viu uma figura montada em um cavalo lentamente se aproximando de Asgard. O Povo do Gelo nunca usava cavalos... Cavalos não se criam no extremo Norte. O Povo da Pedra, sim, mas não com frequência e, além disso, o cavaleiro solitário não parecia estar tentando organizar um ataque. Era lento demais, para início de conversa. Vestido como um rústico das Terras Baixas, estava tanto desarmado quanto descarregado; sua impressão não mostrava nenhum traço de encanto e ele se aproximava de nós abertamente através da planície, sem nenhuma preocupação aparente.

Essa planície se chamava Ida e, naqueles dias, era um descampado árido e estéril, salpicado por fragmentos das defesas de Asgard durante a guerra e destruídas durante o conflito entre os Aesir e os Vanir. Ninguém a cruzava sem intenção, normalmente malevolente, e todos os deuses observavam com desconfiança enquanto o cavaleiro se aproximava da Ponte do Arco-Íris.

Thor estava pronto para bater primeiro e depois fazer perguntas.

Týr, que era ainda menos sutil que Thor, achava que bater primeiro e bater um pouco mais em seguida era o melhor a ser feito.

Heimdall pensou que poderia ser uma armadilha e que aquele estranho poderia esconder um encanto poderoso por trás da humilde aparência.

Balder, que sempre tentava acreditar no melhor das pessoas — até que se provasse o contrário, o que seria doloroso para ele, como se fosse pessoalmente traído —, disse que *ele* pensava que o homem poderia estar ali para entregar uma mensagem de paz em nome dos nossos inimigos.

Odin não opinou. Apenas olhou brevemente para mim e, então, gesticulou para Heimdall permitir a passagem do homem. Vinte minutos depois, o estranho estava de pé, diante do trono de Odin, com todos os deuses ao seu redor.

Uma inspeção mais próxima o revelou um homem de ombros largos, com cabelos cor cinza-metal, tão lento e grande quanto o seu cavalo. Ele não nos deu seu nome. Nada surpreendente em relação a *isso*... Nomes, como runas, são repletos de poder. Em vez de nos dar a informação, examinou o salão solidamente feito de carvalho antigo e, em seguida, todos nós. Estava claro que não ficou impressionado.

Finalmente, ele falou.

— Bem, então isso é Asgard — disse. — Que bagunça. Que trabalho porco. Uma lufada mais forte conseguiria acabar com tudo.

(Naquele momento, pisquei para Heimdall, que mostrou os dentes dourados e rosnou.)

— Você está louco? — perguntou Thor. — Aqui é Asgard, a casa dos deuses. Resistimos a *décadas* de conflitos.

— Sim — respondeu o homem. — E assim parece. Madeira é bom para um assentamento *temporário*, mas se procura por permanência, pedra é de longe a melhor opção. Pedras resistem a qualquer estação. Pedra possui uma autoridade vigorosa. Pedra é o futuro, pode acreditar. *É nela* em que o dinheiro fácil estará.

Odin olhou para o estranho através de seu resoluto olho azul.

— Isso é papo de vendedor?

O estranho deu de ombros.

— Estaria lhe fazendo um favor — respondeu. — Mas posso construir uma fortaleza para vocês com muros tão altos, tão gigantescos que nada, nem o Povo do Gelo, nem o Povo da Pedra e nem o próprio Lorde Surt, conseguiria ultrapassar. Seria um ótimo investimento.

Parecia uma belíssima ideia. Eu sabia o quão ansioso Odin estava em relação à segurança de sua posição.

— O quão logo poderia construí-la? E qual é o seu preço?

— Ah, dezoito meses, é pegar ou largar. Sou uma equipe de um homem só.

— E o seu preço? — perguntou Odin.

— É alto. Mas valho a pena.

Odin ficou de pé. De seu trono elevado, parecia ter mais de seis metros.

— Você terá que me dar uma estimativa antes de começar a trabalhar — disse ele.

(É assim que se dialoga com construtores.)

O homem sorriu.

— Então, eis o acordo. Vou precisar da deusa Freia como minha esposa. *E* dos Escudos do Sol e da Lua.

Freia era a mais bonita de todas as deusas em Asgard. Cabelos loiro-avermelhados, a pele como creme — era a encarnação do Desejo. *Todo mundo* a desejava — nem Odin era imune —, por isso, todos os deuses se sentiram ultrajados com aquela sugestão (embora, sem surpresas, as demais deusas parecessem dispostas a negociar).

Quanto aos Escudos do Sol e da Lua, foram colocados a postos quando Sól e Mani, os cocheiros do céu, foram designados para suas tarefas. Nascidos dos fogos do Caos, amarrados com runas e encantos, os escudos garantiam aos seus cavaleiros proteção contra os subordinados de Surt, enviados para recuperar seu encanto roubado e retornar ao Caos.

Abrir mão de Freia já teria sido ruim o suficiente, mas fazer o mesmo com os Escudos do Sol e da Lua seria desastroso. Mani, a Lua, que por sinal estava acordada e fora do serviço naquele momento, ficou mais pálida do que o normal, e Odin sorriu com tristeza e balançou a cabeça.

— Desculpe-me. Nada feito.

— Você irá se arrepender. Um dia, Lorde Surt deixará seu reino para expurgar os Mundos que pertencem a você e à sua raça. Seu povo *precisará* de muralhas de pedra ao seu redor quando o momento chegar.

Odin balançou a cabeça.

— Nada feito.

Uma algazarra de vozes se sucedeu. Freia chorava, se lamentando; Thor discutia; Heimdall rangia os dentes dourados. Algumas das deusas menores pareciam entusiasmadas em manter o debate acontecendo; o homem tinha um bom argumento; sem dúvida, Asgard precisava de defesas. Os ataques recentes dos povos do Gelo e Pedra eram provas suficientes. Haviam sido relativamente desorganizados até agora, mas com Gullveig-Heid à solta, incitando agitação e vendendo suas runas para o maior arrematante, eles em breve possuiriam habilidades para se apresentarem como uma ameaça grave. Depois daquilo, tudo que precisariam seria de um General com um conhecimento estratégico básico e os deuses estariam em sérios problemas.

Finalmente senti pena deles.

— Esperem — falei. — Tenho uma ideia.

Vinte e três pares de olhos, mais um, se viraram para encarar Aquele que Vos Fala. Pedimos para que o construtor fosse dar uma olhada em seu cavalo e expliquei o plano em privado.

— Não deveríamos rejeitar essa ideia — recomendei —, só porque a estimativa inicial pareceu um tanto insensata.

— *Insensata!* — guinchou Freia. — Vender-me para um casamento com um... com um *operário*!

Dei de ombros.

— Precisamos de muralhas de pedra — falei. — E também precisamos concordar com os seus termos.

Freia começou a chorar sonora e copiosamente.

Entreguei meu lenço a ela.

— Eu disse que precisamos concordar com os seus *termos*. Na verdade, pagar pelo *preço* que pede é algo bem diferente.

Heimdall me lançou um olhar desdenhoso.

— Não podemos voltar atrás em um acordo. Somos deuses. Honramos nossa palavra. Teremos que pagar.

— Quem disse que voltamos atrás? — perguntei, sorrindo. — Apenas nos certificaremos de que os termos que fixarmos sejam impossíveis de serem cumpridos.

— Não está sugerindo que *roubemos*? — perguntou Balder, com os olhos esbugalhados.

Sorri.

— Pense nisso como um método para maximizar nossa vitória.

Odin pensou naquilo por um momento.

— O que está sugerindo?

— Seis meses. A partir do primeiro dia de inverno até o primeiro dia do verão. Nem um dia a mais. Sem ajuda extra. E, então, quando ele falhar em sua parte do acordo, declaramos o contrato como nulo e inválido, e teremos pelo menos metade da nossa fortaleza construída de graça, sem nos render uma preocupação sequer nos Nove Mundos.

Os deuses trocaram olhares. Heimdall deu de ombros. Até mesmo Freia parecia impressionada.

Lancei um sorriso para o Ancião.

— Não foi por isso que me trouxe aqui? Para apresentar soluções?

— Sim.

— Então confie em mim — falei. — Não vou desapontar.

— É melhor não — disse Odin.

Depois daquilo, tudo que eu tinha a fazer era apresentar a minha oferta, totalmente insensata, ao construtor. Ele até que a aceitou bem, pensei. Talvez tenha subestimado sua inteligência. O homem ouviu nossos termos, balançou a cabeça e, em seguida, olhou para a Deusa do Desejo.

— Eu faria das tripas coração — disse ele. — Mas deuses, por um prêmio como aquele... aceitarei sua oferta.

Ele cuspiu em sua mão, pronto para apertar a de Odin.

— Vamos nos certificar de que entendemos tudo — falei. — Seis meses. Nem um dia a mais. E nenhum subcontrato na surdina. Você executa o trabalho sozinho, certo? Apenas você e suas mãos.

O operário assentiu.

— Somente eu e meu cavalo. O bom e velho Svadilfari.

Ele bateu no lombo do enorme cavalo negro que o transportara pela Bifrost. Um animal bem bonito, pensei, mas nada fora do comum.

— É um trato — falei para ele.

Apertamos as mãos. A corrida contra o tempo havia começado.

LIÇÃO 6

Cavalo e Armadilha

Nunca confie em um quadrúpede.

Lokabrenna

AO AMANHECER DO DIA SEGUINTE, o trabalho se iniciou. Primeiro, o arrastar de pedras derrubadas; em seguida, a extração de pedras novas. O cavalo, Svadilfari, era excepcionalmente forte e, pelo fim do primeiro mês, ele e seu mestre teriam acumulado mais do que o suficiente para começarem.

Depois, veio a colocação dos blocos de pedra; mais uma vez assistido por seu cavalo, o pedreiro foi capaz de içá-los a uma grande altura. Um a um, os salões de madeira de Asgard foram refeitos em pedra, com abóbadas fortes e redondas, enormes dintéis, paredes de granito tão cobertas por mica que pareciam brilhar como aço no sol. Haviam pátios pavimentados com pedras, torres de tiro, parapeitos, escadarias. O trabalhou avançou com uma velocidade assustadora, a qual os deuses, a princípio, assistiram com espanto e, em seguida, quando o inverno se agravou, com temor. Até eu comecei a ficar um pouco nervoso à medida que as muralhas de Asgard cresciam; a maioria dos construtores subestimava o tempo que leva para terminar um trabalho; nesse caso, parecia que seis meses seria um prazo um tanto generoso.

O longo inverno estava do nosso lado, e neve começou a cair aos montes. Ainda assim, o pedreiro e seu cavalo continuaram a carregar pedra planície acima. Vendavais, tempestades de neve e o frio mordaz pareciam não ter efeito algum sobre ambos; tarde demais, começamos a suspeitar que o pedreiro e seu cavalo não eram o que pareciam ser.

Meses se passaram com uma velocidade atroz. A planície de Ida começou a descongelar. No jardim de Iduna, campânulas brancas floresciam. Pássaros cantavam com uma regularidade repugnante. E, dia após dia, as muralhas de Asgard cresciam, cada vez maiores e mais majestosas.

A primavera se aproximava e, injustamente, todos os deuses *me* culparam pelo fato do trabalho continuar a acontecer com tamanha rapidez. Freia estava excepcionalmente crítica, ressaltando para todas as amigas que *esse* era o motivo pelo qual você nunca deve confiar em um demônio, sugerindo que eu poderia estar mancomunado com o pedreiro, como parte de um plano traiçoeiro designado por Surt para recuperar o fogo do Sol e da Lua, além de imergir os Mundos na escuridão.

Balder apelou para a moral do politicamente correto e disse ao povo que deveriam me dar uma chance, apesar de assumir aquela expressão de cãozinho triste e me perguntar se eu não me sentia *nem um pouquinho* responsável.

Outros eram menos delicados ao apontar minha culpa. Ninguém usou violência de fato — Odin deixara suas ordens bem claras —, mas havia uma boa quantidade de sorrisos desdenhosos e cusparadas onde quer que eu fosse e até mesmo o General, o qual as pessoas estavam irritando seriamente por conta de seu novo irmão de sangue e seus motivos por ter me adotado, começou a olhar para mim de forma diferente, com o brilho de um plano em seu olho azul.

Bem, eu não era completamente inocente. Sabia que o Ancião precisava mostrar sua autoridade. Não havia motivos para ter uma muralha impenetrável ao redor da Fortaleza do Céu se existisse uma rebelião do lado de dentro. Heimdall estava excepcionalmente combativo (além do que, ele me odiava), eu sabia que se Odin demonstrasse fraqueza, então o Douradinho estaria pronto para tomar o seu lugar tão rápido quanto um raio dividido em três.

— Você terá que ser firme — falei para ele, enquanto o prazo se aproximava. — Convoque uma reunião dos deuses. Terá que impor disciplina. Se demonstrar fraqueza agora, jamais reconquistará seu povo.

Para ser justo com ele, o Ancião sabia exatamente o que eu queria dizer. O que me fez suspeitar de que talvez ele tivera os mesmos pensamentos inquietos que eu. Aquilo minimizou um pouco a minha preocupação. Assim como o fato de eu já ter um plano que vinha mantendo na manga a fim de maximizar o efeito dramático. Preparei-me para uma performance de tirar o fôlego.

Então, na véspera do último dia de inverno, o Ancião convocou seu povo para uma reunião emergencial do conselho. A muralha exterior já estava quase completa; apenas o portal gigantesco permanecia construído pela metade, um arco enorme de rochas cinza e rústicas. Mais uma viagem à pedreira seria o suficiente para terminar o trabalho, após o qual o construtor poderia reivindicar a recompensa que eu o havia prometido.

Naquela noite, todos os deuses e deusas se reuniram no salão de Odin. Ninguém queria se sentar perto de mim (com exceção de Balder, cuja compaixão era quase tão ruim quanto a desconfiança dos demais) e me senti um tanto magoado pelo fato de sua fé em mim ter se perdido tão facilmente.

Não quero me gabar, mas é sério, pessoal, o dia que não tiver um plano será o dia em que Hel congelará. Ainda assim, teria que ser feito de um jeito que devolvesse a Odin sua autoridade. Eu sabia que nunca seria nada além de um forasteiro nesse acampamento, mas, enquanto tivesse Odin do meu lado, estaria seguro. Eu sabia onde pisar.

A reunião começou — no novo salão de Odin —, e todos os deuses tinham muito o que dizer. O Ancião os deixou por um tempo, observando com o olho que possuía vida. A atmosfera pesou progressivamente à medida que Thor entesava seus punhos peludos e rosnava e, um por um, meus instáveis e novos amigos voltaram seus olhares vingativos para mim.

— Isso jamais teria acontecido — disse Frey —, se *você* não tivesse dado ouvidos a Loki.

Odin não disse nada e nem se mexeu, silencioso em seu trono elevado.

— Todos pensávamos que ele tinha um plano — continuou Frey. — Agora nos fez perder o Sol, a Lua e Freia nessa barganha. — Ele se virou para mim, sacando sua espada de runa. — Bem, o que você tem a dizer? O que faremos agora?

— Eu sugiro que o faça sangrar — disse Thor, dando alguns passos em minha direção.

Odin o lançou um olhar.

— Para trás. Nada de violência vinda do meu povo.

— E o que me diz sobre o *meu* povo? — perguntou Frey. — Os Vanir nunca prometeram nada.

— Certíssimo, nunca o fizemos — disse Freia. — Dou meu apoio a Thor.

— Eu também — concordou Týr.

Naquele momento, comecei a me afastar. Podia sentir a temperatura aumentando. Os cabelinhos da minha nuca se eriçaram por conta do suor frio.

— Pessoal, um momento — protestei. — Todos nós concordamos com o trato, certo? *Todos* concordamos com os termos do pedreiro...

— Mas foi você quem disse a ele que poderia usar seu cavalo — disse Odin.

Olhei para o alto, perplexo. O General estava de pé atrás de mim, pretensioso e inflexível como a Yggdrasil. Sua mão caiu sobre meu ombro. Ele usava luvas de ferro. Apertou sua pegada e me lembrei do quão enganosamente forte ele era.

— Por favor, a culpa não é minha! — falei.

Freia, fria como carniça, lançou-me um olhar doloroso.

— Quero vê-lo sofrer — disse ela. — Quero ouvir os seus gritos. Usarei um colar com seus dentes quando estiver a caminho do altar...

O aperto de Odin em meu ombro agora estava realmente machucando. Recuei. Eu resolveria aquela situação, mas, ainda assim, estava com medo.

— Juro, tenho um plano! — falei.

— É melhor que tenha ou está perdido — disse Thor.

A mão enluvada sobre o meu ombro me agarrou ainda mais forte, me forçando a ficar de joelhos. Gritei bem alto.

— Por favor! Me dê uma chance! — supliquei.

Por um momento, o aperto continuou. Em seguida, para o meu alívio, relaxou.

— Você terá a sua chance — disse o General. — Mas é bom que o seu plano funcione. Porque, caso o contrário, prometo lhe fazer sofrer em níveis dignos dos Nove Mundos.

Assenti, com a boca seca. Acreditei no que ouvi. Que ator.

Dolorosamente, me pus de pé, esfregando o ombro machucado.

— Eu disse que tinha um plano — falei, um tanto ressentido e com razão. — Prometo que, amanhã à noite, não teremos mais problema algum, com nada a ser pago, honra e promessas intactas.

Os deuses pareciam sinceramente céticos, com exceção de Iduna, a Curandeira, cuja visão de mundo era tão bela que até confiava em *mim*, e Sigyn, a criada de Freia, que aparentava mais amarga que nunca. Todos os demais murmuravam e me encaravam. Até mesmo Balder me dera as costas.

Freia me lançou um olhar desdenhoso. Heimdall exibiu os dentes dourados. E Thor sussurrou enquanto eu passava:

— Até amanhã, garoto demônio. Depois disso, acabarei com você.

Mandei um beijo para ele enquanto deixava o local. Sabia que não estava em perigo. O dia em que um pedreiro caubói levar Loki para um passeio será o dia em que porcos sobrevoarão a Ponte do

Arco-Íris e Lorde Surt virá para Asgard para tomar um chá e comer bolinhos de fadas, usando um vestido de gala de tafetá e cantando em meio-soprano.

Só estou dizendo, caso vocês tivessem alguma dúvida. Sim, pessoal. Eu sou bom *assim*.

No dia seguinte, levantei cedo e sumi de Asgard o mais rápido possível. Ou assim pensaram as pessoas... aqueles céticos que não acreditaram que eu tivesse um plano. Enquanto isso, o pedreiro e seu cavalo iniciaram uma jornada pela planície gramada, agora apenas com pequenas áreas ainda cobertas por neve. A primavera estava no ar. Pássaros cantavam, flores abriam, pequenos animais felpudos galopavam e corriam pelos campos e, Svadilfari, o cavalo negro, parecia ter em seus olhos um brilho que não se fez presente durante todo o inverno.

Acima dele, Asgard brilhava ao sol, suas muralhas de granito resplandeciam com mica. Estava realmente impressionante; o brilho de seus telhados, torreões, passagens, jardins e sacadas ensolaradas. Seus 24 salões eram todos diferentes (note que *eu* ainda não possuía um); cada um feito de acordo com as especificações do deus ou deusa que os habitava. O salão de Odin era o maior, é claro, elevando-se vertiginosamente sobre os demais, com seu trono extravagante — uma espécie de ninho de corvo —, perdido em meio a um balé de arco-íris. A única parte incompleta era aquele portal gigantesco de entrada. Restavam apenas três dúzias de blocos de pedra, nada mais, a serem extraídos e cortados no devido formato... o trabalho de uma manhã, no máximo, pensei. Não era à toa que o pedreiro parecia animado, assobiando entre os dentes enquanto começava a desembalar suas ferramentas.

Mas, no momento em que seu mestre estava prestes a começar o trabalho extraindo o que restava da pedra, o cavalo negro levantou a cabeça e relinchou. Uma égua — uma égua muito *bonita* — estava parada do outro lado da pedreira. Sua crina era longa, suas ancas eram macias e os olhos, brilhantes e convidativos.

Ela relinchou. Svadilfari respondeu, em seguida, soltando-se de seu arreio, ignorando as ordens raivosas de seu mestre, e disparou para se juntar à linda fêmea à medida que ela galopava pela planície.

O pedreiro estava furioso. Passou o dia todo perseguindo seu cavalo de um grupo de árvores a outro. Nenhuma pedra foi extraída naquele dia. Enquanto isso, o cavalo e a pequena égua celebravam a chegada da primavera de maneira típica e o pedreiro tentou terminar o portal com pedaços mal-ajambrados das pedras que sobraram.

Ao anoitecer, o cavalo ainda não havia retornado e o pedreiro estava incandescente de ódio. Correu até o salão do Pai de Todos e exigiu se reunir com o General.

— Você deve pensar que sou um idiota — disse ele. — *Você* enviou aquela égua como uma armadilha para o meu cavalo. *Você* tentou renegar nosso trato!

Com frieza, Odin balançou a cabeça.

— Você falhou em completar a construção em tempo. Isso torna o nosso acordo nulo. Apenas veja isso como uma experiência e nos separaremos em termos amigáveis.

O pedreiro olhou ao redor para os deuses e deusas reunidos, o encarando do alto de seus tronos resplandecentes. Seus olhos escuros se estreitaram.

— Está faltando alguém — disse ele. — Onde está aquele rato de cabelos vermelhos e olhos malucos?

Odin deu de ombros.

— Loki? Não faço ideia.

— Ele está é brincando como meu cavalo! — gritou o pedreiro, cerrando os punhos. — Eu sabia que havia algo de estranho com aquela égua! Percebi pelas suas cores! Um truque! Vocês me enganaram, seus bastardos de duas caras! Escória! Seus filhos e filhas da puta!

E, com isso, o homem investiu contra Odin, revelando-se finalmente em seu verdadeiro Aspecto como um integrante da tribo do Povo da Pedra; enorme, selvagem e letal. Mas Thor o alcançou em segundos; um único golpe do punho do Deus do Trovão foi o suficiente para esmagar o crânio do gigante. Asgard inteira balançou com o soco. No entanto, as muralhas suportaram... as promessas do pedreiro não foram em vão. Tínhamos, finalmente, nossa fortaleza — menos metade do portal de entrada —, e por um preço bastante camarada.

Quanto ao Seu Humilde Narrador, levou um tempo para que eu retornasse à Asgard e, quando o fiz, conduzia um potro, um animal bastante incomum, com oito patas, cuja pelagem era de um tom vermelho encantador.

Soprei um beijo para Heimdall enquanto me aproximava da Ponte do Arco-Íris.

O Guardião me lançou um olhar azedo.

— Você é revoltante, sabia? É sério que *pariu* aquela coisa?

Dei a ele meu sorriso mais encantador.

— *Eu* fiz isso pela equipe — respondi. — Acho que você verá que os demais ficarão mais do que felizes em me receber de volta. E, quanto ao General... — acariciei o potro — Sleipnir... é o nome do nosso amiguinho... vai ser muito útil a ele. Possui os poderes de seu pai e os meus; o poder de atravessar terra ou mar; viajar com um pé em cada Mundo; perpassar o céu com apenas um passo, mais rápido que o Sol e a Lua.

Heimdall grunhiu.

— Espertinho.

Sorri. Então, guiando Sleipnir pela rédea, pisei na Bifrost e a cruzei rumo ao lar em Asgard.

LIÇÃO 7

Cabelo e Beleza

Nunca confie em uma amante.

Lokabrenna

DEPOIS DAQUILO, fui mais ou menos aceito em Asgard. Já sabia que jamais faria parte dos membros populares. Mas a minha pequena aventura trouxera alguma boa vontade, pelo menos, e a frieza dos meses anteriores foi substituída por algum nível de tolerância. O General se reconciliou comigo e o restante dos deuses seguiu seu exemplo, com exceção, é claro, de Heimdall (já mencionei que ele me odiava?) e Freia, que ainda não havia me perdoado por prometê-la a um integrante do Povo da Pedra.

Ainda assim, consegui me garantir uma folga e construí uma reputação. As pessoas me chamavam de "Trapaceiro" agora e perdoaram minhas contravenções. Aegir me convidou para o seu salão para beber. Sua esposa de olhos amendoados me perguntou se eu queria aprender a nadar. Balder magnanimamente se ofereceu para me incluir no próximo torneio de futebol entre os Aesir e os Vanir. Odin me promoveu ao posto de Capitão, Bragi escreveu baladas sobre mim e as mulheres desfrutavam da minha companhia a tal ponto que Frigga, a esposa maternal de Odin, começou a me jogar indiretas bastante diretas sobre o quanto eu deveria encontrar uma esposa antes que algum marido ciumento decidisse me ensinar uma lição.

Talvez tenha sido a ameaça de matrimônio que me fez dizer mais do que deveria... ou o Caos em meu sangue se rebelando contra uma paz anormal. De qualquer forma, o General deveria saber que aquilo aconteceria. Você não traz O Incêndio para dentro de sua casa e espera que ele fique na lareira. E Thor deveria saber também; não se deixa uma esposa tão fascinante quanto Sif para defender-se sozinha todos os dias. E...

Tudo bem. Confesso. Eu estava com raiva. Thor havia me tratado de maneira rude em relação à muralha de Asgard e talvez eu estivesse esperando uma oportunidade para revidar de algum jeito. Só que ele tinha uma esposa bonita... ela era Sif, a mulher de cabelos dourados; a Deusa da Graça e Fartura. Muito bonita, mas não muito inteligente, com um traço promissor de vaidade que a tornava fácil de bajular.

Enfim, cortejei-a um pouco, contei uma lorota ou duas e uma coisa levou a outra. Ótimo. Thor tinha um lugar próprio para dormir, longe do quarto de Sif, então a reputação da moça estava a salvo — quero dizer, até o momento em que Aquele que Vos Fala decidiu (em um momento de loucura matinal) contar vitória pegando um troféu —, na forma do cabelo da dama adormecida, que se esparramava pelo travesseiro como trigo.

Então me julgue. Eu o cortei.

Para ser justo, achei que cresceria novamente ou mudaria seu Aspecto assim como eu conseguia. Foi o meu erro. Como eu poderia saber? Aparentemente, os Aesir não eram capazes de alterar sua forma como os Vanir. Mas a Deusa da Fartura possuía um ótimo negócio atrelado, digamos assim, aos seus cabelos; era onde a maior parte de seus poderes se concentrava e, sem saber disso, com um único talho, Aquele que Vos Fala roubara não somente sua beleza, mas também seu Aspecto Divino.

É óbvio que a culpa não foi *minha*. Mas, depois da devida ponderação, decidi que seria sensato ir embora antes que ela acordasse. Deixei o cabelo em seu travesseiro; talvez ela conseguisse transformá-lo em uma peruca ou algo do gênero. Ou talvez eu pudesse fazê-la acreditar que o estrago teria sido de alguma forma causado por um dos diversos tratamentos à base de água oxigenada. De qualquer maneira, imaginei que ela não ousaria contar a Thor sobre nossa noite de paixão.

Bem, estava certo sobre *aquela* parte. Mas não contava com o fato de que Thor, chegando em casa de uma de suas viagens, encontraria sua esposa exibindo um corte "joãozinho" alguns quinhentos anos antes de virar moda e deduziria instantaneamente (e injustamente) que eu seria o possível culpado.

— O que aconteceu com a presunção da inocência? — protestei, enquanto era arrastado sem cerimônia para os pés do trono do Pai de Todos.

Odin me fitou com seu olho morto. Ao seu lado, Sif, usando um turbante, me encarou com o tipo de olhar que murcharia plantações à distância.

— Foi uma *brincadeira*! — falei para todos.

Thor me levantou pelos cabelos.

— Uma brincadeira?

Considerei passar ao Aspecto Ígneo, mas Thor usava suas luvas à prova de fogo. Aquilo significava nada de fuga para Aquele que Vos Fala, independente da forma que eu adquirisse.

— Você não acha que ela ficou bonitinha? — falei, olhando de forma apelativa para Sif.

Algumas mulheres ficam bem com cabelos curtos. Mas nem eu conseguiria me convencer a dizer que ela era uma delas.

— Tudo bem. Desculpe! O que posso dizer? É o Caos em mim — tentei explicar. — Queria ver o que aconteceria se...

Thor rosnou.

— Bem, agora você sabe. A primeira coisa que vai acontecer é que quebrarei cada osso miserável do seu corpo. Um a um. O que acha dessa brincadeira?

— Realmente gostaria que não fizesse isso — respondi. — Ainda não sou muito bom com a coisa da dor e...

— Por mim, tudo bem — disse Thor.

Olhei para Odin.

— Irmão, *por favor*...

Odin balançou a cabeça e suspirou.

— O que espera que eu faça? — perguntou. — Você corta os *cabelos* da esposa dele, pelo amor dos deuses, e merece pagar por isso. Pague ou saia de Asgard. A decisão é sua. Fiz tudo que pude.

— Você me expulsaria de Asgard? — retruquei. — Sabe o que isso significaria? Não posso voltar agora para o Caos. Estaria desamparado, à mercê de cada um dos membros do Povo da Pedra que sentisse a vontade de se vingar pelo que fiz para ludibriar seu amigo fazendo com que não recebesse o pagamento por construir uma muralha.

Odin deu de ombros.

— A escolha é sua — disse ele.

Que escolha? Olhei para Thor.

— Você não prefere um pedido de desculpas?

— Contanto que seja realmente verdadeiro — respondeu ele. — E prometo que você vai sentir de verdade.

Ele ergueu um dos punhos. Fechei meus olhos...

E, então, veio a inspiração.

— Espere! — pedi. — Tenho uma ideia. E se Sif pudesse ter novos cabelos, melhores do que aqueles que tinha antes?

Sif soltou um grunhido indignado.

— Não usarei uma peruca, se é isso que sugere.

— Não, uma peruca não. — Abri meus olhos. — Extensões de cabelo, feitas de ouro, que poderiam crescer iguais ao seu natural. E não precisaria fazer cachos, modelar, clarear e...

Sif disse:

— Eu *não* clareio meus cabelos!

Thor disse:

— Eu preferia bater nele.

— E deixar os cabelos dela nascerem naturalmente? Bem, se estiver feliz por esperar por tanto tempo...

Thor deu de ombros, indiferente. Mas eu podia ver que Sif ficara intrigada. Ela queria seu Aspecto Divino de volta e sabia que a satisfação temporária em me ver cair morto jamais compensaria sua perda.

A mulher me lançou um olhar que seria capaz de arrancar tinta de uma parede e repousou a mão sobre o ombro de Thor.

— Antes de dar-lhe um murro, querido, vamos ouvir o que ele tem a oferecer. Você pode socá-lo *a qualquer momento*...

Thor parecia em dúvida, mas me soltou.

— Então?

— Conheço um homem — falei. — Um ferreiro. Um gênio com metais e runas. Ele fiará uma nova peça de cabelos imediatamente e, provavelmente, nos dará alguns presentes extras como um sinal de boa vontade.

— Ele deve ser um ótimo amigo seu. — Odin olhou para mim, com atenção.

— É... não exatamente um *amigo* — discordei. — Mas acho que consigo persuadi-lo a ajudar. É apenas uma questão de oferecer o tipo certo de incentivo... para ele e seus irmãos.

— Você é bom a esse nível? — perguntou Thor.

Sorri.

— Melhor — respondi. — Eu sou Loki.

LIÇÃO 8

Passado e Presente

Nunca confie em um artista.

Lokabrenna

E, ENTÃO, FUI SUSPENSO — por um tempo —, e deixei Asgard a pé, à procura do homem que salvaria minha pele. Dvalin era o seu nome; ele era um dos filhos de Ivaldi, o ferreiro, e ele e seus três irmãos possuíam sua forja nas cavernas do Mundo Inferior. Eram do Povo dos Túneis, escavadores de ouro, e suas reputações eram incomparáveis. Mais importante do que isso, eram também meios-irmãos de Iduna, a Curandeira, e imaginei que dizer que era seu amigo seria o suficiente para que eles aceitassem me acomodar.

A geografia, assim como a história, está sujeita a mudanças cíclicas. Naqueles dias, os Mundos eram menores do que são atualmente e menos sujeitos às regras físicas. Não acredita em mim? Olhe para os mapas. E nós, é claro, tínhamos os nossos próprios métodos para cruzar fronteiras. Alguns envolviam trabalhar com runas — por exemplo, *Raedo*, o Artífice, abria uma porta entre os Mundos —, e outros eram simplesmente uma questão de jogo de pés, asas e orientações inteligentes. Parti a pé para convencer os deuses da sinceridade do meu remorso, mas, assim que cruzei a planície de Ida e entrei na Floresta de Metal, encontrei um atalho. O rio Gunnthrà passava por ele; era um dos tributários que ligavam os nove Mundos à sua fonte primária e uma conexão direta com o Mundo Inferior e os demais Mundos que ficavam além: Morte, Sonho e Pandemônio. Não que eu planejasse ir *tão* longe, mas o Povo dos Túneis curtia sua privacidade e levei a melhor parte de um dia a pé para chegar ao seu império fétido.

Encontrei os ferreiros em sua oficina. Uma caverna, nas profundezas do Mundo Inferior, onde uma série de rachaduras na terra dava passagem para um veio de pedras fundidas. Era sua única fonte de luz; também era sua forja e lareira. Em meu Aspecto original, eu não teria sofrido, nem por conta do fogo nem dos vapores, mas, nesse corpo, eu estava despreparado, tanto para o calor quanto o fedor.

Todavia, me aproximei dos quatro ferreiros e os lancei o sorriso mais cativante.

— Saudações, filhos de Ivaldi — cumprimentei —, em nome dos deuses de Asgard.

À luz da forja fumegante, eles se viraram em minha direção. Os filhos de Ivaldi eram quase idênticos; peles pálidas, olhos vazios, corcundas e chamuscados por conta do ofício. O Povo dos Túneis raramente ia à superfície. Aquilo interferia em sua visão. Eles vivem, trabalham, dormem em seus túneis, respiram o ar mais fétido, comem vermes, besouros e centopeias, além de viverem apenas com as coisas que produzem a partir de metal e pedras que encontram na terra. Não é exatamente uma boa vida, pensei. Não era à toa que Iduna os deixara, carregando consigo suas maçãs da juventude feitas por seu pai como um presente de casamento.

Mas agora, enquanto meus olhos se ajustavam à meia-luz, vi que a caverna estava lotada até o teto com peças de artesanato. Ao redor, havia objetos de ouro: joias, espadas, escudos; tudo em relevo e brilhando com resplendor suave de coisas bonitas mantidas na escuridão.

Algumas eram meramente decorativas — braceletes, anéis, tiaras —, algumas eram complexas a ponto de beirar a obsessão, outras eram severas e ilusoriamente simples. E havia aquelas que quase possuíam um zumbido de tanto encanto, entalhadas e intricadas com runas tão complexas que nem eu poderia adivinhar seu propósito.

Nunca me importei muito com ouro, mas, no salão do Povo dos Túneis, me peguei me sentindo cobiçoso; olhando para aquelas coisas brilhantes e belas, planejando e desejando torná-las minhas. Aquilo fazia parte de seu encanto, imagino; o encanto que corre pelo Mundo Inferior como um veio de metal precioso. Tornava os homens gananciosos e as mulheres, corruptas; os cegava com a luz do desejo. Muito tempo naquele lugar poderia enlouquecer um homem... o ouro, o encanto, os vapores que vinham da forja. Eu tinha que sair de lá e rápido. Mas não sem os cabelos dourados de Sif e, se eu conseguisse persuadi-los a me dar um extra...

Dei mais um passo e disse:

— Saudações também por parte da sua irmã, Iduna, a Curandeira; Iduna, a Justa, Guardiã do Fruto Dourado.

Todos os filhos de Ivaldi me encararam, seus olhos brilhando e se movendo rápido como besouros em suas órbitas fundas. Dvalin deu um passo à frente. Eu o conhecia por sua reputação e pelo fato de que seu pé direito era torto e fraco... um acidente, cujas circunstâncias posso contar mais tarde em outra história (não que Aquele que Vos Fala estivesse envolvido... bem, não *muito*, pelo menos). Esperei que ele não tivesse guardado rancores ou, melhor ainda, que não me reconhecesse no atual Aspecto.

Falei:

— Saudações, Dvalin, a você e aos seus. Trago notícias maravilhosas de Asgard. Você e seus irmãos foram escolhidos, dentre todos os artesãos do Mundo Inferior, para cuidar de uma delicada tarefa, por conta da qual seus nomes serão celebrados e seu trabalho, conhecido pelos Mundos. Por um tempo limitado, essa oportunidade permitirá a *vocês*, filhos de Ivaldi, compartilhar na glória de Asgard; Asgard, a dourada; Asgard, a justa; Asgard, a eterna...

Dvalin perguntou:

— O que a gente ganha com isso?

— Fama — respondi com o meu sorriso mais largo. — E o reconhecimento de que são os melhores. Por qual motivo se não esse Odin escolhera vocês, dentre todos os ferreiros do Mundo Inferior?

Aquele era o jeito de atraí-los. Eu sabia desde os primórdios. Os Vermes não podem ser comprados da maneira tradicional, pois já possuem toda a riqueza de que precisam. Não possuem paixões além de seu ofício, mas são deveras ambiciosos. Eu sabia que não seriam capazes de resistir a um desafio para provar a superioridade de suas habilidades.

— O que você quer? — perguntou Dvalin.

— O que você tem? — retruquei, sorrindo.

Levou um tempo para que o Povo dos Túneis se preparasse para a tarefa que eu havia passado. Expliquei sobre os cabelos de Sif — omitindo a razão de sua perda —, e todos os ferreiros riram de sua forma azeda.

— É só isso? — perguntou Dvalin. — Qualquer criança poderia fazer isso para você. Não é um desafio à altura.

— Também quero dois presentes especiais — falei. — Um para meu irmão Odin, líder dos Aesir, e outro para Frey, líder dos Vanir.

Aquilo foi uma manobra política de minha parte; Frey, o Ceifeiro, era na verdade apenas um dos líderes dos Vanir, mas possuía influência. Favorecendo-o — em vez de Heimdall, por exemplo —, eu o daria a vantagem sobre seus amigos. Com sorte, ele se recordaria disso quando chegasse a hora de me recompensar; além disso, era irmão de Freia e eu precisava tê-la de volta do meu lado.

Dvalin assentiu e começou a trabalhar. Ele e seus irmãos trabalhavam em equipe, suave e graciosamente. Um, passava os materiais; um segundo lançava as runas; outro, cuidava da forja. Um, martelava o metal quente; outro, dava o acabamento com um tecido para polir.

O primeiro dos presentes foi para Odin: uma lança. Era um trabalho adorável, reto, leve e belo, com a haste entalhada com uma fileira de runas. Era uma arma majestosa e eu sorri por dentro enquanto imaginava a surpresa do Ancião e o prazer ao recebê-la.

— Essa é Gugnir — disse Dvalin. — Ela sempre voa exata e nunca falha em acertar seu alvo em uma batalha. Tornará seu irmão invencível, contanto que a mantenha ao seu lado.

O segundo presente parecia um brinquedo: um pequeno navio, tão delicado que faria você se perguntar como Dvalin, com suas mãos enormes e desajeitadas, fora capaz de manuseá-lo com tanta facilidade. Mas quando ficou pronto, ele anunciou com orgulho:

— Esse é Skidbladnir, o maior dos navios. Os ventos sempre o favorecerão. Jamais se perderá ao mar. E, quando a viagem terminar, pode ser dobrado e reduzido a um tamanho tão pequeno que caberá em seu bolso.

Em seguida, ele entoou um feitiço e o navio se dobrou como um papel, dobra após dobra após dobra, até se tornar uma bússola prateada que ele colocou em minha mão.

— Legal — elogiei. Eu sabia que o filho de Njord apreciaria aquele presente acima de tudo. — E agora os cabelos de Sif, se não se importar.

Para aquilo, os filhos de Ivaldi trouxeram uma peça de ouro sem forma e, enquanto um deles a segurava no calor da forja, outro usava uma roda para tecer o mais fino dos fios. Outro lançava runas; outro cantava, com uma voz tão doce quanto o canto de um rouxinol, feitiços e encantamentos para trazê-lo à vida. Finalmente, estava terminado; brilhante, precioso e fino como seda.

— Mas irá crescer? — perguntei a Dvalin.

— É claro. Contanto que os use, eles se tornarão parte dela. Mais bonitos que nunca, disputando até com os de Freia.

— Sério?

Sorri novamente por conta daquilo. Freia protegia cuidadosamente a sua posição de mais bela de todas. Arquivei a informação para possível uso futuro. Todo mundo possui uma fraqueza e é da minha conta conhecê-las. A de Dvalin era o orgulho de seu trabalho, então eu o cobri de elogios até os céus enquanto guardava todos os presentes.

— Tenho que confessar que duvidei de vocês — falei, enquanto me preparava para sair. — Sabia que eram bons, mas não bons *assim*. Você e seus irmãos são mestres de todos os artesãos no Mundo Inferior e é isso que direi a todos em Asgard.

Bem, um pouco de bajulação não machuca ninguém, disse a mim mesmo. Agora era só voltar para casa com o saque. Já era hora. Virei meu rosto em direção ao Mundo Superior. Estava doente que nem um cachorro com os vapores da forja e nunca precisei tanto de um banho, mas estava também corado de tanto triunfo. Aquilo deveria mostrar ao General, pensei. E quanto àquele bastardo convencido do Heimdall...

Mas assim que estava prestes a ir embora, dei de cara com uma figura bloqueando meu caminho. Era outro artesão, Brokk, um dos concorrentes de Dvalin. Um homem atarracado como um buldogue, com olhos que pareciam uvas-passas e braços que nem troncos.

— Soube que deu trabalho a Dvalin — disse ele, olhando para mim por baixo de suas sobrancelhas grossas.

Admiti que sim.

— Ficou satisfeito?

— Mais do que satisfeito — respondi. — Ele e seus irmãos são incríveis.

Brokk sorriu com desdém.

— Chama aquilo de incrível? Vocês deveriam ter vindo a nós. Todo mundo sabe que meu irmão e eu somos os reis do Mundo Inferior.

Dei de ombros.

— Falar é fácil — provoquei. — Se quiser provar que é melhor do que os filhos de Ivaldi, vá em frente e supere seu trabalho. Do contrário, até onde vai o conhecimento de Asgard, você é apenas mais um amador.

Eu sei. Eu não deveria tê-lo instigado. Mas ele estava me irritando e eu estava louco para ir embora.

— Um amador? — perguntou. — Vou lhe mostrar quem é o amador. Uma aposta. Farei três presentes para você, Trapaceiro, e retornarei para Asgard em sua companhia. Então veremos qual trabalho é o melhor. Deixemos que o seu General decida.

Tudo que posso dizer em minha defesa é que o Mundo Inferior deve ter obscurecido meu cérebro. Todo aquele ouro e glamour... e agora havia uma chance de ter mais e de graça. Além disso, os filhos do Caos nunca resistem a uma aposta.

— Bem, por que não? Aceito — respondi. Mais três presentes para os Aesir, com riscos mínimos para Aquele que Vos Fala. Eu seria um tolo se deixasse escapar aquela chance. — E o que devemos apostar?

Brokk olhou para mim, carrancudo.

— Você prejudicou a minha reputação — respondeu. — Todo o Mundo Inferior agora acredita que o trabalho de Dvalin é melhor que o meu. Preciso me explicar.

— Como?

— Aposto meu trabalho contra a sua cabeça.

Ele me lançou um sorriso muito repugnante.

— É mesmo? Só isso?

Eu estava começando a me sentir um pouquinho desconfortável. Aqueles tipos de artista podem ser bem intensos e, além do mais, o que ele iria fazer com a minha cabeça?

— Eu a usaria como aparador de porta — disse Brokk. — Dessa forma, qualquer um que entrasse ou saísse da minha loja saberia o que acontece quando alguém ousa depreciar meu artesanato.

Ótimo, pensei. Mas uma aposta era uma aposta.

— Tudo bem — concordei. — Mas o trabalho será seu de cortá-la.

Ele sorriu, se é que se pode chamar aquilo de sorriso. Seus dentes pareciam pedaços de âmbar.

— *Eu vou* cortá-la — disse Brokk. — Se você tiver sorte, usarei uma faca. Se não...

— Vá trabalhar antes que eu perca a cabeça — falei.

Pensando bem, não foi a melhor escolha de palavras. Mas eu me sentia confiante. Tinha mais alguns truques na manga e, além disso, quando entrasse em Asgard, sabia que eu seria o queridinho e, portanto, imune a tudo.

Acho que aquilo só provou o quão você pode estar errado.

LIÇÃO 9

Martelo e Alicates

Nunca confie em um inseto.

Lokabrenna

A OFICINA DE BROKK não era como a Dvalin e seus irmãos. Para começar, ele possuía uma forja comum, alimentada com combustível comum e, portanto, não possuía nenhuma das vantagens naturais das quais os filhos de Ivaldi desfrutavam. Seu irmão Sindri, quem eu esperava ser a cabeça pensante dos dois, não passava de um imbecil. Não havia nenhum objeto à mostra; nenhuma arma ou joia; somente uma pilha de materiais rústicos: metais, pedaços de tecido, peles de animais, montes de madeira e outras peças de detrito mais adequadas ao carrinho de um maltrapilho do que ao estúdio de um artista. Fedia a suor, cabra, fumaça, óleo e enxofre. Difícil imaginar que dessa bagunça poderia sair algo bonito.

No entanto, eu estava desconfiado. Observei os dois irmãos cuidadosamente assim que começaram a trabalhar e vi que, embora parecessem grosseiros e lentos, Sindri possuía mãos muito ágeis, enquanto os braços de Brokk eram fortes e trabalhavam no fole gigante que traria à forja calor suficiente.

Aquilo me deu uma ideia repentina.

— Vou dar um pulo lá fora para pegar um ar — falei. — Quando acabarem, é só me chamar.

Passei pelo corredor e alterei o meu Aspecto para o de uma mosca. Um moscardo, para ser mais exato; rápido, afiado e irritante. Voltei para a oficina sem ser visto e observei das sombras enquanto Brokk pegava um pedaço de ouro rústico e o arremessava para dentro do coração da forja.

Sindri estava lançando runas ao fogo. Seu estilo era excêntrico, mas veloz, e eu observava com curiosidade enquanto os pedaços de ouro começavam a ganhar forma; girando e se contorcendo sobre as brasas.

— Agora, Brokk — disse Sindri. — O fole, rápido! Se a peça esfriar antes do tempo...

Brokk começou a bombear o fole gigante com toda a força que tinha. Sindri, com as mãos delicadas, lançava runas o mais rápido que podia.

Eu começava a ficar um pouco nervoso. A peça que se encontrava entre eles aparentava ser bastante impressionante. Ainda em meu Aspecto de moscardo, voei em direção a Brokk, com seu fole, e o piquei na mão. Ele xingou, mas não vacilou, e, momentos depois, a peça estava completa: uma linda braçadeira de ouro, trabalhada e esculpida com centenas de runas.

Voei de volta para o corredor, reassumi meu Aspecto humano e me vesti rapidamente.

Alguns segundos depois, Brokk veio me encontrar e mostrar a braçadeira.

— Essa é Draupnir — disse ele, com um sorriso. — Um presente meu para o seu General. A cada nona noite, ela dará luz a oito anéis como ela. Faça a conta, Trapaceiro. Acabo de dar ao seu povo a chave para a riqueza infindável. Um presente impressionante, não acha?

— Nada mal — dei de ombros. — Mas a lança torna Odin invencível. A qual você acha que ele dará mais valor?

Brokk retornou para a oficina, resmungando. Reassumi meu Aspecto de moscardo e o segui.

Dessa vez, da pilha de materiais, Brokk selecionou uma pele de porco e uma porção de ouro do tamanho de um punho fechado, e os atirou para dentro do fogo. Enquanto seu irmão disparava runas no trabalho em progresso, Brokk manejava o fole e algo grande começou a surgir de dentro do fogo; algo que grunhia, rosnava e observava tudo com olhos flamejantes de âmbar.

Mais uma vez voei em direção a Brokk e o piquei no pescoço. Ele gritou, mas jamais parou de trabalhar no fole. Alguns segundos depois, Sindri puxou um javali gigante e dourado de dentro da forja e eu voltei para o corredor para me vestir novamente.

— Esse é Gullin-bursti — disse Brokk, enquanto exibia o resultado de seu trabalho. — Ele carregará Frey em suas costas de um lado a outro do céu e cortará a escuridão do caminho a ser seguido.

Notei que ele deu ao verbo "cortar" uma entonação diferente de que não gostei nem um pouco. Mas dei de ombros de novo e falei:

— Nada mal. Mas os filhos de Ivaldi deram a Frey o domínio do oceano. E para o Deus do Trovão? Você terá que trabalhar com mais afinco para agradar a Thor. Os filhos de Ivaldi deram a ele uma esposa cuja beleza será de dar inveja a qualquer mulher e despertar o desejo de qualquer homem. Você e seu irmão poderão oferecer mais do que isso?

Brokk me fitou e voltou para dentro da oficina sem dizer palavra. No Aspecto de moscardo, eu o segui e o observei, ainda com ódio no olhar, puxar de uma pilha de materiais rústicos uma peça de ferro tão grande quanto sua cabeça. Ele o jogou no coração da forja e, em seguida, enquanto Sindri começava a moldá-lo com runas, Brokk manejava o fole, seu rosto ficando vermelho de tanto esforço.

Eu já conseguia ver que aquele terceiro artefato estava tomando a forma de algo único. O que era aquilo? Uma arma? Pensei que era; no formato da runa *Thurís*, estalando de tanto encanto e energia. Eu tinha que me certificar de que agora eles falhariam, então voei até o rosto de Brokk e o piquei entre os olhos, com força suficiente para arrancar-lhe sangue. Ele soltou um urro de raiva e ergueu uma das mãos para me afastar... e por um momento, um segundo, nada mais, perdeu o controle do fole.

Sindri gritou:

— *Não! Não pare!*

Brokk redobrou seus esforços. Mas era tarde demais; a arma que tinha sido moldada dentro da forja já estava perdendo substância. Sindri xingou e começou a lançar runas com uma velocidade inacreditável. Poderia ele salvar o trabalho delicado? Eu estava inclinado a acreditar que não. Mesmo que conseguisse salvá-lo de alguma forma, eu sabia que não seria perfeito.

Voltei para o corredor, reassumi meu Aspecto (e minhas roupas). Eu estava esperando quando Brokk saiu da oficina, com sangue ainda gotejando pelo rosto e alguma coisa, enrolada em um pano, em suas mãos.

— E então? — perguntei.

— Bem, é isso — respondeu Brokk, desembrulhando o objeto.

Vi que era um martelo de guerra; pesado, brutal e carregado de encanto, do nariz à ponta de seu cabo... um cabo que era um tanto curto, a única falha em uma arma que até eu conseguia avaliar como inteiramente única; única e unicamente cobiçável.

— Esse é Mjölnir — disse o artesão, com um rosnado. — O maior martelo já forjado. Nas mãos do Deus do Trovão, protegerá toda Asgard. Jamais sairá de seu lado, sempre o servirá com excelência e, quando uma demonstração de modéstia for exigida, se dobrará como uma faca de bolso e...

— Com licença — interrompi. — Uma demonstração de modéstia? Ainda estamos falando sobre um martelo?

Brokk mostrou aqueles dentes horrorosos.

— É claro que Thor ama sua esposa — disse ele. — Mas quando tiver que impressionar seus amigos, tudo que precisará será de uma arma gigante.

Fiz uma careta. Os Vermes raramente tinham humor e, quando isso acontece, tende a ser áspero.

— Veremos quanto a isso, certo? — falei. — Sobre a sua arma, ela me parece um tanto pequena... é, curta no cabo.

— O que conta é o que você faz com ela — rosnou Brokk. — Agora, podemos ir? Meu irmão e eu temos uma aposta a ser ganha.

Eu conduzi o caminho para Asgard.

LIÇÃO 10

Agulha e Linha

Resumindo, nunca confie em ninguém.

Lokabrenna

Eu me sentia calmamente confiante quando chegamos ao salão de Odin. Sif já estava à minha espera (sua cabeça ainda enrolada em um turbante); Thor estava ao seu lado, como uma nuvem pesada de chuva. Odin observava do alto de seu trono, seu único olho brilhando de antecipação. Heimdall parecia levemente irritado — acho que ele não esperava que eu cumprisse a minha promessa de retorno. E as deusas — principalmente Sigyn, que estava flertando comigo desde que cheguei —, olhavam com expectativa, sem dúvida imaginando se, mais uma vez, eu conseguiria salvar o dia.

Brokk, aparentando (e cheirando) mais repulsivo ainda por aparecer à luz do dia, parou ao meu lado com seus três presentes, com Gullinbursti, o javali dourado, rosnando na ponta de sua corrente e o martelo saindo de sua cinta.

— Quem é esse? — perguntou Odin.

Brokk se apresentou e explicou sobre a nossa aposta.

Odin arqueou uma das sobrancelhas.

— Bem, vamos dar uma olhada nesses seus presentes — disse ele. — Votaremos de acordo com seus méritos no final.

Dei de ombros.

— Acho que você vai... — comecei.

— Vejamos, Trapaceiro — disse Odin.

Apresentei os meus presentes. Brokk ofereceu os seus. Depois do que pareceu um intervalo desnecessariamente longo, Odin deu seu parecer.

— Os filhos de Ivaldi foram bem — disse ele. — O trabalho deles é extraordinário.

— Não é?

Pisquei para Sif, que já estava usando sua peça de cabelos. Fazendo jus à promessa de Dvalin, as extensões aderiram perfeitamente aos cabelos naturais de Sif, restaurando seu Aspecto Divino.

Ela me lançou um olhar rancoroso.

— É bom.

— E o que achou da lança? — perguntei. — *E* da bússola que se transforma em navio...

Odin assentiu.

— Eu sei — disse. — Mas os presentes de Brokk também são notáveis. O martelo, Mjölnir, principalmente.

— O quê? Aquela coisinha atarracada?

Odin deu um sorriso frio.

— É verdade, o cabo é um tanto curto. Mas, ainda assim, é uma peça magnífica, mais impressionante que minha lança ou a espada de runas do Ceifeiro. E, nas mãos de Thor, poderia significar o fim de todos os nossos problemas de defesa.

Thor segurava Mjölnir com proteção na altura do cotovelo.

— Concordo. Brokk é o vencedor.

Odin se virou para os demais deuses.

— O que acham?

Frey assentiu.

— Também escolho Brokk.

— Heimdall?

— Brokk.

— Njord?

— Brokk.

— Balder?

O Garoto de Ouro suspirou.

— Ai, caramba. Sinceramente, acho que é Brokk.

Os Aesir e Vanir, um a um, votaram nos presentes de Brokk como superiores. Todos com exceção de Sif, que trançava seus novos cabelos, Iduna, que não gostava de armas, Bragi, que já tinha trabalhado no meu hino de morte e Sigyn, que me observava com um olhar maternal assustador, como se a qualquer momento se sentisse impelida a colocar sua mão em minha testa.

Eu estava revoltado.

— É sério?

Odin deu de ombros.

— Perdoe-me. Você perdeu.

Os olhos escuros de Brokk se iluminaram.

— Eu venci.

— Sim — confirmei. — Você é o melhor. Agora, sobre aquela aposta boba...

— Sua cabeça pertence a mim — disse ele, puxando a faca de sua bainha.

— Eu lhe darei o peso dela em ouro — ofertei, dando um passo ou dois para trás.

— Nada feito — negou Brokk. — Quero sua cabeça. Dessa forma, qualquer um que entrar em minha oficina saberá o quanto eu valorizo minha reputação.

— O que me diz do dobro ou nada? — sugeri, dando mais um passo para trás.

Ele sorriu, mais uma vez mostrando os dentes nojentos.

— Tentador... mas não. Vou ficar com a cabeça.

— Acho que você terá que me pegar, então — falei, mudando para o meu Aspecto Ígneo.

Em menos de um segundo, saí do salão deixando um rastro de fumaça atrás de mim. Mas Thor ainda era mais rápido do que aquilo e estava usando suas luvas.

— Ah, não, você não vai fazer isso. Mude de novo — disse ele.

Lutei contra e amaldiçoei o grande punho de Thor, mas sabia que não tinha chances de escapar e reassumi meu Aspecto habitual. Agora Aquele que Vos Fala estava coberto em fuligem e vestindo nada a não ser sua pele. *Não* foi o meu melhor momento.

Apelei para o Ancião.

— Odin, por favor...

— Uma aposta é uma aposta. Você perdeu. Não está em minhas mãos — disse ele.

— Frey? Njord? Alguém?

Ninguém parecia pronto a interceder. Na verdade, pensei que uma parte deles mostrava sinais de indiferente prazer. Os malditos estavam se divertindo com a situação. Os olhos de Heimdall brilhavam e Týr trouxera aperitivos.

Thor me largou aos pés de Brokk; derrotado, exausto, abandonado por todos. Mas genialidade em momentos extremos sempre foi um de meus atributos.

Levantei as mãos.

— Tudo bem. Eu desisto.

Ouvi Sigyn engasgar.

— Brokk, faça o favor.

Brokk ergueu sua faca. Puxou meu cabelo para trás, expondo minha garganta para a lâmina perversa...

— É... só um minuto — pedi. — Pensei que nosso trato era pela cabeça.

Brokk pareceu desconcertado.

— Bem, assim será.

— Mas você ia cortar a minha garganta — falei, com uma indignação dissimulada. — Justiça seja feita, a cabeça pertence a você. Mas ninguém prometeu o pescoço. Na verdade, o pescoço está fora de cogitação. Total e completamente. Um arranhão sequer nele e o trato estará desfeito. Uma aposta é uma aposta. Vocês não concordam?

Por um momento, assisti enquanto Brokk lutava com aquela nova informação.

— Mas como é que eu...?

— O pescoço não — falei.

— Mas...

— Você estipulou o prêmio — esclareci. — Foi você quem insistiu.

— Mas não consigo arrancar a cabeça sem o pescoço!

— Por mim, tudo bem — concordei, sorrindo.

O rosto de Brokk se fechou. Atrás dele, os Aesir e Vanir começaram a sorrir. Até mesmo Thor, que tinha no máximo um senso de humor rudimentar, parecia entretido.

Brokk se virou para Odin.

— Isso não é justo! Não pode deixá-lo se livrar com isso!

— Desculpe-me, Brokk — disse Odin. — Você fez a aposta. Não está em minhas mãos.

Seu rosto estava rígido como granito, mas eu sabia que, por dentro, ele sorria.

Por mais um momento, Brokk tentou encontrar palavras para se expressar. Seus punhos se cerraram. Seu corpo estremeceu. Seu rosto fechado se fechou ainda mais de raiva. Em seguida, se virou para mim, os olhos ardendo como as brasas de sua forja.

— Você acha que me passou para trás, Trapaceiro — disse ele. — Bem, talvez eu não possa pedir a sua cabeça, mas, já que ela pertence a mim, posso ao menos fazer algumas melhorias.

— Como o que? Vai cortar o meu cabelo em um estilo mais atraente?

Brokk sacudiu a cabeça.

— Não. Mas essa boca esperta que você tem pode aprender uma lição. Ao menos isso eu posso fazer.

E, de seu bolso, ele retirou uma sovela para couro e uma tira, longa e fina, do mesmo material.

Eu disse:

— Não pode estar falando sério.

— Você ficaria surpreso — retrucou Brokk, com um sorriso. — Nós, do Povo dos Túneis, não temos tanto humor quanto imaginam. Alguém segure a cabeça dele.

E, então, enquanto Heimdall me segurava (é claro, *tinha* que ser o Douradinho, e eu podia notar que ele estava se divertindo), Brokk costurou meus lábios um no outro. Foram nove pontos, cada um doendo como se perfurado na boca por um monte de vespas.

No entanto, por mais que doesse, não machucava tanto quanto as suas risadas. Sim, eles *riram*, meus supostos amigos; riram enquanto eu lutava e choramingava, e ninguém moveu um dedo sequer para ajudar, nem mesmo Odin, que jurara me tratar como um irmão... mas todos nós sabemos o que acontecera a *eles*, não é mesmo? Bragi, Njord, Frey, Hoenir, Thor — até mesmo Balder, o mais correto de todos, se juntou à risada, sucumbindo à pressão do grupo como o fracote que secretamente era.

E foi o som de suas risadas que me perseguiu até o meu quarto, onde arranquei os pontos e urrei de raiva, jurando que um dia eu me vingaria deles — de *todos* eles, principalmente do meu amado irmão —, ao máximo. Com sangue.

Os pontos sararam rápido. A dor foi embora. Mas a sovela de Brokk era uma ferramenta mágica. Deixara uma marca permanente em mim. Nove cicatrizes pequenas, em pontos cruzados, que se esvaíram e com o tempo se tornaram prateadas, mas nunca desapareceram. Depois daquilo, meu sorriso nunca foi tão verdadeiro e havia algo em meu coração, algo mordaz, como um rolo de arame farpado, que nunca parou de me atormentar. Os deuses nunca suspeitaram daquilo. Com exceção, talvez, de Odin, cujo olho eu sentia frequentemente me vigiando, e cuja moralidade eu sabia ser quase tão duvidosa quanto a minha.

Quanto aos demais, eles pensavam que eu havia esquecido. Nunca esqueci. "Antes prevenir do que remediar", ou pelo menos assim diz o ditado entre o Povo. Bem, eu poderia ter salvado os Nove Mundos. Poderia ter impedido Ragnarök. Mas os deuses, com sua arrogância e ganância, deixaram clara a minha posição. Eu jamais seria um deles. Eu sabia daquilo agora. Estava sozinho. E assim sempre seria. Aprendi minha lição muito bem dessa vez.

Resumindo, nunca confie em *ninguém*.

"Um dia é da caça, outro do caçador", como diz o antigo ditado dos Reinos Médios. Cada caça e cada deus, e agora eu começava a ansiar pelo dia em que nossos papéis seriam trocados, e eu, aquele que olharia para todos *eles* de cima, enquanto imploravam e choravam. Aquele dia haveria de chegar, todos nós sabíamos. Mudança é a roda na qual os Mundos giram, e chegaria o tempo em que os deuses seriam as caças, uivando, enquanto tudo o que construíram se transformaria em ruínas ao seu redor. O poder sempre vem com um preço, e quanto mais alto se escala, maior é a queda. Eu pretendia arquitetar aquela queda e gargalhar enquanto tombavam.

Até então, esperei com paciência e sorri da maneira mais doce que meus lábios cheios de cicatrizes permitiam, até o dia que eu me vingaria e acabaria com os deuses, um a um.

LIVRO 2

Sombra

Os Aesir reúnem-se em conselho.
Mas juramentos serão quebrados.
A Feiticeira fez seu trabalho.
O Oráculo avisou.

Profecia do Oráculo

LIÇÃO 1

Ouro

Todos os homens são caolhos quando
uma mulher está envolvida.

Lokabrenna

E, ENTÃO, EU ME TORNEI O TRAPACEIRO, odiado e, ainda assim, inestimável, escondendo meu desprezo por todos com o meu sorriso marcado e distorcido. Descobri que meus encantos permaneciam inalterados dentre as mulheres, que pareciam considerar aquele sorriso com cicatrizes um tanto atraente... mas aquele não era o ponto, é claro. O Caos é rancoroso. E, apesar da minha deserção, eu ainda era um filho do Caos.

Não é engraçado como as coisas mudam rápido? Nove pequenos pontos foram tudo o que precisei para, de repente, me dar conta da verdade: que não importaria o que fizesse, arriscasse ou o quanto tentei fazer parte, eu *jamais* seria um deles. Jamais possuiria um salão ou ganharia o respeito que tão claramente merecia. Jamais seria um deus; apenas um cão na coleira. Ah, eu poderia ser *útil* para eles aqui e ali, mas assim que a crise vigente terminasse, eu voltaria para o canil de Seu Humilde Narrador e sem ao menos um biscoito.

Estou contando isso para que vocês entendam por que fiz as coisas que fiz. Acho que concordarão que não tive escolha; era o único jeito que conseguiria manter o mínimo de respeito próprio que tinha. Existe certa pureza na vingança, ao contrário das *outras* emoções que tive que suportar no mundo de Odin. Inveja, ódio, dor, medo, remorso, humilhação — todas elas confusas, dolorosas e bem extraordinariamente sem sentido —, mas agora, enquanto descobria a vingança, era quase como estar em casa novamente.

Casa. Viram como eles me corromperam? Dessa vez, com nostalgia, a mais tóxica das suas emoções. E talvez também com alguma compaixão por mim mesmo, enquanto começava a pensar em todas as coisas das quais abrira mão para me juntar a eles: meu Aspecto primário, meu lugar com Surt, minha encarnação Caótica. Não que Surt teria compreendido ou se importado com o meu remorso tardio... aquilo também era produto de sua influência perniciosa. Eis o motivo da minha fome por vingança: eu não esperava uma reconciliação com o Caos — não *naquele momento* —, mas o desejo de destruição era realmente tudo que me restara.

Meu primeiro e mais puro impulso foi o de buscar os inimigos dos Aesir. Assim como Gullveig-Heid fizera nos dias da Guerra de Inverno. Pensei em encontrar abrigo dentre os Vanir renegados, trocando minhas habilidades por sua proteção. O problema era que eu havia sido bom *demais.* Minha reputação me precedia. Era conhecido pelos Mundos como o Trapaceiro dos deuses, o homem que havia dado a Odin sua lança; a Frey, seu navio; a Thor, seu martelo. Eu era o homem que construíra Asgard em pedra e enganado o construtor para não receber sua recompensa. Na verdade, eu passava *todo mundo* para trás — incluindo a própria Morte —, resultando no fato de que ninguém jamais confiaria em mim ou acreditaria que eu era sério.

E, então, decidi esperar. Havia benefícios em morar em Asgard. A comida era boa, o vinho era abundante e a vista, a melhor dos Nove Mundos. Uma guerra com os Aesir mudaria tudo isso. Morar debaixo de uma tenda imunda ou em uma caverna nas montanhas, sem Iduna para curar minhas feridas, envelhecer, pegar pulgas, olhando para Asgard e me lembrando de tudo que eu poderia ter tido...

Não, decidi. Aquilo não fazia o meu tipo. Antes viver como um cachorro em Asgard do que como um deus em qualquer outro lugar. Melhor trabalhar disfarçado por agora, minando um a um, semeando a discórdia entre eles; trabalhando para encontrar suas fraquezas, derrubando-os um de cada vez. Então, quando estivessem prontos para a queda...

Boom!

Comecei com Freia. Sem motivo, a não ser pelo fato de que era o elo mais frágil da corrente. Odin tinha um fraco por ela e, caso meu plano funcionasse, eu pretendia cortá-lo com a mesma profundidade. A Deusa do Desejo era vaidosa e, desde o meu encontro com o Povo dos Túneis, não parava mais de me perguntar sobre seus tesouros, principalmente as joias que eu vira durante a minha visita ao Mundo Inferior.

— Conte-me mais — disse ela, sentada em seu sofá de seda, comendo fruta servida por suas donzelas.

Uma delas era Sigyn, cujo interesse em mim parecia aumentar a cada vez que eu prestava menos atenção nela. Ao lado de Freia, ela parecia modesta, o que eu acho ter sido a intenção da deusa. Freia, por si só, era incomparável, é claro; pele cor de creme, cabelos dourados com reflexos avermelhados, um par de seios que você não acreditaria. Seus gatos com olhos cor de âmbar ronronavam aos seus pés e todo o ar ao seu redor era perfumado. Ninguém — nem mesmo eu —, era inteiramente imune aos seus charmes, mas eu preferia o tipo mais selvagem e, além disso, tinha coisas mais importantes na cabeça do que romance.

— Bem — comecei, servindo-me de uma uva. — Os filhos de Ivaldi podem não ter sido considerados os maiores artesãos dos Nove Mundos, embora ainda ache que há controvérsia, mas são, sem dúvida, os melhores ourives que já vi e acho que você concordaria caso visse seu trabalho. Estou falando sobre *ouro*, Freia. Colares, braceletes, a oficina... tudo brilhante como restos de raios de sol. E havia uma peça em particular...

um colar como você nunca viu. Uma gargantilha, larga como o seu polegar, feita com elos tão delicadamente criados que bem podem ser uma coisa com vida; moldados a cada curva de seu pescoço; abrilhantando, refletindo, aperfeiçoando...

Freia me lançou um olhar cortante.

— Aperfeiçoando?

— Perdão. Meu engano. É claro. Minha dama, você já é perfeita.

Sorri por dentro. A isca foi lançada. Depois daquilo, era apenas uma questão de tempo antes que Freia fosse à procura da gargantilha. Eu a observei de longe. Não demorou muito tempo. Com certeza apenas o suficiente, assim como antecipei. Ela deixou Asgard em uma manhã — a pé, sem sua carruagem, sem ao menos uma única criada para assisti-la —, e cruzou a planície de Ida em busca dos filhos de Ivaldi.

Segui-a na forma de um pássaro, pairando bem alto sobre sua cabeça e, quando entrou no Mundo Inferior através da Floresta de Metal, mudei meu Aspecto para o de uma pulga e me joguei em seu decote, a fim de descobrir que tipo de acordo ela estava pronta para fazer com os Vermes.

A primeira vez em que estivera naquela oficina, minha cabeça quase se confundira por conta de todo aquele ouro. Freia, que vivia para coisas bonitas, ficaria deslumbrada. E assim foi. Apesar do fedor e do calor da forja, aquele colar, exibido contra um pano de fundo feito de pedra, brilhava como a luz do sol. Vi seus olhos se arregalarem e sua boca se abrir. Ela esticou sua mão para tocá-lo...

No escuro, contra o brilho alaranjado, os Filhos de Ivaldi a observavam. Eu disse que eles adoravam a beleza; nunca viram nada como ela antes. Desejo, revelado e em Aspecto. Como eu disse, mesmo Odin, casado com Frigga e aparentemente um pai feliz de três filhos, era conhecido por cobiçá-la, embora mantivesse seus sentimentos à distância e escondido de todos, com exceção d'Aquele que Vos Fala.

Os Filhos de Ivaldi não possuíam tal impedimento. Seus olhos escuros brilharam; eles praticamente babaram.

Dvalin deu um passo à frente.

— A que devo...?

— Quanto é o colar? — perguntou Freia.

Dvalin deu de ombros.

— Não está à venda.

— Mas eu o quero — disse ela. — Eu lhe darei ouro. Qualquer coisa que queira.

Mais uma vez Dvalin deu de ombros.

— Tenho todo o ouro que posso usar — disse ele.

— Bem, certamente existe *algo* do qual você precise. — Freia o lançou seu sorriso mais doce e o tocou em seu ombro. — Além disso, me agradaria *tanto*. Você não quer me agradar?

Lentamente, Dvalin assentiu. Seus irmãos deram um passo à frente para se juntarem a ele. Das sombras, eu os vi, famintos e cheios de desejo.

— Ah, sim. Eu quero agradá-la — respondeu Dvalin.

O sorriso de Freia aumentou. Ela esticou a mão para alcançar o colar; tachonado com gemas, brilhando de tantas runas, flexível e leve como uma pele de cobra dourada.

— Eu lhe darei o colar — disse Dvalin. — Como pagamento por quatro noites de prazer.

— O quê? — perguntou Freia, com seu sorriso esvanecendo.

— Uma noite para cada um de nós — explicou. — Fizemos o colar juntos. É único. É costurado com encanto. A beleza de quem o usar jamais se esvairá. Nada jamais a estragará... ou *você*. Esse é o meu preço. Agora o que me diz?

Freia mordeu seu lábio. Uma lágrima, queimando dourada na luz da forja, desceu lentamente por sua bochecha.

— Quatro noites — disse Dvalin. — Depois disso, o colar será seu para todo o sempre.

Certo, então eu assisti. Isso é tão ruim assim? Além disso, foi um espetáculo e tanto. Eu sabia que Freia era superficial, mas até aquele momento não tinha certeza do quão longe ela iria por conta de um adorno. Bem, amigos, ela foi *bem* longe, de *todas* as formas... e não somente uma vez, mas quatro, com quatro homens broncos e exigentes, que não tiveram uma mulher em anos. Ainda assim, ela conseguiu o que queria, e eu assisti os Filhos de Ivaldi colocarem o colar em seu pescoço, olhando lascivamente, sorrindo e a tocando em todas as partes com suas mãos excitadas. Eu a segui enquanto ela fugia de volta para Asgard e para um longo banho... e, em seguida, fui até o salão de Odin e contei tudo que vira.

Eles dizem "nunca confie em um homem de um olho só". Mas alguns diriam que, onde as mulheres estão envolvidas, *todos* os homens são caolhos e, até mesmo aquele olho não enxerga tão bem. O único olho de Odin se estreitou de ódio quando contei a ele os detalhes sórdidos, mas ele não parecia conseguir parar de ouvir. Eu sei. Sou um bom narrador. E a história que estava contando era quase irresistível.

Quando terminei, ele descarregou sua ira, lançando seu cálice de vinho no chão.

— Por que me contou tudo isso? — perguntou.

— Ei, não atire no mensageiro. Pensei que você talvez quisesse saber, só isso. Freia, a nossa bela Freia, se vendeu para os Vermes. *Eu* não aprovei isso. *Eu* não a encorajei. Ela é uma adulta responsável e acho que sabia o que estava fazendo. Ainda assim, *algumas* pessoas podem dizer que suas atitudes poderiam nos colocar em perigo. Ou que ela tinha a obrigação de lhe informar caso deixasse Asgard. Eu disse *algumas pessoas*. Eu não julgo. Ainda assim, achei que você deveria saber.

Odin soltou um urro baixo.

— Traga-me o colar — disse ele.

— O que? Eu?

— Você sabe como fazê-lo — respondeu. — Não ache que eu não sei o que é isso. É vingança por conta do que aconteceu com Brokk e aquela sovela.

Fingi inocência.

— Vingança? — perguntei. — Por que eu precisaria de vingança? Você é meu irmão. Juramos um pacto. E, quanto àquele acontecimento bobo com Brokk... — sorri. Minha boca estava quase curada àquela altura. — Você sabe, eu quase me esqueci disso. Você realmente não precisa se sentir culpado. Embora, *alguns* possam dizer que as coisas que fazemos, às vezes, voltam para nos assombrar. Deveria haver uma palavra para isso, não acha? Algo poético. Vou pensar em uma.

O grunhido de Odin se tornou mais ameaçador.

— Traga-me o colar, Loki — ordenou.

Ergui as mãos.

— Vou tentar.

Aguardei até que Freia estivesse dormindo. Então, entrei em seus aposentos, mais uma vez disfarçado de pulga. Freia usava o colar enquanto dormia — e nada além dele, notei — e, recobrando meu Aspecto, descobri que deitava sobre o fecho. Eu não o alcançaria para abri-lo. E não podia esperar até que a deusa se virasse. Minha missão podia ter a benção de Odin, mas se eu fosse pego ao lado da cama de Freia, nua, no meio da noite, os Vanir não hesitariam em me estripar como um peixe.

E, então, retornei ao meu Aspecto de pulga e a mordi na pálpebra. Ela suspirou e se virou, expondo o fecho do colar. Assumindo novamente meu Aspecto, estiquei a mão na direção da joia e, com delicadeza, a abri e a tirei. Em seguida, rastejei até a porta dos aposentos e a destranquei pela parte de dentro, soprei um beijo para Freia dorminhoca e me preparei para voltar ao salão de Odin, onde o Ancião aguardava impiedosamente pela prova de sua traição.

Mas enquanto eu alcançava as minhas roupas (que eu deixara na porta quando mudei de forma, é claro), percebi uma figura parada no corredor. Era Heimdall, como sempre metendo o nariz onde não era chamado, que deve ter visto minha assinatura de seu ponto de vantagem na Bifrost.

Ele sacou sua espada, um feitiço de *Týr*... uma lâmina cintilante tão ilusoriamente rápida quanto a asa de uma mariposa e tão afiada quanto a minha língua.

— Isso não é o que parece — falei.

Ele sorriu, expondo seus dentes dourados.

— Vamos ver com que suas tripas se parecem.

Alternei para meu Aspecto de Incêndio e comecei a correr pelo corredor, deixando o colar cair sobre as bandeiras. Mas Heimdall lançou a runa *Logr* — água — e me vi, de repente e dolorosamente, extinto.

Voltei ao meu Aspecto habitual, tremendo, ensopado e *au naturel*.

— Você não sabe no que está se metendo — arfei. — O Ancião aprovou isso.

Ele riu.

— Eu sabia que você era um mentiroso — disse ele —, mas isso supera tudo. O General pediu para que invadisse os aposentos de Freia? Por que faria isso?

Dei de ombros e peguei novamente o colar.

— Vamos. Você mesmo pode perguntar a ele.

Dizem que vingança não vale a pena. Eu digo que não existe nada melhor. Cheguei ao salão de Odin, carregado por Heimdall, que me dava uma gravata, nu, molhado e coberto em fuligem. Heimdall, parecendo um golden retriever trazendo triunfantemente um dos chinelos de seu dono, me atirou aos pés do General.

— Encontrei essa doninha bisbilhotando o quarto de Freia — disse ele. — Sei que por algum motivo ele o entretém, mas...

— Saia — ordenou Odin.

— Mas, Pai de Todos... — começou Heimdall, confuso.

— Eu mandei sair — rosnou Odin. — Você já fez o suficiente por uma noite. E, a não ser que queira trazer mais vergonha para Freia e os Vanir, mantenha sua boca fechada sobre o que viu. Loki tem mostrado mais lealdade que qualquer um de vocês. Encoste nele novamente, seu canário gigante, e eu o expulsarei de seu poleiro de uma vez por todas. Entendido?

O queixo de Heimdall caiu.

— Eu não enten...

— Tchauzinho, Douradinho — falei, sorrindo. — Não diga que eu não avisei.

Ele saiu, rangendo seus dentes de ouro com tanta violência que faíscas voaram.

— Você pegou o colar — falou Odin, voltando-se para mim.

— É claro que sim.

— Deixe-me ver.

Mantive uma expressão séria, mas por dentro eu sorria.

Ah, tudo bem, o Ancião foi bonzinho com Freia, apesar de seu casamento confortável com Frigga. Freia gostava de encorajá-lo, assim como fazia com todo mundo, mas guardava um sorriso especial para ele e cultivava uma agitação pueril sempre que Odin estava por perto. Sua admiração a rendeu status, é claro. E até mesmo o Pai de Todos não era imune a um pouco de bajulação.

Simulei um ar de angústia ao entregar o colar. Não havia como negar sua beleza ou valor. As runas que o prendiam brilhavam como cacos de luz estelar que foram capturados, e as diversas gemas tecidas na peça reluziam como lágrimas nos olhos de uma mulher.

— O que você vai fazer? — perguntei. — Ficar com ele? Usá-lo? Devolvê-lo?

Lentamente, Odin balançou a cabeça. Atrás de seu trono, seus corvos — Hugin e Munin, as manifestações físicas dos pensamentos do Pai de Todos em forma de pássaros —, estalavam os bicos e olhavam para mim.

— Deixe-me a sós. Preciso pensar.

Sorri e caminhei de volta para o meu quarto, onde dormi como um bebê pelo resto da noite. Duvido que Odin tenha feito o mesmo. Exatamente o tipo de coisa que eu queria que acontecesse.

Acordei com o sol, de banho tomado e barbeado, e estava apenas contemplando um pequeno café da manhã quando ouvi uma comoção enorme vinda do salão do Pai de Todos. Freia descobrira a perda de seu colar e, encontrando as portas de seus aposentos destrancadas, suspeitara justamente d'Aquele que Vos Fala.

— Onde está o meu *colar*? — gritou ela enquanto eu entrava no salão.

Odin estava sentado em seu trono, com um pássaro em cada ombro. Seu rosto estava imóvel. Apenas as aves se mexiam.

Freia me viu entrar.

— *Você!* Você invadiu os meus aposentos!

— Quem? Eu?

Freia se virou para Odin.

— *Sim!* Loki roubou meu colar. Rastejou para dentro do meu quarto, como um ladrão, e o roubou de mim enquanto eu dormia. Quero que ele seja punido. Quero que ele *morra*. E quero meu *colar*!

— Qual? Este? — perguntou Odin, retirando a peça de dentro de seu bolso.

Freia enrubesceu.

— Devolva-me.

Ele deu de ombros.

— É uma bugiganga bonita — disse ele. — Foi muito cara?

Naquele momento, ela ficou pálida.

— Pode me entregar — pediu Freia.

— Quatro noites. Soa como uma barganha — disse Odin, com sua voz fria e aveludada. — Os filhos de Ivaldi conseguiram um negócio e tanto.

A expressão facial de Freia endureceu.

— Você não é meu dono, Odin — protestou. — Não pode me dizer o que fazer. O colar é meu. Paguei por ele. Agora me devolva.

Ele não respondeu. Em seu ombro, um dos pássaros coçou sua cabeça escura com uma das garras. Nada mais se moveu. O Ancião parecia ter sido esculpido em granito.

Então Freia começou a chorar. Ela conseguia fazer isso sempre que quisesse, lágrimas douradas para derreter o coração do mais duro dos homens.

— Por favor — suplicou. — Eu faço qualquer coisa...

— Acho que já entendemos isso — falei.

Odin deu um sorrisinho. Não foi um sorriso bondoso, mas Freia deve tê-lo entendido como um sinal de rendição. Ela se envolveu no braço de Odin e olhou para ele por trás de seus cílios.

— Eu sou sua — disse ela. — Se você me quiser...

O sorriso se transformou em dentes de caveira.

— Ah sim — respondeu Odin. — Eu a quero. Mas aquela runa que você assumiu, a runa *Fé*, é mais do que apenas desejo por ouro. Estou lhe dando um novo Aspecto, Freia. O desejo corta para os dois lados, como uma lâmina de dois gumes. Pode significar amor. Mas também é a luxúria que conduz o homem para sua própria morte, a luxúria por sangue e violência. De agora em diante, você disseminará esse desejo por todas as partes dos Nove Mundos; colocará homens uns contra os outros, você mentirá, usará seus charmes para enganar, trair e, ainda assim, eles a adorarão. Mesmo enquanto sangram e morrem, só a desejarão mais, com uma vontade que somente a Morte satisfará para sempre.

— E o meu colar? — perguntou Freia.

— Sim, devolverei — respondeu ele. — Na verdade, você jamais o tirará. Quero que o use para que nenhum de nós se esqueça do que aconteceu aqui.

— Tanto faz — disse ela. — O colar, por favor.

Odin entregou a peça.

E é por isso que a Deusa do Desejo possui dois Aspectos: a Donzela, perfeita e bela como um pêssego dourado no verão; e a Megera, o demônio da carniça e da disputa, horrivelmente bonito, coberto em sangue até as axilas e gritando por conta de um desejo insaciável.

LIÇÃO 2

Maçãs

Comer bem para ficar saudável.
Ninguém está imune ao suborno.

Lokabrenna

FOI UMA VINGANÇA MUITO PEQUENA, mas me satisfez de qualquer forma. Eu não estava planejando desafiar os deuses, apenas causar o máximo de dor de cabeça possível sem levantar suspeitas. O lance do colar de Freia já tinha causado sua dose de estresse... para ela e os Vanir, é claro, mas também para Heimdall, cuja posição de confiança eu sabotara; para Frigga, esposa de Odin, cuja lealdade levara um golpe; e, obviamente, para o próprio Odin, que se revelara um velho bobo do tipo mais clássico por perder a cabeça por causa de uma garota.

E a melhor coisa disso tudo? Eles causaram dor a si mesmos. Tudo que fiz foi contar a verdade e deixar suas naturezas fazerem o resto. Ganância, ódio, ciúmes — todas as emoções corruptas com as quais Odin me infectara —, retornando ao lar como pombos a um poleiro.

Mas aquilo foi apenas o começo. Um aperitivo, se preferir. Um dia eu pretendia ter todos aos meus pés, implorando por ajuda, somente para poder chutá-los e rir enquanto caíssem...

Ainda assim, tudo tem seu tempo, disse a mim mesmo. É necessário um pouco mais do que algumas pedras para derrubar uma fortaleza inimiga. Eu tinha todo o tempo dos Mundos para fazer o Ancião se ajoelhar. Decidi não me arriscar por um tempo, tentar fingir ser um dos garotos até que uma nova oportunidade aparecesse. Quanto a Odin, até onde ele sabia, eu daria o troco por conta de Brokk e a sovela, e agora ele achava que estávamos quites.

Entretanto, com o passar do tempo, dei-me conta que a situação com Freia o havia mudado. Ele se tornou mais mal-humorado e retraído. Sempre gostou de viajar, mas agora deixava Asgard com mais frequência do que antes — sozinho, com exceção de Sleipnir, seu cavalo —, e por semanas e meses a fio. Ninguém sabia para onde ia durante aquelas longas ausências, mas eu sabia que ele preferia os Reinos Médios e, principalmente, o Interior, onde caminhava sem ser visto, disfarçado e o Povo contava todo tipo de fábulas sobre ele.

Verdade, ele contou a maior parte, se passando por um contador de histórias viajante, mas gostava delas mesmo assim e desfrutava do jeito com o qual o Povo expressava sua devoção. Só gostava menos do fato de que Thor era, de longe, o mais popular, pelo menos de acordo com o Povo. Suspeito que tenha havido algum tipo de atrito entre pai e filho; os músculos de Thor proviam excelente proteção para Asgard, mas, secretamente, Odin ficava consternado por ele e seu filho serem tão diferentes. Quanto ao seu mais novo, Balder... bem. Frigga o adorava, mas Odin... bem. Basta dizer que sempre que Balder estava por perto, o pai arrumava uma desculpa para estar em outro lugar.

Eu podia enxergar o motivo. Havia escuridão em Odin, uma escuridão que somente eu entendia e eu via como ela o rondava, devorando-o por dentro. Ainda assim, aquele era o preço da divindade, pessoal. Manter a ordem não era algo fácil, especialmente em um mundo no qual o Caos está sempre lutando para ganhar vantagem. O pequeno mundo do Interior, de alguma forma, dava conforto a Odin; era por isso que ia até lá com tanta frequência, embora também se aventurasse além dos reinos do Povo da Pedra e do Gelo, sempre em segredo e disfarçado, sem contar a ninguém para onde ia, nem ao menos à Frigga... nem ao menos a mim.

Enquanto isso, de volta à Asgard, as coisas se acalmaram por um tempo. Heimdall ainda me detestava de longe, mas depois de sua última humilhação, ficara com medo de falar demais. Thor tinha seu martelo para brincar, Bragi estava aprendendo a tocar gaita de foles, Balder trabalhava seus peitorais e Frey estava envolvido em uma busca romântica. Mais sobre isso depois. Mas Aquele que Vos Fala tinha tempo em mãos para explorar os Mundos e Odin estava mais do que feliz por uma mudança temporária no cenário.

Vocês se lembram de que ele gostava de viajar sozinho? Dessa vez, ele quis companhia. Eu estava mais do que disposto; além disso, também fiquei inquieto. Não tem muita coisa que um homem possa conquistar entre quatro paredes. Eu precisava de ar. Precisava de novas sensações. Finalmente estava aceitando meu atual Aspecto e com o fato de que fedores, dor, frio e alguns dos requisitos mais nojentos do meu corpo físico podiam ser amenizados por aquela insaciável capacidade ao prazer.

Mulheres e comida eu já conhecia — tinha um apetite bem significativo para ambos —, mas achava que os Mundos lá fora podiam conter consideravelmente mais do que aquilo. Além disso, se eu fosse abater os deuses, queria conhecer seus inimigos. No fim das contas, conheci alguns deles *bem* até demais... Mas falo sobre isso depois.

E então, quando Odin sugeriu uma pequena viagem para o exterior de Asgard, fiquei feliz em aceitar. Éramos três: o General, Hoenir e Aquele que Vos Fala. Lembram-se de Hoenir, o Silencioso? O mesmo jovem que Odin enviara com Mímir para espiar os Vanir muito tempo atrás. Um tipo insípido, indeciso, melhor nos esportes do que pensando. Basicamente um supérfluo, motivo pelo qual Odin o escolheu para a viagem. Quanto a mim, prefiro pensar que ele valorizava minha companhia; ou talvez fosse apenas para se certificar de que eu não causaria nenhum problema durante sua ausência.

Cruzamos a Bifrost em direção às Terras Internas, parte central dos Reinos Médios e, usando a runa *Raedo* para velocidade, seguimos caminho pelos Ridings, nos mantendo nas estradas menos movimentadas, até que chegamos às Terras do Norte. Era uma área que Odin gostava sabe-se lá por que; particularmente, eu achava muito fria, mas Fogo Grego *é* a minha natureza. De qualquer maneira, encontramo-nos viajando pelas montanhas; montanhas enormes, iminentes e escuras, com faixas de vales estreitos entre elas e ventos tão cortantes quanto navalhas. Além delas, ficava o reino do Povo do Gelo; outra área que causava uma incompreensível fascinação no General. Talvez ele possuísse uma amante por lá — o Ancião tinha um olho nômade —, ou talvez fosse apenas o seu jeito de manter seus inimigos à vista.

Viajamos por dias; Odin estava sombrio, Hoenir não parava de falar sobre a vista, as ovelhas nos campos, o sonho engraçado de tivera na noite passada, especulando se já havíamos chegado ou não, quantas léguas devíamos ter viajado ou quanto tempo faltava para o almoço.

Odin tinha consigo seu cavalo, mas Sleipnir também estava em seu Aspecto mais humilde, e o corcel com um pé em oito dos Nove Mundos era agora um ruano comum, vagamente avermelhado, com apenas o número normal de patas. Aquilo significava que tínhamos que nos alternar para cavalgá-lo, o que considerei ser uma perda de tempo, mas Odin não aceitara diferente, e então eu suportei o desconforto e esperei que ele apreciasse o meu sacrifício.

Nossos suprimentos já haviam chegado ao fim há muito tempo e estávamos famintos. Claramente não havia como voltar à Asgard para almoçar, cavalgando Sleipnir em seu Aspecto total. Então, encontramos um rebanho de bois selvagens pastando em um daqueles vales estreitos, matamos um deles, o abrimos e cortamos, acendemos uma fogueira e começamos a assá-lo aos pedaços sobre o carvão quente.

Odin se sentou em seu colchonete e acendeu seu cachimbo (outro hábito do Povo que ele adquiriu em suas viagens).

— Viram como tudo isso é simples? Apenas nós três e o fogo, com o céu aberto sobre nós.

Olhei para cima. Não achei que o céu parecia diferente daquele que víamos de Asgard, mas quando Odin assumia seu humor poético, não havia como contra-argumentar.

— Essa carne está assada? — perguntou Hoenir.

Odin balançou a cabeça.

— Espere. Ouça o som do vento. Não acha que ele o chama?

Poderia ter dito a ele que a única coisa que me chamava era aquele lombo de carne sobre o fogo, mas pensei melhor.

E então esperamos. E esperamos. Eu estava ficando com muita fome. De todas as minhas novas sensações físicas, comer era uma das quais eu preferia, mas a *fome* em si... não era um fã. O cheiro de carne assando estava tão bom que fez a minha boca aguar. Meu estômago estava apertado pela antecipação. Esperamos até termos a certeza de que estava pronta, então limpamos as cinzas da carne, apenas para descobrir que estava fria.

— O que é isso? — perguntei. — Essa carne deveria estar cozida.

Odin deu de ombros.

— Ponha de volta. Pode ser que não tenha ficado no fogo o tempo que pensamos.

Colocamos a carne de volta no fogo e a cobrimos com carvão em brasa. A noite começou a cair. A névoa gelada que, durante o dia se concentrara em maior parte no topo das montanhas, começou a cair em direção ao vale.

Hoenir perguntou:

— Já está pronta?

— Como diabos eu vou saber? — retruquei.

— Devemos dar uma olhada? Acho que sim.

Puxei um lombo do fogo. Gosto das minhas carnes bastante mal-passadas e eu já estava mais do que pronto para almoçar. Mas o pedaço estava mais frio do que nunca, nem ao menos tostado na parte de fora.

Xinguei.

— Isso não está certo — falei.

— Você acha que alguém está usando encanto? — perguntou Hoenir.

— Bem, *dãã.*

Olhei ao redor. E quando vimos, sobre nós, em uma árvore, uma águia gigante nos observava. *Bjarkán*, a runa da visão perfeita, revelou aquela ave não sendo uma qualquer; seus olhos brilhavam com uma inteligência maligna.

A águia nos viu observando e soltou um grasnado, flexionando suas asas poderosas.

— *Ark.* Divida sua refeição comigo — disse ela —, e me certificarei de que a carne esteja assada.

Eu podia ver o encanto ao redor da ave; tinha uma assinatura poderosa. Um demônio, pensei, ou um carniceiro; ou talvez um dos membros do Povo do Gelo no Aspecto de uma ave, voando ao sul para explorar terreno. De qualquer forma, nossa posição era fraca, e não parecia sábio brigar com ele por conta dos espólios.

— Acho que deveríamos compartilhar — disse Hoenir. — Não concordam que deveríamos? Quer dizer, se dividirmos, poderemos comer em breve. E aves não possuem um apetite tão grande. O Povo não diz "ele come que nem um passarinho" quando alguém não tem muito apetite?

Odin concordou com o acordo. O boi era de um bom tamanho, disse ele, e, além disso, conforme Hoenir sugerira, o quanto uma águia poderia comer?

Acontece que aquela em particular conseguia comer quase um boi inteiro. Assim que o boi ficou pronto, ela agarrou ambos os lombos e a alcatra, deixando-nos com um pouco mais do que a carcaça. Em seguida, levou os pedaços para um afloramento de rochas próximo e começou a rasgar a carne, ruidosamente, enquanto a saboreava.

Deixe-me explicar aqui uma coisa rapidinho. Eu estava com muita fome. Tivera um dia longo e exaustivo. Ouvira o papo vazio de Hoenir por horas e horas. Eu estava com frio e frustrado e a única comida que encontramos em milhas de distância estava rapidamente desaparecendo na goela daquela ave enorme e gananciosa. Então me julgue. Perdi a paciência.

Peguei um galho longo.

A águia continuou a comer, arrancando os pedaços de carne com suas garras brutais manchadas de sangue.

Levantei o galho com ambas as mãos e mirei um golpe na águia. Acertei. Mas, assim que o golpe a atingiu, senti uma onda repentina de encanto percorrer meu corpo e meus braços. Na mesma hora, percebi que minhas mãos estavam congeladas no pedaço de galho, que, por sua vez, estava preso à águia. Uma labareda de luz de runa nos envolveu. Achei que talvez eu tivesse sido *um pouquinho* imprudente.

— O que está acontecendo? — perguntou Hoenir.

Ignorei-o e tentei alterar meu Aspecto. Mas aquele encanto que estava me afetando roubou de mim o poder de mudar. Estava preso; minhas mãos, agarradas, e agora a águia abria suas asas poderosas e alçava voo para o alto do afloramento rochoso, levantando-me com ela pelo ar.

— Ei! — gritei. — Ei! Deixe-me descer!

A águia não disse nada, mas subiu mais ainda, agora voando em uma diagonal íngreme em direção à encosta rochosa. Suas asas batiam com movimentos suaves e vigorosos; impotentemente, eu apenas esperava. Abaixo de mim, as figuras de Odin e Hoenir recuavam na fumaça.

Comecei a me sentir um tanto assustado.

— Tudo bem! Desculpe-me por ter batido em você — falei.

Ainda assim, a águia não falava. Meus braços doíam.

Eu disse:

— Ah, para. Uma brincadeira é uma brincadeira. Ponha-me no chão e termine sua refeição. Pode ficar com a minha parte se quiser.

A águia não respondeu, mas continuou sua trajetória, angulando para baixo em direção ao seixo que cobria o flanco da montanha. Vi o chão se aproximar com rapidez e me preparei para um pouso difícil.

Mas a águia não pousou. Em vez disso, mergulhou pelo seixo, arrastando-me rente ao chão. Minhas mãos ainda estavam presas, eu não conseguia escapar. Desci pelo seixo, pelas pedras, rochas e pedregulhos como se estivesse em um tobogã.

O lance da dor de novo. Não sou fã. Gemi, lutei e implorei para que me soltasse; minhas costelas se quebraram ao baterem contra uma rocha; as costas foram esfoladas no cascalho; minhas canelas e tornozelos se chocavam repetidamente contra um xilofone de pequenas pedras.

— Por que eu? O que fiz?

Ainda assim, a águia não respondeu, mas se concentrou para dar Àquele que Vos Fala o melhor passeio de minha vida; primeiro, ao longo da beirada do seixo, em seguida por uma chaminé estreita de pedras e, então, em meio aos galhos mais altos de um grupo de árvores de tamanho bem considerável, que açoitaram, rasgaram e se debateram contra mim enquanto eu era arrastado pela copa.

Naquela altura, eu gritava por misericórdia. Minhas roupas estavam rasgadas, perdi minhas botas e estava machucado e sangrando. A sensação era a de ter sido espancado, primeiro por uma dúzia de homens com porretes, depois pela mesma dúzia de homens com chicotes; em seguida, queimado vivo e, por fim, surrado como um tapete sujo.

— Por favor! — supliquei. — Farei qualquer coisa!

Finalmente a águia falou.

— *Ark.* Vai mesmo?

— Juro! — respondi.

— *Ark.* — A voz era áspera e seca. — Prometa-me que me trará Iduna e suas maçãs douradas. Eu o deixarei ir depois.

— Iduna?

Tarde demais. Percebi a armadilha.

— E as maçãs douradas. *Ark.*

Comecei a protestar.

— Mas como? Como eu poderia fazer isso? Ela nunca deixa Asgard. Bragi está com ela o tempo todo. Ela é... *Argh!* Isso foi desnecessário!

Aquilo foi a ponta de um álamo jovem, bem na área onde até um deus sente com intensidade.

— Por favor — pedi, quando finalmente recobrei o poder de fala. — Não dá para fazer isso. É impossível.

— *Ark*. Sugiro que encontre uma maneira — disse a águia, a caminho da próxima área do seixo. — A não ser que queira experimentar o pior caso de acidente de percurso do mundo.

Minha garganta ficou seca. Engoli.

— Hmm. Devo ser capaz de fazer alguma coisa.

— Terá que fazer mais do que isso — disse ele. — Quero sua palavra. Seu juramento obrigatório.

E ele começou a mergulhar em direção ao chão, dobrando suas asas para aumentar sua velocidade.

Fechei meus olhos.

— Tudo bem! Eu juro!

A águia abriu as asas novamente.

— Jure em seu nome. Seu nome verdadeiro.

— Por favor! Tenho mesmo?

— *Sim!*

Então, me julgue. Jurei. O que mais poderia fazer?

A trajetória da águia se ampliou e demos início a uma descida longa e vagarosa. Quando chegamos ao chão do vale, a uns cinquenta quilômetros de distância do lugar onde Odin e Hoenir acamparam, finalmente, com as minhas mãos congeladas em liberdade, fui derrubado pelos quase quatro metros que faltavam para chegar ao chão e lá fiquei deitado, exausto e com dor.

— Lembre-se do juramento — disse a águia. — Iduna e suas maçãs.

Virei-me de costas para o pássaro. Até mesmo *aquilo* doía.

A águia apenas riu enquanto voava para longe; um som asqueroso, um grasnar enferrujado. Ela sabia que eu não poderia quebrar o juramento; meu verdadeiro nome comprometido à obrigação. Eu não possuía mais encanto para mudar de Aspecto, para arremessar runas na ave fujona ou até usar a runa *Bjarkán* para identificar meu abdutor. Em vez disso, fiquei deitado onde estava por um tempo até me fortalecer o suficiente para ficar de pé, em seguida dando início à longa caminhada de volta para o acampamento.

Estava quase amanhecendo quando cheguei ao meu destino. Tive que andar a maior parte da noite. Estava faminto, dolorido e mancando demais. Embora não me consolasse, notei que os outros também haviam passado a noite insones. Odin, em particular, parecia desgastado, e Hoenir, fresco como o orvalho da manhã, falava pelos cotovelos.

Ele parou quando cheguei ao acampamento.

— Loki! O que aconteceu?

— Nada — respondi.

— Não me parece nada — disse Hoenir. — Odin, o que acha? Acho que algo aconteceu. Na verdade, estou bem certo de que algo aconteceu. Loki está horroroso. Você não acha que ele está horroroso?

— Cale a boca, Hoenir — ordenou Odin e, finalmente convocando o verdadeiro Aspecto de Sleipnir, preparou-o para carregar nós três de volta para a civilização.

Chegando na Fortaleza do Céu, usando nada além do meu rancor e força de vontade, a primeira coisa que fiz foi comer três galinhas assadas, uma torta de carne de carneiro, um lombo, um salmão e quatro dúzias de tortas de geleia que Sigyn deixara na prateleira esfriando. Em seguida, bebi três garrafas de vinho e dormi por 48 horas.

Acordei me sentindo um pouco melhor, se não completamente recobrado. Tomei um banho quente, fiz a barba, me vesti e fui buscar Iduna. Encontrei-a em seu jardim, cantando suavemente para si mesma. Seus cabelos loiros trançados com margaridas; seus pés, nus sobre a grama molhada. Sua cesta de maçãs estava ao seu lado, pronta para uso imediato.

— Loki, você está horrível — disse ela. — Está machucado? Entrou em uma briga? Existe algo que eu possa fazer?

Acho que era de conhecimento comum o fato de que eu não tinha o hábito de passar por jardins. Além disso, conforme Iduna ressaltara, havia apanhado que nem um cão danado e, mesmo após uma longa dormida, eu não era exatamente Balder, o Belo.

— Tive alguns problemas no Norte — respondi. — Mas não é por isso que estou aqui. Imagine, Iduna, enquanto eu estava lá, vi uma árvore no coração de uma floresta e, nela, maçãs iguais às suas!

— Iguais às minhas? — perguntou ela. — É mesmo?

— Exatamente iguais — respondi.

— Você trouxe algumas?

— Não. Na hora eu estava sozinho, lutando contra uma águia gigante que atacara nosso acampamento. Mas, enquanto eu mancava de volta para casa, pensei: *"Aposto que Iduna gostaria de vê-las. Talvez essas maçãs douradas possuam propriedades similares às dela. Se sim, é meu dever verificar"*. Então vim direto até aqui.

Iduna me cortou uma fatia da fruta.

— Coma isso. Fará com que se sinta melhor.

E fez. As maçãs douradas de Iduna eram conhecidas pelos Nove Mundos. Foram um presente de casamento dado por Ivaldi quando ela se juntou com Bragi e, além de conceder juventude perpétua (sempre um bônus quando se solicita divindade), elas também agem como um tônico universal, curando a maioria das doenças, de verrugas à varíola, e até as mais letais das feridas. Meus cortes e hematomas cicatrizaram na hora, a dor do meu corpo desapareceu e o meu encanto foi restaurado em sua força de costume.

— Obrigado. Era tudo de que eu precisava — falei. — Agora, sobre aquela árvore...

Ela olhou para mim com olhos que eram tão inocentes quanto um céu de verão.

— Não deveríamos contar a Bragi primeiro? Ou Odin... Ele saberá o que fazer.

— O quê? E desapontá-los caso as maçãs *não* sejam iguais às suas? Não, vamos logo, conferimos nós mesmos. Caso as notícias sejam boas, celebraremos todos.

Eu disse que ela era inocente. Nenhum senso de ameaça ou perigo. Era como sequestrar um gatinho. Eu já corria tantos riscos que a última coisa que queria àquela altura era um desafio.

Eu nos protegi com a runa *Ýr* enquanto passávamos pelo posto de vigia de Heimdall na Ponte. Então, levei Iduna o mais rápido possível até as planícies do Reino Médio. Não foi fácil — ela parou para sentir o perfume de cada flor no caminho e ouvir cada pássaro —, mas, finalmente, o inimigo nos encontrou. Em Aspecto de águia, ele nos acompanhou e, em seguida, investindo do céu pesado, levou Iduna, com cesta e tudo, em suas garras e voou para longe.

Lancei a runa *Bjarkán* assim que ele partiu e foquei em sua assinatura. Como eu suspeitava, meu amigo aviário era um membro do Povo do Gelo... um dos piores. Seu nome era Thiassi e ele era um chefe guerreiro do extremo Norte, aliado de Gullveig, armado com as runas dela e eu acabara de dar a ele o que mais queria: as maçãs de Iduna, juventude eterna e a chance de fazer uma aposta grande para se tornar um deus.

Bem, até ali, tudo bem, pensei. Talvez minha desventura poderia se virar ao meu favor. Afinal, se eu quisesse acabar com os deuses, Thiassi poderia ser um aliado... com exceção de que ele já tinha o que queria de mim àquela altura, reduzindo meu poder de barganha. Além disso, o Povo do Gelo me odiava; ganhei a reputação de ser o Trapaceiro dos deuses e não seria fácil convencer o inimigo sobre a minha mudança de intenções. Eu não os culpava. Francamente, também não teria confiado em mim.

Caminhei de volta para casa, livre do juramento, mas me sentindo levemente culpado. Iduna era a única pessoa em Asgard que nunca tinha feito nada contra mim e sempre fora bondosa quando eu me machucava. Ainda assim, fui obrigado a fazer um juramento, que, caso não fizesse, teria sérias consequências. Não tive escolha, disse a mim mesmo. Além disso, a fatia de maçã que ela me dera duraria por um tempo, pelo menos até que os outros deuses notassem sua ausência...

Não demorou muito. As maçãs da juventude, como todos os cosméticos, funcionam com um princípio cumulativo. Ou seja: uma vez que você para de usá-los, cai tudo. E foi exatamente o que aconteceu em Asgard. Antes que você pudesse dizer *comer bem*, todos estavam em seu pior estado. Até o Garoto de Ouro, Balder, o Justo, começou a nitidamente aparentar menos glamoroso. Quanto aos outros... bem, você pode imaginar. Rugas, queda de cabelo; a meia-idade se espalhou; incontinência, esquecimento, hemorroidas... você escolhe... e isso foi só com os deuses. Com exceção de Seu Humilde Narrador, é claro, o que significava que cedo ou tarde eles somariam dois mais dois.

Tudo bem. Aquele era o meu plano. Outra pequena vingança, dessa vez, atingindo os deuses onde mais os feria, bem no centro da sua vaidade. E a beleza daquilo era que eu poderia ser quem salvaria o dia. Prometi a mim mesmo que, quando Asgard caísse, não seria pelas mãos de nenhum guerreiro peludo das montanhas, mas com estilo e efeito máximo — e Aquele que Vos Fala seguraria o chicote. Eu não estava pronto para entregar a minha vingança nas mãos de alguém como Thiassi; um renegado cuja ambição se estendia a nada além de sentar no trono elevado de Odin e assumir o título de Pai de Todos. Não, se fosse para recuperar o meu lugar no Caos (um sonho quase impossível ao qual eu me apegava em meus momentos mais sombrios), teria que fazer algo espetacular. Nada menor que a total destruição da Ordem satisfaria o Caos. Isso significava Asgard, os deuses, os Mundos. E, mesmo assim, poderia não ser suficiente...

Finalmente, eles descobriram. Heimdall, cuja visão diminuíra perceptivelmente desde que seu suprimento de fruta havia sido cortado, lembrou-se de ter me visto voltando pela Ponte de modo furtivo algumas semanas antes. O resto dos deuses procurou em suas memórias e concluíram que aquele foi o último dia que viram Iduna. Então, eles me encontraram e me arrastaram para os pés do Ancião, que àquela altura já aparentava mais idade do que nunca com seus cabelos brancos e o rosto sulcado, e se prepararam para fazer coisas muito ruins comigo.

— Isso é verdade? — perguntou. — *Por quê?*

— E isso importa? — questionou Heimdall. — Vamos matá-lo antes que esqueçamos o motivo pelo qual o trouxemos aqui.

— Um minuto — falei e expliquei tudo que acontecera.

Odin ouviu em silêncio, enquanto seus corvos estalavam seus bicos e todo mundo sussurrava e babava de tanto ódio.

— Viu? — continuei. — Não tinha escolha. A águia não era uma ave comum. Era Thiassi, o Caçador, e ele teria me matado caso eu não concordasse.

— Vamos matar você agora — disse Heimdall. — Lenta e muito dolorosamente.

— O quê? E perder a sua única chance de recuperar Iduna? — perguntei. — Use seu cérebro, Douradinho. Sei que não está tão afiado quanto costumava ser, mas...

Odin interrompeu.

— Você acha que pode trazer Iduna de volta?

Dei de ombros.

— É claro. Eu sou Loki.

Heimdall protestou.

— É sério, Pai de Todos, que vai deixá-lo se livrar *de novo*? Como pode saber que ele vai ao menos voltar? Pode decidir se juntar a Thiassi e o Povo do Gelo.

— Se ele quisesse fazer isso, não acha que já teria o feito antes? — questionou Odin. — Além disso, não temos escolha. Deixe-o ir.

E, então, eles me soltaram.

Estiquei meus membros.

— Onde vocês estariam sem mim agora? — Sorri para o círculo raivoso de deuses e deusas da terceira idade. — Tentarei ser rápido — falei. — Tentem não morrer enquanto eu estiver fora.

Em seguida, olhei para Freia.

— Empreste-me seu manto de falcão — pedi. — Preciso voar para as Terras do Norte.

— Mas você pode fazer isso de qualquer jeito — protestou ela, cujas habilidades de metamorfose eram tão boas quanto as minhas, mas raramente trocava de Aspecto a não ser que realmente precisasse. Deste modo, o manto, uma coisa maravilhosa feita de penas, costuradas com runas, permitia o usuário a voar como um pássaro sem chegar nu ao seu destino.

Tenho que admitir que aquela ideia me parecia atraente... fazia frio nas Terras do Norte e eu não queria congelar até a morte. Mas, mais importante do que isso, o manto me permitiria trazer as maçãs para casa, além do fato de eu não poder lançar runas enquanto estivesse sob o Aspecto de pássaro, o que me tornaria extremamente vulnerável caso Thiassi viesse atrás de mim.

— Você vai discutir? — perguntei, dando a Freia meu sorriso mais largo. — Devemos esperar mais alguns dias até que seu cabelo caia e seus dentes enegreçam?

Freia me entregou o manto.

— Obrigado — agradeci. — Agora, o restante de vocês. Fiquem atentos. Procurem por meu rastro no céu. Juntem todas as lenhas que conseguirem... madeira seca, lascas. Saberão para o que irá servir quando a hora chegar. E tentem ficar acordados, certo? Posso estar com pressa.

Odin não disse nada, mas assentiu. Vesti o manto de Freia. Uma sensação interessante, embora não tivesse tempo para desfrutá-la naquele momento. Alcei voo de uma vez, deixando os deuses me assistindo, boquiabertos, enquanto eu voava, e segui de volta para as Terras do Norte, protegendo-me com runas durante todo o caminho.

Rastreei Thiassi até sua fortaleza — o Povo do Gelo não tinha cuidado com suas assinaturas —, um castelo construído na rocha na fenda entre duas montanhas. Era escura e muito fria, mas a sorte estava do meu lado, porque encontrei Iduna quase de uma vez; sozinha e tremendo perto da fogueira em um dos inúmeros cômodos do castelo.

Saí do manto de penas.

— Loki! — gritou Iduna, abraçando-me em seguida. — Eu *sabia* que você viria me resgatar!

Perguntei:

— Onde está Thiassi?

— Foi pescar no gelo com sua filha, Skadi. Não gosto dela — disse a deusa.

Pensei que se *Iduna* não gostava dela — Iduna, que pensa que lobos e ursos são fofinhos e que até o Seu Humilde Narrador tem um lado bonzinho —, então Skadi deveria ser algo de outro mundo. Fiz uma nota mental para evitá-la.

— Tudo bem — falei. — Então vamos embora.

Um único feitiço e eu a transformei em algo que um falcão conseguiria carregar. Em seguida, coloquei sua cesta de maçãs por baixo do manto de falcão e deixei com que ele me transformasse mais uma vez. Alguns segundos depois, partimos; um falcão, voando forte e alto, carregando uma avelã.

Dessa vez, não gastei nada do meu encanto tentando voar sem ser visto, apenas me concentrei na velocidade. Quanto tempo até que Thiassi e Skadi retornassem? Quanto tempo levaria até que dessem falta de Iduna?

Eu sabia que a águia de Thiassi era mais do que páreo para um falcão. Eu era veloz, mas ele era mais, o que significava que, mesmo com uma vantagem, eu podia contar com ele tentando me alcançar antes mesmo de chegarmos à Asgard. Na verdade, estava a três quartos do caminho quando vi um pontinho no céu, perseguindo, observando.

Esperei até que ele estivesse perto o suficiente e, então, o atingi com a runa *Hagall*. A águia foi lançada para trás por um pouco mais de um quilômetro e meio, e voltou a me perseguir. Arremessei a runa *Kaen* enquanto fugia e dobrei minhas asas a fim de aumentar a velocidade. Thiassi me acompanhou por uma hora daquele jeito, mantendo distância, mas perto o suficiente para atacar assim que eu demonstrasse algum sinal de fraqueza. Eu estava ficando cansado e meu encanto diminuía. Lancei em sua direção uma explosão da runa *Thurís* e me vi enfraquecendo no ar; Thiassi reparou e começou a me rodear do alto.

Mas eu podia ver Asgard a uns dezesseis quilômetros, brilhante e dourada ao pôr-do-sol. Se eu conseguisse chegar lá a tempo. Dezesseis quilômetros...

— Segure-se — falei para Iduna em seu Aspecto de avelã.

Então aumentei a velocidade novamente, ficando sem reserva. Os segundos passavam. O caçador se aproximou. Podia senti-lo quase em minha cauda quando alcancei a Ponte do Arco-Íris.

Mas Odin fizera o que eu pedira; com a minha visão de pássaro, vi montes de lenha empilhados nas muralhas e barris de lascas secas encharcados de óleo, prontos para queimar. Meu corpo, sob o manto de penas, tremia de exaustão e medo. Fiz de mim um dardo e dei uma investida final em direção às muralhas...

— Acenda! Acenda! — gritei, passando por elas.

Aterrissei no chão com mais urgência do que graça, rolei e me livrei do manto de penas. Iduna, ainda na forma de uma avelã, quicou pelo pavimento. Libertei-a com um feitiço e, então, desmoronei em exaustão, sem nenhuma gota sequer de encanto.

Se meu plano tivesse falhado, aquele seria o fim. Eu estava completamente impotente.

Mas não havia falhado, é claro. As fogueiras queimavam com intensidade. A combinação de madeira seca e óleo fizera com que a labareda subisse rápido e Thiassi, prestes a me pegar, se viu em direção não às muralhas, mas a uma gigantesca parede de fogo.

Com suas asas em chamas, ele perdeu o controle e caiu queimado no parapeito. Logo depois, os deuses o mataram — velhos como estavam, com bastões e pedras —, e aquele foi o fim de Thiassi. O maior caçador que já vivera, grelhado no fogo como uma galinha e morto por um bando de aposentados da terceira idade.

Deuses, disse a mim mesmo, *eu sou bom.*

Em seguida, levantei, ainda trêmulo, e fiz uma reverência.

— Obrigado, senhoras e senhores. O lanche está servido. Formem uma fila com disciplina, por favor...

Iduna distribuiu suas maçãs.

LIÇÃO 3

Pés

Uma gargalhada desarma até o mais selvagem dos homens.

Lokabrenna

NÃO DEMOROU MUITO para que a notícia sobre a morte de Thiassi chegasse aos Reinos Médios. Talvez eu tenha tido algo a ver com aquilo; afinal de contas, não é todo dia que Aquele que Vos Fala acaba sendo o herói. A melhor parte da vingança, descobri, era ganhar a gratidão do inimigo: Bragi compôs cantigas sobre mim e pessoas as cantavam nas hospedarias de beira de estrada. Dentro de pouco tempo, já era de conhecimento geral que Loki atraíra o Caçador para sua morte desgraçada. Antes de eu saber, já era famoso; meu nome estava nos lábios de todos. Mulheres o adoravam... embora eu admita que poderia ter sido mais cauteloso.

Eu havia me esquecido da filha de Thiassi, Skadi. Ela deve ter ouvido sobre o que acontecera, porque uns três meses depois chegou aos portões de Asgard, armada e pronta para o combate, demandando recompensas pela morte de seu pai e ameaçando os deuses com guerra.

Tenho que dizer, ela tinha um bom argumento. Matar Thiassi em batalha seria uma coisa. Um fim digno para alguém que queria ser um deus. Mas ser massacrado e queimado como uma galinha... bem. Foi o mínimo que ele merecia por ter feito o que fizera comigo, é claro, mas o Povo do Gelo era bastante orgulhoso e isso deve ter os irritado.

Odin poderia ter mandado Skadi ir embora, óbvio, mas não queria entrar em guerra com o Povo do Gelo. Uma base amigável no Norte fazia bem mais sentido do que outra leva de inimigos. Então, ele a convidou para conversar e ver se não conseguiam chegar a algum acordo.

Aquilo não começou bem. Skadi não era o que você pode chamar de um tipo acessível. Era uma daquelas loiras frias, de cabelos curtos, com a marca da runa *Isa* — gelo —, em seu braço. Ela chegou coberta por peles, usando raquetes de neve e carregando um chicote de runa — criado a partir de milhares de fios de encanto trançados e farpado com as runas mais cruéis —, que deslizava e sibilava em sua mão como uma cobra.

Nunca fui fã de cobras. E, então, aquele chicote não fez nada para torná-la bem-quista por mim. Nem o fato de, quando ela chegou, ter demandado a minha execução.

— Por que eu? — protestei.

Skadi me lançou um olhar venenoso. O chicote em sua mão serpenteou e sibilou.

— Eu sei quem você é — disse ela. — Você é Loki, o Trapaceiro. Todos estão dizendo que planejou a coisa toda. Atraiu meu pai para uma armadilha e, então, desgraçou sua memória.

— Não foi *exatamente* assim — respondi.

— É mesmo? Você não foi tão modesto quando espalhou essa história pelos Reinos Médios.

— Aquilo foi licença poética — falei. — Bragi usa o tempo todo.

Odin sorriu.

— Agora, Caçadora — disse ele. — Você deveria saber melhor e não dar ouvidos a rumores. Fique aqui por um tempo. Descanse, beba o nosso hidromel. Discutiremos sobre a melhor forma de lidar com isso.

Skadi me lançou um olhar pelo canto do olho. Seu chicote estalou como um raio. Mas ela aceitou uma taça de hidromel e, quando nos sentamos todos para o banquete, comeu sozinha seis carpas e metade de um barril de manjubas salgadas. Claramente o luto não havia interferido em seu apetite, embora não tenha sorrido do início ao fim da refeição.

Ainda assim, achei que sua postura relaxou um pouco. O Ancião tentou ao máximo demonstrar respeito, sentando-a ao seu lado, com os homens, próxima a Thor e Balder. Como vocês sabem, Balder era popular; sendo atlético, com a pele macia e mais dentes do que capacidade intelectual. As damas gostavam de seu cabelo bagunçado; os homens, do fato de que ele era bom em esportes e positivamente inofensivo. Nunca vi o atrativo, mas até eu tinha que concordar que o cara estava fazendo um ótimo trabalho derretendo Skadi.

Ela bebeu uma boa metade de barril de hidromel depois de devorar as carpas e as manjubas. Considerei que, se aquilo não a amolecesse, nada o faria. As mulheres traziam sobremesas — pães de mel, figos secos, cestas enormes com frutas frescas —, e Bragi estava aprontando seu alaúde para uma dose de entretenimento pós-jantar quando Odin se virou para Skadi e disse:

— Sinto muito pela morte de seu pai. Quero lhe oferecer uma coisa.

Ela pegou uma mão cheia de figos e respondeu:

— O que quer que me dê, não o trará de volta. Ou apagará a vergonha de sua morte.

Odin sorriu.

— Sempre achei que ouro cobria vergonha, se usado em quantidades suficientes.

Pensei que ele estivesse olhando para Freia no momento em que disse aquilo, mas pode ter sido apenas um truque de luz.

Skadi balançou a cabeça.

— Ouro? O tesouro do meu pai pertence a mim agora. Assim como seu castelo vazio. Ouro não me comprará companhia ou me fará rir como *elas* riem.

Ela olhou com inveja para a ponta da mesa, em direção às deusas, todas lindas, despreocupadas, à vontade.

Os olhos de Skadi cintilaram diante de Balder.

— Se eu tivesse um marido, talvez aprendesse a rir novamente.

Balder parecia visivelmente nervoso.

— Um marido? É sério?

Skadi respondeu:

— Sim. Se eu pudesse escolher um dos Aesir...

Por um momento, Odin considerou. Skadi olhou para Balder novamente. Sorri por dentro quando o Garoto de Ouro começou a parecer desconfortável.

— Então? — perguntou ela. — Temos um acordo?

Odin assentiu.

— Tudo bem. Contanto que dê um fim à hostilidade.

Os olhos de Skadi se iluminaram.

— Certo. Então eu escolho...

— Vou deixar que você escolha — disse Odin. — Mas sob uma condição. Colocaremos todos os nossos homens solteiros atrás de uma tela, com apenas seus pés à mostra. Então poderá escolher. Escolherá seu marido pelos pés. Está de acordo?

Eu olhei para ele. Aquilo foi sério? *Seus pés?* Que novo fetiche era aquele?

Mas Skadi assentiu e disse:

— Estou.

Acho que ela devia estar pensando no quanto se pode dizer sobre um homem a partir de seus pés. Ou talvez não estivesse pensando de forma alguma. Eu já tinha visto aquela expressão facial antes; aquela cara sentimental, afável, meio idiota. Ah, Skadi estava se apaixonando por Balder, era certo. De verdade. Tenho que dizer que fiquei um *pouco* desapontado. Esperava mais da filha de Thiassi. E, embora já tivesse descartado a ideia de me aliar ao Povo do Gelo, uma aliança com os Aesir tornaria tudo bem mais difícil. Eu tinha que dar crédito ao General: uma pequena e genial jogada.

E foi assim que, ao final da refeição, todos nós nos encontramos alinhados atrás de uma tela, com nada além de nossos pés descalços à mostra, enquanto Bragi tocava notas poderosas em seu alaúde e Skadi se movia lentamente pela fila, tentando descobrir qual par de pés pertencia a Balder.

Finalmente, ela chegou a uma decisão.

— Eu escolho *ele* — disse ela, apontando.

Por favor. Que não seja eu, pensei.

— Está certa disso? — perguntou Odin.

Skadi assentiu, seu olhar frio como um iceberg começando a derreter enquanto a tela era removida. E, então, ela se encontrou cara a cara... não com Balder, como presumira, mas com Njord, o Pescador, cujos pés eram limpos, brancos e formosos, como os de todos os pescadores.

— Mas eu pensei...

Eu comecei a rir. Ao meu lado, o alívio do Garoto de Ouro era quase tão grande quanto o meu.

— Mas eu pensei... — disse ela mais uma vez.

Os deuses viram sua consternação e sorriram.

— Perdoe-me — disse Odin. — Mas esse foi o acordo. Você escolheu Njord. Seja boa para ele.

O rosto de Skadi se fechou.

— Isso é alguma piada? Por acaso está me vendo rir? — perguntou. Ela ergueu seu chicote de runas novamente, seu espiral de serpente fervendo de raiva. — Eu disse que queria rir outra vez — disse Skadi. — Você me prometeu risos. Agora, ou alguém me faz rir, ou escolherei a segunda melhor coisa. Uma luta mano a mano, aqui e nesse minuto. Todos juntos ou um de cada vez. Não me importo. Quem quer brigar?

Odin olhou para mim.

— Loki.

— O quê? *Eu*? Você quer que *eu* lute com ela?

— É claro que não, idiota. *Faça-a rir.*

Foi um desafio e tanto. Senso de humor é uma daquelas coisas que ou você tem ou não tem, e nada que eu vira de Skadi até o momento me dizia que havia algum sinal daquilo. Mas o riso desarma até o mais selvagem dos homens e, além disso, de jeito nenhum eu me arriscaria contra aquele chicote. E, então, encorajei toda a minha sagacidade e me preparei para um show de comédia *stand-up*.

Havia uma pequena cabra branca por perto, amarrada a um toco de madeira. Achei que Iduna a trouxera... ela tinha uma preferência por leite de cabra e raramente jantava qualquer outra coisa mais substancial. Desamarrei a coleira e dei um passo à frente, trazendo a cabrinha comigo.

— Tem leite?

Aquilo me rendeu um riso reprimido de Thor, mas Skadi continuou indiferente. Eu podia ver que aquela seria uma plateia um tanto difícil.

Criei um ar de inocência.

— Senhora, posso explicar — falei. — Eu estava levando essa cabra ao mercado...

Dei um puxão na coleira. A cabra puxou de volta.

— Viu como ela é? — perguntei. — Típica cabra. Nunca faz o que mandam. Além disso, eu tinha esse cesto de frutas...

Peguei um na mesa e mostrei o problema. Cada vez que eu aproximava o cesto da cabra, ela tentava comer uma fruta. Era um animal jovem, alegre e foi difícil controlá-lo.

Olhei para Skadi. Ela ainda não estava sorrindo. Falei:

— Preciso amarrar a cabra... mas a quê? — Fingi olhar ao redor. — O que eu poderia usar era algum tipo de... apêndice... hmm... mais ou menos *desse* tamanho. — Mostrei meu dedo e o polegar separados por uns quinze centímetros.

Thor, nunca sutil, riu entredentes novamente.

Continuei a fingir perplexidade.

— Mas *onde*?

Procurei em mim mesmo. Bolsos, colete, cinto...

Fiz uma pausa. Baixei o olhar mais três ou cinco centímetros.

Ao meu redor, o riso esperado.

Continuei com a minha história.

— Então... amarrei a cabra com segurança ao único... *cof cof*... apropriado que encontrei.

Demonstrei com a coleira. Mais uma vez, a cabrinha deu um puxão.

— *Ai!*

O rosto largo de Thor ficou vermelho de tanto rir.

— Quer *parar* com isso? — gritei para a cabra, puxando novamente a coleira.

Algumas frutas caíram do cesto. Gritei mais uma vez.

— Ai... *aaaaaaaaaiiii!* Minhas ameixas! Minhas ameixas!

Agora, *todos* os deuses gargalhavam. Até a fria Skadi se juntou. Acontece que a única coisa que conseguia fazê-la rir era a visão de Aquele que Vos Fala, amarrado a uma cabra pelas bolas.

Eu só a vi rir mais uma vez. Como acontece, em trágicas circunstâncias, pelo menos com Seu Humilde Narrador. Mas essa é outra história, para um dia mais frio e sombrio.

E então a Caçadora se juntou a nós, embora não por muito tempo, como aconteceu. Ela sentia falta da neve do extremo Norte, do uivo dos lobos e do deserto de gelo. Quanto a Njord, apesar de querer que seu casamento fosse bem-sucedido, descobriu que seria incapaz de viver tão longe de Asgard e de seu salão que dava para o Mar Uno, com o som das ondas, o canto das aves e as nuvens macias que se juntavam no céu. Então, concordaram em viver separados, embora Skadi sempre fosse bem-vinda em Asgard, e aparecesse às vezes, em Aspecto animal; uma águia, um lobo branco ou um leopardo da neve com olhos azuis como o gelo.

Não fiquei triste em vê-la partir. Minhas palhaçadas me salvaram uma vez, mas havia um ar perverso naqueles olhos. Suspeitei que ela gostasse de guardar rancor, o que me fez pensar que o mais longe que conseguisse ficar de Skadi — e daquele chicote de runas —, mais feliz eu provavelmente seria.

Acontece que eu estava certo, é claro. Falo mais sobre isso mais tarde. Por ora, basta dizer que, embora o riso seja o melhor remédio, existem algumas pessoas que *nunca* poderão ser curadas. Skadi era uma delas, e Lorde Surt era outra; não há risada no Caos, com exceção do riso desesperado daqueles que são aprisionados na Fortaleza Negra de Surt. Mas aquela era uma lição que ainda me faltava aprender. E, obviamente, quanto mais tempo eu passasse nesse mundo de gargalhadas, ódio e vingança, menores seriam minhas chances de retornar ao meu estado primário de graça.

LIÇÃO 4

Amor

O amor é entediante. Amantes, mais ainda.

Lokabrenna

Você deve ter pensado que depois de ter escapado por *tão pouco*, o povo de Asgard poderia ter sido um tanto mais cauteloso com seus afetos. Mas o amor estava no ar naquele ano, talvez por conta do retorno de Iduna, e de repente pareceu que todos os deuses pensavam em casamento. Por mim, tudo bem, é claro. Matrimônio em geral significa discórdia, e Discórdia era o meu nome do meio. É tão mais fácil gerar problema entre pessoas casadas do que entre tipos solteiros e mais fortes.

Pense em Frey, por exemplo. Depois de tê-lo coberto com presentes do Povo dos Túneis — e correndo riscos pessoais consideráveis —, eu esperava pelo menos uma palavra de agradecimento. Mas não... ele os aceitara como se não fosse mais do que esperado, o que fez com que eu sentisse que talvez precisasse de uma pequena lição sobre gratidão.

Fiquei quieto por um tempo, tentando viver minha celebridade recém-adquirida. Ser famoso era um mar de rosas, pensei, mas minha reputação cresceu tão rápido que começou a me sabotar. Trapaça e subterfúgio são melhores quando executados de maneira furtiva, na minha opinião, e o novo Trapaceiro, com visibilidade, encontrava dificuldades em não ser visto. O Povo dos Reinos Médios era o pior, apontando para mim enquanto eu passava, tentando me fazer contar piadas, pedindo para eu assinar meu nome em amuletos, armas e pedaços de pedra. Descobri que a melhor forma para prevenir tumulto onde quer que estivesse era adotar um disfarce — um chapéu, uma capa, outro Aspecto —, o que, além de ser deveras cansativo, fez com que a minha missão secreta e em andamento a fim de encontrar aliados contra o General se tornasse exponencialmente mais difícil de ser concluída.

Além disso, a minha própria lista de inimigos crescia diariamente. O Povo do Gelo ainda me culpava pela morte de Thiassi. Eu não podia contar com nenhuma ajuda da sua parte. Ou misericórdia, caso me pegassem. O mesmo poderia ser dito sobre o Povo da Pedra e os Vermes... sem mencionar o Caos, é claro. Decidi suspender minhas atividades no exterior até que minha notoriedade fosse reduzida e me concentrar na tarefa mais simples de sabotar os deuses, um a um. Já havia marcado alguns pontos decentes, mas meus métodos eram oportunistas, nem sempre parte de um plano, sendo um dos motivos pelos quais consegui chegar tão longe no jogo. Analisei o meu recém-adquirido conhecimento sobre fraquezas e emoções, e cheguei à conclusão de que, embora a ganância, o medo e os ciúmes sejam motivações poderosas, existe uma ainda maior. *O amor.*

Não posso dizer que o entendia. De todas as emoções sobre as quais aprendi durante meu tempo no plano corpóreo, essa me pareceu a mais sem sentido, dolorosa e complicada. Aparentemente, se resume a *dar.* Parece que *receber* não é o suficiente. Envolve um monte de coisas aleatórias sobre poesia, flores e músicas com alaúde, além de beijos e abraços (uma boa quantidade disso), usar roupas parecidas, conversar incessantemente sobre o atual objeto de devoção e, no geral, perder a cabeça. Até onde consegui entender, o amor faz de você alguém fraco e entediante. Balder, que, de acordo com isso, deve ter se apaixonado *a vida inteira*, me disse, com sua aparência lastimável, que aquilo era uma das maiores alegrias da vida. Imaginei que ele nunca experimentara vingança, sexo a três ou as tortas de geleia de Sigyn.

Ainda assim, voltando à história, ao arrogante Frey e como eu costumava adorar deixá-lo abatido.

Agora, Odin possuía o poder de ver qualquer lugar nos Nove Mundos; era um poder pelo qual havia pagado caro e não tinha a menor vontade de dividir. Era por isso que o trono elevado em Asgard estava reservado a ele apenas; era onde mantinha a Cabeça de Mímir, amarrada por encantos, e onde ia para ficar sozinho, para pensar e planejar suas estratégias.

Frey não tinha nada que sentar lá e provavelmente não teria pensado naquilo se eu não tivesse dado a ideia. Mas casamento e amor estavam no ar; Iduna voltou com Bragi e sua felicidade juntos era quase suficiente para fazer um homem sufocar. Além disso, Balder havia acabado de se casar com Nanna, uma mulher sentimental e com olhos grandes, que achava que ele era um gênio e o obedecia de todas as formas... acho que seu encontro com Skadi deve ter dado um empurrãozinho extra. De qualquer forma, Frey estava entediado (e inquieto, e sem pudores) e se sentindo mal-amado. A gama de deusas disponíveis em Asgard não podia ser chamada de ampla, e descartando sua irmã e várias primas dentre os Vanir, não havia muito a ser considerado.

Então, entra em cena Aquele que Vos Fala, com simpatia e a insinuação de que Odin receberia suas doses de prazer ao espionar mulheres por todos os Nove Mundos.

— Você pode ver *tudo* daquele trono — contei a ele enquanto bebíamos uma jarra de hidromel. — Mulheres se despindo, tomando banho, toda a ação. Não é à toa que Odin passa tanto tempo ali. É como o sonho erótico de um velho.

— Sério? — perguntou Frey. — Desprezível. Mulheres se despindo... se banhando... foi o que disse? Chocante. Sinceramente, estou surpreso.

— Eu também — falei e sorri.

Terminamos o hidromel em silêncio.

Alguns dias depois, encontrei Frey sentado em um dos jardins, ouvindo Bragi tocar seu alaúde e parecendo mais abatido que nunca.

— O que há de errado? — perguntei.

— Ah, tudo.

Bem, só existe uma coisa que pode fazer um homem querer ouvir música de alaúde. Acontece que ele se sentou escondido no trono de Odin e viu de lá a garota de seus sonhos. Frey a espionou, assistiu quando ela se despiu e, agora, estava desesperadamente apaixonado.

Tanto faz. Amor é chato. Pessoas que se apaixonam são mais ainda e eu tinha que fingir ouvir enquanto Frey falava sem parar sobre sua garota; sua beleza, que era como estrelas radiantes; sua risada, que parecia o som de rouxinóis; e todos os tipos de outros detalhes deveras nauseantes, até a parte em que ele morreria caso não a conhecesse pessoalmente.

Tentei manter uma expressão séria.

— Bem, então por que você não sai e a conquista?

— Não é fácil assim — respondeu. — Se eu disser a Odin, certamente perguntará como eu soube sobre ela, em primeiro lugar. E tem outra coisa...

— É mesmo? — disse.

— Ela é a filha de um dos membros do Povo da Pedra. É parente de...

— Deixe-me adivinhar. Do construtor que nos deu nossas fortalezas. Ai, caramba. — Fingi compaixão. — Uma benção vinda *dele* está fora de cogitação, então.

— Tenho que tê-la para mim — disse Frey. — Vou morrer se isso não for possível.

Bem, *aquilo* foi um tanto exagerado. Ninguém morre de frustração sexual. Ainda assim, ele parecia bastante miserável, o que me deixou ainda mais animado.

— Verei o que posso fazer, certo? — perguntei, e saí para bancar o cupido.

Primeiro, fui até o pai. Seu nome era Gymir; ele era tão peludo e desagradável quanto qualquer outro pai que tivesse uma filha. Ela se chamava Gerda e acho que deve ter puxado a mãe, porque era cheirosa, bonita e delicada em todos os lugares certos.

Fui disfarçado, com uma barba falsa. Apresentei-me como Skirnir, servo de Frey, e informei ao tosco pai que Frey estava desesperadamente apaixonado. Conforme previsto, ele me mandou para um lugar impronunciável, mas, pensando melhor, entendeu que se beneficiaria mais caso considerasse a oferta.

Frey era o alvo perfeito, falei: pronto para abrir mão de qualquer coisa em nome da satisfação. Salientei para Gymir que aquela era uma chance para capitalizar. Caso recusasse, ele e eu sabíamos que Frey pegaria Gerda de qualquer jeito, fazendo com que seu pai perdesse tanto a filha quanto qualquer outra chance de recompensa.

— Faça assim — falei —, diga o seu preço. Pode dizer. Peça o que quiser.

Algumas pessoas não possuem visão. Quando falei para pedir o que quisesse, eu esperava ouvir alguma coisa melhor que uma bolsa de couro de porco cheia de ouro, algumas ovelhas ou um suprimento vitalício de esterco. Ainda assim, o Povo da Pedra não era o que você poderia considerar como pessoas sofisticadas, então senti a necessidade de guiá-lo.

Comecei dizendo a ele coisas sobre Frey, o chefe dos Vanir. Dei ênfase à sua beleza, sua armadura ostentosa, sua riqueza de ouro e tesouros. Falei sobre o navio, Skidbladnir, que se dobra até virar uma bússola; sobre Gullin bursti, o javali dourado, e a espada de runas criada para ele no início da guerra entre os Aesir e os Vanir. Mais do que tudo, descrevi aquela espada, chanfrada em prata e ouro, efervescente com encanto da ponta ao punho; disse que aquela espada de runas era o símbolo da sua grandeza, virilidade e autoridade.

— Diga o seu preço. *Qualquer* preço — falei ao pai de Gerda. — Não tenha receio de falar por si mesmo. Uma filha vale mais que ouro. Mais que uma boiada. Mais que rubis.

Gymir franziu o cenho.

— Tudo bem — disse ele. — Meu preço por Gerda é a espada de Frey. Isso é, *se* ela o quiser. Se não... — Ele deu de ombros. — Estou lhe avisando. Minha filha é absurdamente teimosa.

Escondi meu sorriso por trás da mão.

— Senhor, você pede por um negócio difícil — falei. — Todavia, Frey *realmente* falou que pagaria *qualquer coisa*.

Agora era o momento de persuadir a filha, pensei. Não deveria ser muito difícil. Um pouco de elogios e charme; algumas bugigangas; um pouco de poesia...

Encontrei a garota no salão de seu pai. Uma mala sem alça loira e soberba — o tipo que Frey gostava, na verdade. Olhos azuis, pele macia, pernas lindas e voluptuosas. E aquele olhar que homens como Frey parecem considerar irresistível; um olhar que diz "*Ajoelhe-se, escória, porque você sabe o meu valor*".

Bem, fiz o que foi preciso. Cortejei-a. Alaúdes, flores, perfume, o troço todo. No entanto, Gerda era impenetrável. Nada parecia instigá-la. Nem ouro, presentes, bajulações, nem mesmo as maçãs douradas da juventude. A mulher era incorruptível. Parece que já vira Frey uma vez e ele não fazia nem um pouco o seu tipo.

Bem, simpatizei com *aquilo*. Mas dissera a ele que ganharia a garota e, além disso, tinha que considerar o meu plano. E, então, voltei para casa para falar com Frey, para dizer que a garota era *praticamente* dele, carregando alguns contratinhos.

— Papelada? — repetiu Frey.

Ele estava aprendendo a tocar alaúde e era muito ruim, por sinal.

— Bem, formalidades — respondi. — O homem tem que checar as suas credenciais antes de confiar sua filha a você. Além disso, o preço pedido foi irracionalmente alto.

— Ah, pague e termine logo com isso! — disse Frey. — Estou enlouquecendo aqui.

Dei de ombros.

— Tudo bem. Vai ser seu funeral. Mas, quando Odin descobrir sobre tudo isso, como você sabe que vai acontecer, quero que se lembre de que abrir mão da sua espada para o seu futuro sogro foi inteiramente ideia *sua* e que eu me opus a isso.

— Tanto faz — disse ele. — A espada é *minha*. Odin não tem nada a ver com isso.

Viu o que eu disse? Amor nos torna fracos. Aquela espada de runas não tinha preço. Um triunfo de runas e encantos que era páreo para a lança de Odin em força e até para o martelo de Thor em precisão. Era uma indicação real do quanto o Amor tomou conta de Frey, porque ele nem ao menos olhou para mim quando contei o que Gymir queria.

— Contanto que ninguém me culpe — falei. — Você sabe como as pessoas são.

Frey abanou a mão, impaciente.

— Por acaso sou alguma criança? — perguntou. — Tomo minhas próprias decisões. Agora vá, leve a espada com você e não volte sem Gerda.

Bem, o que mais eu poderia fazer? O homem havia se decidido. A promessa foi feita. Ninguém poderia duvidar de que fiz o meu melhor para convencer Frey a não tomar aquela decisão impulsiva; uma decisão desastrosa para os demais deuses, e que também se provaria ser para Frey. Aquela espada era um seguro de vida para eles e, quando o Fim dos Mundos chegasse, como nunca duvidei que aconteceria, Frey e os outros cedo descobririam que não se pode fazer muito com um alaúde. Todavia, isso fica para mais tarde. Por ora, tudo o que eu tinha que fazer era entregar a espada e ganhar a garota para Frey.

Ganhá-la? Isso implica em uma disputa justa. Eu, obviamente, planejava trapacear. Existe mais de uma maneira de remover a pele de um gato, estrangular uma cobra ou conquistar uma garota e, mesmo Gerda, obstinada como era, não seria páreo para a minha língua convincente.

Tendo falhado em conquistá-la com bajulação, poesia ou joias, passei para algumas ameaças básicas: ameaças medonhas sobre o pior estar por vir; pintei uma imagem sombria, porém convincente de Gerda, sozinha e abandonada por todos, banida por conta de ter rejeitado Frey, envelhecendo e xingando a si mesma por ter desperdiçado a oportunidade. Lembrei-a de que a Morte era longa e que os vermes dançariam em sua carne gélida enquanto todos os seus amigos ririam pelo fato de ter morrido virgem.

Então falei sobre o preconceito que a cegava e não a permitia ver o charme de Frey. Falei sobre as tribos divididas pela guerra; o romance do amor à primeira vista; o fato de que, dentre todas as mulheres, em todas as cavernas, em todas as montanhas dos Reinos Médios, fora *ela* quem chamara sua atenção. Certamente aquilo *significaria* algo para ela, certo?

Quando ficou claro que não, segui com uma descrição desesperada e colorida do magnífico salão de Frey em Asgard, com seus jardins pomposos, sua topiaria, salão de festas e fontes ornamentais.

— É mesmo? — perguntou Gerda. — Uma topiaria?

É engraçado como até mesmo a mais determinada das mulheres consegue ficar balançada com o prospecto de uma cerca-viva bem aparada.

— Exatamente — respondi. — Além de um jardim de rosas, um gramado, um conservatório, algumas estátuas de jardim, um lago e uma área inteira dedicada a enfeites e plantas decorativas. Você será a senhora da melhor casa de todos os Nove Mundos, e seus amigos ficarão roxos de inveja.

E, então, ela e Frey se casaram, e Gymir recebeu a espada de runas. Não foi um investimento muito sábio para Frey, que se deu conta quando a névoa cor-de-rosa do amor assentou de que acabara de entregar sua arma mais valiosa às mãos do Povo da Pedra, mas, àquela altura, não havia nada que pudesse ser feito. "Quem casa com pressa, se arrepende para sempre", como dizem as esposas velhas da Terra Interna e, vamos aceitar, elas deveriam saber bem do que estavam falando. Não é segredo algum que as esposas velhas realmente comandam *tudo*.

Odin ficou furioso, é claro. Mas nem ele conseguia me culpar pelo que acontecera. Passou a ficar sozinho por mais tempo ainda, apenas com seus corvos e a Cabeça de Mímir como companhia. Às vezes, eu o ouvia falando com uma voz baixa e urgente, mas se era com os corvos, com ele mesmo ou a Cabeça, eu só podia especular. Quanto a mim, consegui executar mais um ato velado de sabotagem e estava me sentindo bem comigo mesmo... pelo menos até o martelo cair, me pegando inteiramente de surpresa.

LIÇÃO 5

Matrimônio

Eles não dizem "até que a morte nos separe" por nada.

Lokabrenna

SIM, O MARTELO. Eu deveria saber que Odin encontraria meios para, se não necessariamente me punir por minha participação na desventura de Frey, então, pelo menos, me reprimir por um tempo. Dessa vez, o golpe veio de Frigga, esposa de Odin, a Feiticeira, que, no embalo das núpcias de Frey e Gerda, agora cismou em dar uma de cupido para cima de mim.

— Loki é apenas um pouquinho selvagem — disse ela. — Ele precisa de uma boa mulher.

A princípio, não notei o perigo ou esperei pelas consequências desastrosas. Foi somente quando o General anunciou que estava me dando uma esposa que me dei conta do quão organizadamente fui pego e o quão difícil seria para mim, de agora em diante, me livrar de *qualquer coisa* sem atrair a vigilância de minha nova e ávida esposa...

Foi Sigyn, é claro. Quem mais? Ela ficou de olho em mim desde o começo. Além disso, confidenciara à Frigga, que contara a Odin. O resultado foi uma daquelas conspirações femininas às quais homens são incapazes de resistir, e me encontrei impotente sob o ataque de ambos os lados.

Obviamente protestei. Mas o estrago estava feito. E Odin deixou bem claro que seu generoso presente não era retornável *ou* negociável.

Frigga estava encantada. Até onde sabia, o Incêndio havia sido domado pelo amor. Sigyn também estava mais do que satisfeita e preparada para uma vida de felicidades domésticas. Freia, entretanto, estava bem menos feliz: acabara de perder sua criada favorita, a mulher modesta que ela gostava de manter por perto porque a fazia parecer mais bonita. E quanto a Aquele que Vos Fala, ele estava em choque, assombrado com a velocidade de sua derrocada, tentando apenas descobrir *como* havia sido pego e como conseguiria escapar.

Para começar, até aquele ponto eu não fazia ideia do quanto as mulheres *falavam* entre si. Nada mais era privado: meus hábitos pessoais, opiniões, gostos e cada detalhe íntimo que uma esposa amorosa poderia descobrir e dividir com suas diversas amigas.

Fui ingrato? Talvez sim. Mas Frigga, que era esperta o suficiente em outras áreas, falhara em compreender minha natureza ou, na realidade, minhas necessidades. Um mês vivendo com Sigyn em sua pequena casa em Asgard, cheia de chita e rosas em volta da porta, comendo suas tortas caseiras, ouvindo suas visões sobre a Vida, dormindo com ela (de luzes apagadas, é claro, e cobrindo seus encantos com uma seleção extensa de camisolas flaneladas quase que impenetráveis), foi o suficiente para confirmar minha crença inicial de que Frigga estava errada e de que eu *realmente* precisava era do amor de uma mulher muito *ruim*.

Então saí em busca de uma mulher, dizendo à minha esposa que precisava de espaço; que não era sua culpa, que era eu; que realmente precisava encontrar a mim mesmo; e, em meu Aspecto de pássaro, me aventurei até a Floresta de Metal, que se estende por mais de 150 quilômetros entre a planície de Ida até a costa do Mar Uno.

A Floresta de Metal era um bom lugar para se esconder. Escura como a noite e cheia de predadores e demônios. A maioria possuía algum tipo de encanto, sobras roubadas do Caos, permutadas de outros reinos ou trazidas aos Mundos pelo Sonho. O rio Gunnthrà passava por ela, cheio de cobras e rãs. Era um lugar perigoso, mas era o mais próximo do Caos que eu provavelmente chegaria outra vez, e o fiz de abrigo com alívio.

Minha busca não era romântica. Enquanto estive com o Povo da Pedra, ouvi boatos de que Gullveig-Heid, a Feiticeira renegada dos Vanir, estabelecera uma fortaleza na Floresta de Metal na esperança de atacar Asgard. Pensei que poderia contatá-la e, então, unir forças; mas o local era enorme, cheio de encanto e assinaturas, e Gullveig — caso realmente estivesse lá —, se protegera com tantas runas que encontrar o seu rastro era impossível.

Mas eu, de fato, acabei encontrando outra pessoa. Angrboda, a Bruxa da Floresta. Louca, má e perigosa, ela vivia no coração da mata e tinha um pezinho no Caos. Assim como eu, deixara seu Fogo primário para explorar os Mundos emergentes; como eu, apreciara novas sensações e, como todos os demônios, era fascinante. Pele escura, cabelos longos, um anel em cada dedo das mãos e dos pés, olhos vermelhos e quentes como brasa, e cada músculo, cada nervo carregado com uma energia sexual que eu não sabia desejar tanto até que a minha vontade foi saciada.

Passamos inúmeras noites juntos, tanto em nossa forma humana quanto em diversos Aspectos animais, brincando pela Floresta, caçando, destruindo e, geralmente, cultivando Caos, até que a exaustão tomou conta de mim. Os gostos de Angie culminavam em violência e cada centímetro de mim doía. Não que eu estivesse reclamando, mas precisava de tempo para me recompor.

E, então, retornei aos braços de Sigyn, sua comida, seu amor digno do alaúde de Bragi, suas atenções e a curiosa afinidade com a vida selvagem de todos os tipos — seu traço mais irritante, o que significava que, em vários momentos, ela estava rodeada de criaturas do bosque, como pássaros, texugos, esquilos e por aí vai —, saltitando e chilreando sem parar.

— Agora, querido, seja *bonzinho* com os meus amiguinhos — diria ela quando eu desse um tapa em um rato do campo que escalava as cortinas. — Nunca se sabe, um dia você pode vir a *precisar* daquele ratinho.

Sim, antes que você condene a minha falta de fidelidade, era assim que Sigyn era, pessoal. De mais a mais, com a ajuda de Angie, acho que consegui enfrentar aquela situação muito bem. Morava em Asgard na maior parte do tempo e, quando a vida doméstica se tornava demais para mim, eu fugia para a minha amante na Floresta de Metal. O conceito de monogamia não era desconhecido para mim, é claro, mas, assim como a dor, alaúdes e poesia; eu apenas não entendia o propósito.

No geral, Sigyn suportava bem minha infidelidade. Assim pensei. É claro que ela gostava de reclamar com as amigas sobre meus apetites bestiais, mas não acho que se surpreendera tanto assim. No mundo de Sigyn, homens geralmente se desviam, mas sempre retornam para suas esposas fiéis, que demonstravam seu perdão assando bolos, cuidando de feridas e checando a temperatura em testas quentes. A vingança vem depois, na forma de dores de cabeça noturnas, comentários maliciosos e aquele negócio com a cobra... sim, falarei sobre isso em breve, então não ache que escapei sem consequências. Odin sabia o que estava fazendo quando me entregara a ela. Mas, na época, eu estava satisfeito comigo mesmo. Pensei que seria capaz de conciliar as minhas duas naturezas opostas. Tolerava Sigyn enquanto me divertia com Angrboda e conseguia convencer a mim mesmo de que toda aquela atividade com ela na Floresta fazia parte de uma espécie de rebelião secreta contra o Ancião.

Eu sei. Perdi o foco. Talvez fosse a intenção de Odin. Talvez estivesse tentando evitar que eu causasse mais danos me mantendo em um estado perpétuo de exaustão sexual.

Todavia, idílico como foi de início entre Angrboda e eu, era inevitável que, com o tempo, nossas... atividades... trouxessem frutos. Demônios geralmente tendem à... digamos, uma prole *exótica*, e, no caso de Angie, aquilo era excepcionalmente verdadeiro. Durante nosso caso de 12 meses, ela me presenteou com três rebentos: um pequeno lobisomem fofinho chamado Fenrir, uma filha morta-viva chamada Hel, e Jormungand, uma serpente macho enorme, que provou ser a gota d'água entre eu e Angrboda.

Então me julgue. Não suporto cobras. Mas ela gostava de forçar os limites. Discutimos... bem, ela discutiu. Ela disse que eu deveria me responsabilizar pelas minhas ações, me acusou de ter medo de compromisso, disse que se sentia violada e usada, e finalmente, aos berros, me mandou voltar para minha esposa, a qual eu obviamente jamais deixaria e com a qual ela me desejava um futuro longo e feliz. E, então, voltei para Asgard de vez, mais ou menos aliviado, deixando para Odin a tarefa de descobrir o que fazer com Fenny, Hel e Jormungand.

Bem, a serpente foi a mais fácil. No momento em que chegamos a uma decisão, ele havia crescido tanto que somente o Mar Uno poderia contê-lo em segurança. Então foi lá que o deixamos, para se espreguiçar no limo do oceano e se alimentar de peixes pelo resto de seus dias, e ele se tornou a Serpente do Mundo, abrangendo os Reinos Médios com sua circunferência, rabo na boca, oferecendo seu tempo até o Ragnarök.

Quanto a Hel, quando cresceu, todo mundo queria se livrar dela. Não é que fosse ruim, apenas não era uma criatura social. Era capaz de esvaziar um cômodo em dois minutos; sua conversa era mínima; onde quer que fosse, havia tristeza; festas ficavam sem graça na velocidade em que tendas podiam ser sopradas pelo vento.

Ainda assim, Odin a tolerou por mim, pelo menos até que chegasse à adolescência, quando não somente desenvolveu o caso mais chocante de acne, mas também uma paixonite igualmente aguda pelo Garoto Dourado, o preferido de Asgard, mais conhecido como Balder, o Belo. Por fim, a coisa ficou tão embaraçosa que, no fim das contas, Odin tomou uma decisão e deu a Hel seu próprio reino, o Reino da Morte, na margem próxima do Rio Sonho, e acenou para ela com alegria enquanto ia embora.

Aquilo foi bem justo, considerando que seu irmão já governava o Mar Uno. Quanto a Fenrir, pelos próximos 15 anos, comandou a Floresta de Metal, desmembrando criaturas pequenas e, no geral, correndo furiosamente. Tiveram que contê-lo mais tarde, é claro, embora, quando isso aconteceu, ele já não fosse considerado uma grande ameaça. Mas Hel era esperta, e lidar com ela demandava uma sensibilidade maior.

Odin fez com que parecesse que ela estava desempenhando uma tarefa crucial em nome dos deuses e a deu a marca de uma runa própria — *Naudr*, o Laço —, e poder quase ilimitado. Somente em seu reino, é claro. O Ancião planejava evitar a Morte pelo máximo de tempo que conseguisse. Mesmo assim, em seu auge, já estava criando bases para uma possível aliança — com a intenção de encontrar uma brecha quando o inevitável acontecesse.

E quanto a Angrboda... bem. Ela seguiu seu caminho e eu, o meu. Eu esperava que não restasse nenhum rancor, embora com Angie, nunca se saiba. Os braços de Sigyn estavam sempre abertos, e ela era infinitamente complacente, mas com toda aquela coisa de chita, animais, comida, reclamações, alaúdes, velas aromatizadas, pot-pourri e abraços, eu teria perdido a cabeça caso tivesse permanecido por perto. E, então, fugi do cenário doméstico e voltei para o meu lugar em Asgard.

Não, não a abandonei — Frigga jamais me permitiria fazer *isso* —, mas consegui convencê-la de que eu precisava de privacidade. Quando isso aconteceu, de qualquer forma, Sigyn já estava grávida e suas energias foram canalizadas para sapatinhos de tricô e gorrinhos. Uma boa hora para dar desculpas, pensei. E, depois disso, ela teria os meninos para ocupá-la.

Sim, os meninos. Meus filhos gêmeos, Vali e Narvi, com meus olhos verdes e meu temperamento, os quais Sigyn (incorretamente, conforme aconteceu) supôs que despertariam meu senso de responsabilidade. Na verdade, eles causaram o efeito oposto, com o resultado de que, nos anos seguintes, usei todas as desculpas que tinha para viajar com maior frequência para o mais longe possível da minha família.

O que posso dizer? É a minha natureza. Além disso, que exemplos eu tinha? Um pai ausente no Caos e uma mãe ausente no Mundo Superior. Isso está longe de ser um começo maravilhoso na vida. Ainda assim, se eu tivesse feito as coisas de um jeito diferente...

Mas não. Arrependimento é coisa de perdedor. O que está feito, está feito, e não faz sentido desejar qualquer outra coisa. Não paguei por isso no final? Talvez tenha até merecido. E talvez eu devesse... não vamos falar sobre isso agora. É fácil ser sábio *depois* dos Mundos acabarem. A Fortaleza Negra do Submundo está cheia desse tipo de sabedoria.

Então eu passei pela paternidade como um grão de trigo pela garganta de um ganso: ileso e despercebido. E, se alguma vez houve um tempo em que imaginei como teria sido brincar de bola com meus filhos ou ensiná-los a voar, trocar de Aspectos ou as habilidades essenciais para vida como mentir, trair e trapacear, eu sabiamente mantive o pensamento para mim mesmo. E, ainda assim, sabia que *alguma coisa* havia mudado. Alguma coisa dentro de mim. O emaranhado de arame farpado que existia no meu coração estava, de repente, menos invasivo. Eu podia passar semanas e meses sem ao menos pensar em vingança. Um dia, voei até Asgard durante um dos meus passeios no Aspecto de falcão e vi meus filhos, com idades entre 7 e 8 anos, brincando na muralha. E, apenas por um momento, quase me senti...

Sim. Quase me senti *feliz.*

Eu deveria saber que algo estava errado. Vamos encarar a realidade; aquilo não era natural. Depois de anos tentando, Odin me corrompera. Não, não era *amor,* é claro, mas *era* um tipo de contentamento. De repente, eu não estava sozinho. De repente, eu tinha pessoas. E, de repente, o Fim dos Mundos poderia não estar tão longe, enquanto eu olhava para os meus filhos à distância e pensava: *Talvez era disso que eu sentia falta. Talvez, afinal de contas, eu pertença a este lugar...*

LIÇÃO 6

Damas de Honra

Uma coisa emprestada, uma coisa azul.

Lokabrenna

DEPOIS DAQUILO veio um período de existência sem crises em geral. Não que estivesse diminuindo o ritmo, mas era verão em Asgard e todos sentíamos a luz do sol. Na época, estávamos em nosso ápice; adorados pelos Reinos Médios. Tínhamos qualquer coisa que desejássemos. Ouro, armas, vinho, mulheres. Odin e Thor eram os populares — ao lado do Garoto Dourado, é claro —, mas até Aquele que Vos Fala possuía sua parcela de músicas e sacrifícios. Os povos do Gelo e da Pedra estavam em paz; Frey estava feliz com a noiva e Skadi se encontrava em uma das suas viagens ao Norte, o que significava que não havia ninguém para enfraquecer as festividades.

Alguma coisa, em algum momento, estava certa de dar errado. Todos havíamos nos tornado *deveras* complacentes. Desconfiança e Sobrevivência são gêmeas... perca uma e a outra irá embora logo em seguida.

Uma manhã seguinte a uma noite de bebedeira, Thor acordou em seu salão vazio e descobriu que seu martelo desaparecera. Por um tempo pensou que Sif o guardara, depois achou que alguém dos demais o escondera para lhe pregar uma peça, mas quando todos negaram conhecimento e finalmente Aquele que Vos Fala foi chamado e acusado de tê-lo roubado, nos demos conta de que estávamos com um problema.

— O que infernos eu iria querer com o seu martelo? — perguntei.

Thor deu de ombros.

— Não sei, pensei...

— Não tente pensar — falei, conjurando *Bjarkán*, a runa da verdadeira visão. Ela revelou uma assinatura blindada, cores que imediatamente reconheci. — Aquela impressão pertence a Thrym, um dos capitães do Povo do Gelo. Ele deve ter dado um jeito de entrar aqui, gosta de viajar sob a forma de águia, e roubado o martelo enquanto você dormia. — Olhei para Heimdall. — Onde você estava? Bêbado de novo? Deuses, a segurança desse lugar...

— Cuidado com a sua língua — rosnou Heimdall. — Ou posso acabar o livrando dela.

Arqueei uma sobrancelha.

— Vá em frente. Divirta-se enquanto ainda pode. Porque assim que se espalhar a notícia de que Thor perdeu seu martelo, seremos atacados por todos os lados, por cada pequeno comandante que gostaria de arriscar suas chances contra nós.

Houve um silêncio assim que todos se deram conta de que eu estava certo.

Virei-me para Freia.

— Sua capa de falcão.

Ela concordou. Até ela sabia o que aconteceria caso perdêssemos Mjölnir. Não era somente o martelo, mas a perda da credibilidade. O império de Odin fora construído a partir de blefes e conhecimento que ninguém ousara rebater, todavia nossos inimigos eram como lobos ao redor de uma fogueira: à distância, mas bastaria permitir que sentissem o cheiro do sangue uma vez para que partissem para cima de nós antes que fossemos capazes de perceber.

Odin observava enquanto eu vestia a capa.

— Fale com Thrym — disse ele. — Descubra o que ele quer de nós. E, Loki... por favor. Tenha cuidado.

Fiquei surpreso. Havia de ser a primeira vez em que o Ancião demonstrara qualquer interesse em minha segurança pessoal. Imaginei que ele sabia que precisariam das minhas habilidades caso quisessem recuperar o martelo. Admito, fiquei lisonjeado; Odin depositara confiança em mim e eu estava disposto a mostrar a ele que era digno dela. Então, voei até as Terras do Norte e encontrei o velho Thrym em seu pátio, fazendo coleiras para os cães e aparentando bastante satisfeito consigo mesmo.

Desci para me juntar a ele e me empoleirei em um galho, fora do alcance de suas mãos enormes.

— Loki — disse ele, mostrando os dentes. — Você me parece bastante animado hoje. Como estão os Aesir? Os Vanir?

— Não muito bem — respondi. — Não agora que você roubou o martelo de Thor.

Thrym deu um sorriso largo.

— Roubei? — perguntou.

— Achei que você fosse mais esperto que isso, Thrym — falei. — Você realmente quer ver todos os Nove Mundos em guerra por conta de um martelo? Asgard não será a única com problemas, você sabe. O que fez provavelmente desestabilizará a Ordem e o Caos. Você terá Lorde Surt na porta de entrada da sua casa antes que consiga dizer "desejo de morte". Então devolva o martelo a Thor e podemos todos voltar a permanecermos vivos. O que me diz?

Ele sorriu de novo.

— Não quero o martelo de Thor.

— Isso é ótimo. Então o que você *quer*?

— Estou apaixonado — respondeu.

Xinguei.

— Ah, deuses. Você também?

— Enterrei o martelo no Mundo Inferior. Você jamais o encontrará a tempo — disse ele — Mas pode recuperá-lo assim que eu tiver a Deusa do Desejo como minha noiva. Você tem nove dias para trazê-la.

Freia! Deuses. Eu já deveria saber. Aquela mulher era nada além de problemas. Voei de volta para Asgard o mais rápido que pude — o tempo era curto — e encontrei o Deus do Trovão esperando, bastante impaciente, em seu salão.

Tirei a capa de penas de Freia, prestes a cair de exaustão.

— Então? — perguntou Thor.

— Bem, uma bebida seria uma boa. Voei por dias, você sabe.

Thor me agarrou pela garganta.

— *Então?*

— Então — respondi —, conversei com Thrym. E ele ficará feliz em devolver o martelo com a condição de que concordemos em entregar Freia a ele como sua esposa.

Thor pensou no assunto por três segundos e, em seguida, disse:

— Tudo bem. Vamos contar a ela.

Convocamos uma reunião dos deuses — todos eles — no salão de Odin.

— Temos boas notícias e notícias levemente não tão boas — falei. — A boa é que persuadi Thrym a devolver o Mjölnir. A notícia mais ambivalente é... — Sorri ofuscantemente para Freia. — Agora, antes que você me ponha em chamas...

— É melhor que você não esteja prestes a dizer o que eu acho que está prestes a dizer — protestou a Deusa do Desejo, entre dentes.

— Ah, vamos — falei. — Seja justa. Thrym é um cara decente de coração. E ele é um rei, pelo amor dos deuses. Não é como se eu estivesse tentando lhe casar com um operário. Pense nisso. Você será a Rainha do Povo do Gelo. Terá uma coroa de diamantes e um vestido de casamento feito de vison.

Ela me lançou um de seus olhares.

— Não. Eu preferiria ir à guerra.

— Com *o quê*? Thrym está com Mjölnir, caso tenha esquecido.

— Não me importo. Não me casarei com alguém do Povo do Gelo. Eles são feios, grosseiros e todos cheiram a peixe.

— O que tem de errado com cheiro de peixe? — perguntou Njord.

Freia olhou de um jeito apelativo para Odin.

— Você não pode desejar que eu faça isso — disse ela, batendo os cílios.

Mas desde o ocorrido com Dvalin e o colar, Odin vinha sendo bem menos indulgente com Freia. Na maior parte do tempo, ele não demonstrava sua raiva, mas eu o conhecia bem demais para ler incorretamente os sinais.

— Precisamos do martelo, Freia — disse ele.

— Isso significa que não precisam de *mim*? — Ela começou a chorar, seu jeito costumeiro de lidar com as adversidades. Naquele momento, ninguém parecia se importar muito. Freia secou suas lágrimas. — Tudo bem. Você prefere me vender como uma prostituta.

Escondi um sorriso com a mão, mas não antes dela vê-lo.

De seu trono, Odin encontrou meu olhar. Eu sabia o que estava pensando, assim como Freia. A raiva o fazia tremer. Ela começou a se transformar na Megera — aquela personificação monstruosa do Desejo, intensa e egoísta —, e, com a violenta descarga de encanto, a gargantilha dourada que ficava ao redor de seu pescoço se quebrou, espalhando seus elos e gemas em volta do trono elevado de Odin.

— Caramba, *isso* é que é atraente — falei e sorri de novo.

Freia soltou um grito angustiado.

— Eu odeio todos vocês! — disse ela antes de fugir.

Os deuses trocaram olhares desconfortáveis.

— Ainda temos que lidar com Thrym — continuei. — O Rei do Povo do Gelo, em sua fortaleza, rodeado por seu povo, armado com runas e todo o tipo de conhecimento local... sem mencionar o martelo de Thor... — fiz uma pausa para que absorvessem tudo aquilo. — Thrym quer uma noiva. Não temos escolha. Sugiro que lhe demos uma.

Fez-se um silêncio. Todos pareciam abatidos.

Frey disse:

— Freia não o aceitará.

— Entendo o ponto, é claro — falei. — Mas temos que dar *alguém* para ele. E, coberta por um véu de noiva e pedras preciosas, uma noiva se parece bastante com outra.

— Você acha que consegue enganá-lo? — Heimdall sorriu com desdém. — Assim que ele descobrir que foi passado para trás, cortará a garganta da noiva.

— Não se ela cortar a dele primeiro — respondi. — Tudo depende de quem enviaremos.

Todos olhavam para mim agora. Sorri novamente e me virei para Thor.

— É melhor que você não esteja pensando no que eu acho que você está pensando — rosnou ele.

— Estou pensando em tafetá até o chão sob um manto de vison branca cor de neve. Várias saias para criar um quadril de matar. E seu cabelo preso por uma touquinha delicada...

— De forma alguma — protestou Thor, perigosamente

Eu o ignorei.

— Consertaremos o colar de Freia — disse a todos. — É sua assinatura e Thrym esperará vê-lo. Esconderemos o rosto de Thor sob um véu e o acompanharemos até o local de Thrym sem que ninguém suspeite de nada. Então, quando Thrym trouxer o martelo...

Agora Odin sorria.

— Poderia funcionar.

— De jeito *nenhum* — protestou Thor novamente.

Eu disse:

— Serei sua criada, Thor. Não se preocupe. Não vou roubar o seu show. Você será uma noiva *belíssima.*

Thor rosnou.

— E não se preocupe com a noite de núpcias. Estou certo de que Thrym será bastante gentil. Direi a ele que é sua primeira vez...

Seu golpe, caso tivesse me acertado, teria feito de mim nada além de um borrão no chão. Conforme foi, esquivei com facilidade e saí dançando, ainda sorrindo.

— Não temos escolha — falei novamente para ele. — É isso ou perder Mjölnir. O que acham, pessoal?

Todos concordaram. E foi assim que, oito dias depois, o Deus do Trovão, trajando um dos vestidos de Freia, encharcado com seu perfume, com os braços e pernas depilados, as unhas douradas, usando o colar de Freia e uma expressão de raiva matadora (felizmente encoberta pelo véu), pegou a estrada em direção às Terras do Norte com Seu Humilde Narrador ao seu lado.

Sua carruagem deixou um rastro furioso de marcas chamuscadas e buracos, visíveis a quilômetros de distância. Era o jeito costumeiro com que Thor viajava, é claro, mas um purista poderia condená-lo como um tanto agressivo para uma dama a caminho de seu casamento. Consegui bloquear a assinatura que teria anunciado sua presença através de um largo tapete vermelho de encanto por todo o caminho desde a planície de Ida em direção às geleiras do Norte, mas não havia nada que eu pudesse fazer em relação às colisões na estrada ou o ranger dos dentes de Thor sob o véu de noiva coberto por joias.

Na chegada, expliquei ao nosso anfitrião:

— Freia estava animada para chegar aqui, Lorde Thrym. Além disso, nós, mulheres condutoras de carruagens... — Lancei um sorriso para ele sob minha touca de criada. Como mulher, eu era mais convincente que Thor e, sendo imberbe, não precisava usar um véu. De qualquer forma, Thrym pareceu aprovar, pegando em meu queixo e dizendo:

— Se a senhora possuir metade da beleza da criada, acho que minha sorte se dará hoje à noite.

Soltei um risinho.

— Ah, *você*! Pare com *isso*!

Em seguida, evitando as mãos bobas de Thrym, conduzi a noiva de mentira até o salão de banquetes do Povo do Gelo, onde mesas haviam sido postas para um jantar. Lombos de carne, salmão, tortas, montanhas de bolos e frutas cristalizadas. Castiçais de velas por toda parte garantiam ao lugar um brilho festivo. E hidromel, litros e litros de hidromel; o suficiente para um exército de bêbados.

Eu podia ouvir Thor resmungando para si mesmo e sibilei para ele.

— Fique quieto, certo? Deixe a conversa comigo.

O povo de Thrym nos guiou até nosso lugar à mesa, do lado esquerdo de Thrym. Sabiamente, afastei Thor do lugar onde os guerreiros se sentavam e o coloquei junto às mulheres.

Thrym estava perto, mas não o suficiente para alguma gracinha. O homem tinha mãos bobas e eu não queria que Thor perdesse a paciência... pelo menos não até recuperarmos o martelo, momento no qual ele estaria livre para enlouquecer o quanto quisesse.

— Apenas tente comer alguma coisa, *minha senhora* — murmurei, cutucando Thor nas costelas.

Em seguida, virando-me para Thrym, falei:

— Ela é um pouco tímida. Tenho certeza de que irá se soltar assim que terminar de comer.

Bem, Nosso Thor sempre tivera um apetite mais do que saudável. Naquela ocasião, ele conseguiu se superar, comendo um boi assado inteiro, oito salmões e *todas* as iguarias — doces, bolos, biscoitos, frutas cristalizadas —, que foram servidas às mulheres. Tentei alertá-lo, mas Thor e comida eram amigos inseparáveis. E, depois daquilo, ele deu início ao hidromel, bebendo três chifres inteiros antes que eu conseguisse colocar um pouco de juízo em sua cabeça.

Thrym o observava com espanto.

— Ela gosta de comer, não é? Como consegue manter a forma?

Eu ri e pisquei os olhos.

— Ah, Lorde Thrym, mas minha senhora não comera ou bebera *nada* desde sua lisonjeira proposta. Por oito dias, fizera uma dura dieta, pois estava preocupada em entrar em seu vestido de casamento.

Thrym sorriu com bondade.

— Que bençāo — disse ele. — Ela não precisa de dieta para mim. Quanto maior for a almofada... não fique tímida agora...

Ele deu um bote em Freia e conseguiu olhar por debaixo de seu véu. O que viu pareceu deixá-lo inquieto.

— Os olhos de Freia... — gaguejou.

— O que têm eles? — Toquei em seu braço e sorri.

— São tão ameaçadores... queimam como brasas!

— Ah, mas minha senhora não tem dormido por oito noites — expliquei. — Ela ficara tão animada para sua noite de casamento... sua noite de núpcias com *você*, milorde.

— Ah — disse ele.

Sorri.

— Ela ouviu tudo sobre você, milorde — falei. — Seu vigor, sua beleza, seu *tamanho*...

— É mesmo? — perguntou ele.

— Certamente — sussurrei. — Veja o jeito com que olha para você agora. Está praticamente se contorcendo de tanta antecipação.

— Tragam o martelo logo! — ordenou Thrym. — Quero me casar *agora*!

Levou alguns minutos para que os criados trouxessem o martelo até o salão de jantar. Enquanto isso, Thor aguardou, impaciente, enquanto a irmã de Thrym, que vinha observando a noiva de mentira durante todo o banquete, veio se sentar ao nosso lado, de olho nos anéis na mão de Thor. Eles pertenciam a Freia, é claro, e — obviamente —, eram muito bonitos.

— Você precisará de uma amiga por aqui — disse ela. — Dê para mim os anéis que estão em seus dedos e eu lhe mostrarei como as coisas funcionam.

Thor não disse nada, mas eu poderia dizer que sua paciência estava chegando ao fim. Afastei dele a irmã, prometendo quantos anéis desejasse assim que a cerimônia de casamento chegasse ao fim.

— Acho que devemos deixar Freia a sós — falei, lançando um olhar repressor a Thor. — Ela está muito tímida e nervosa, você sabe como é. Vamos respeitar sua modéstia.

Finalmente, trouxeram o martelo, com cada parte tediosa de uma cerimônia que você pode imaginar. Discursos, brindes e eu praticamente conseguia *sentir* o humor de Thor desgastado ao ponto de combustão.

— E agora — disse Thrym, que estava muito bêbado —, podemos todos concordar que Freia fez a escolha certa. Mjölnir é uma arma poderosa, mas acho ambos sabemos que existe uma que é ainda mais. Soube que ela mal pode esperar para experimentá-la.

E ele cambaleou em direção a Freia, piscou e colocou o martelo sobre o seu colo.

A reação de Thor foi imediata. Ele ficou de pé, agarrando o martelo, e o lançou para longe o seu disfarce. Sem o véu e em Aspecto, o homem era espantoso; sua barba vermelha se eriçou, seu torso se inflou, seus olhos estavam acesos com fúria. Apenas me mantive fora de seu caminho; é realmente a única coisa que se pode fazer quando Thor tem um de seus ataques violentos.

Um trovão estrondou, raios foram lançados, o martelo cumpriu seu trabalho mortífero. "Alguma coisa emprestada, alguma coisa azul"... Bem, acho que eles pegaram o martelo emprestado e, logo, a multidão tão calorosa iria se sentir tão fria quanto o azul do gelo...

Em cinco minutos, o salão de Thrym estava amontoado de corpos despedaçados. Você tinha que admitir que ele era bom. Não era esperto, mas uma máquina mortífera sobre duas pernas. Homens, mulheres, criados, cães. Todos caíram sob o poder de Mjölnir. Então, quando a sede de sangue chegou ao fim, nós voltamos juntos para Asgard, sem dizer uma palavra até chegarmos perto de nossas fortalezas.

Freia nos aguardava. Thor devolveu seu colar.

Bragi estava de pé com seu alaúde. Ele perguntou:

— Como Thrym é?

— Morto — respondeu Thor.

— E os sogros?

— Mortos — disse Thor.

— Acho que você recuperou seu martelo, então. Isso vai dar uma ótima canção — disse Bragi. — Ou um canto de celebração. Ou o que você me diz de um coro, talvez no estilo clássico?

Thor olhou para Bragi. Estendendo sua mão enorme, pegou o alaúde e torceu o braço do instrumento.

— Se algum dia eu ouvir uma única *nota* de uma canção sobre isso — disse ele calmamente —, uma música, um poema ou até uma *sátira*... — Ele fez uma pausa para jogar o alaúde no chão. Um som triste e curto de estilhaços se fez. — Na verdade — continuou Thor —, se você disser mais uma palavra, vou amarrá-lo com uma corda à Ponte do Arco-Íris e usar suas entranhas como um violão. Está claro?

Bragi assentiu com os olhos esbugalhados.

E aquela foi a última vez em que qualquer um ousou mencionar novamente aquele episódio.

LIÇÃO 7

Celebridade

Matar seus fãs. Nunca o meio mais eficiente
para se construir sua imagem pública.

Lokabrenna

DEPOIS DAQUILO, BEM DE REPENTE, Aquele que Vos Fala se tornou quase popular. Sempre fui notório, mas agora minha fama se espalhara pelos Reinos Médios como uma dose de Incêndio. Pessoas *amavam* aquela história — o lance com Thor usando um véu de noiva e Aquele que Vos Fala disfarçado de dama de honra — e, apesar do fato de Bragi estar sob ordens severas de não a espalhar, ela se tornou um sucesso no boca a boca.

Thor *sempre* fora popular. Grande, forte, de boa natureza e tão inteligente quanto um Labrador comum, era um homem que o Povo podia admirar sem se sentir ameaçado por seu intelecto. Eu era exatamente o oposto: nada de músculos, mas esperto demais, e o Povo não confiava em mim.

No entanto, tudo isso mudou depois de Thrym. Agora éramos uma dupla. As pessoas nos paravam na rua e pediam por suas anedotas preferidas. Os músculos dele e meu cérebro eram, de repente, uma combinação vencedora, e eu tinha que admitir que senti certa pressão em duplicar nosso sucesso mais recente.

Não, não havia me esquecido do quanto fora ofendido pelos deuses. Mas ser parte do grupo popular era uma experiência nova e, apesar de tudo, eu estava me divertindo. Ainda os desprezava e, mesmo assim, agora possuía uma espécie de brilho refletido; uma atração inesperada; uma aura de celebridade. Portas que estavam fechadas para mim, de repente, foram escancaradas. Completos estranhos me presenteavam. Mulheres se ofereciam para mim... e com a bençāo de seus maridos. Descobri que conseguia me safar de todo tipo de mau comportamento pelo qual, antes, seria condenado — bebedeiras, fraudes, atos maliciosos de vandalismo, roubo, trotes ultrajantes. Quando o culpado era revelado, as pessoas balançavam a cabeça, riam e diziam: "Ah, isso é bem a cara do Loki" e, na verdade, pareciam se sentir *lisonjeadas* quando descobriam que eu tirara vantagem delas.

Essa tolerância inesperada se estendeu até Asgard. Lá também descobri que meu comportamento era repentinamente mais aceitável. As pessoas sorriam para as minhas bizarrices em vez de se sentirem ofendidas. Thor contou a história sobre os cabelos de Sif como se soubesse da brincadeira desde o princípio e gargalhava alto enquanto a narrava, bradando e me dando tapinhas nas costas. Bragi trabalhou novamente na balada de Iduna e suas maçãs para que o meu nome aparecesse mais como vítima do que como traidor. Até mesmo meu caso com Angie e os contos sobre nossa prole monstruosa serviram para reforçar minha reputação como um atleta sexual. Enquanto isso, meus filhos gêmeos cresciam rápido, agora à imagem de seu pai: cabelos vermelhos e olhos estranhos. Não que eu me sentisse mais paternal por conta disso. Mas deixava Sigyn feliz, o que era sempre bom, além de aumentar meu status entre os deuses.

Heimdall nunca se aproximou de mim, no entanto, e Skadi — que ainda ia e vinha de Asgard, passando seis semanas nas montanhas e três ou quatro dias em Asgard antes de voltar para suas terras de caça —, às vezes me olhava friamente com seus olhos azuis dourados e eu sentia que ela imaginava qual era exatamente o meu papel na morte de seu pai. Posso tê-la feito rir uma vez, mas ela ainda era um pedaço de gelo, fria como o coração das montanhas, mortal como uma baleia assassina, e eu tentava evitar ser popular *demais* sempre que ela estava por perto.

Odin não parecia surpreso com a minha recém-adquirida popularidade. Meu irmão já conhecia a fama; sua instabilidade e transitoriedade. E talvez fosse bom para ele que estivesse um tanto deslumbrado... na verdade, olhando para trás, imagino se não foi Odin quem espalhou minhas peripécias. Seus corvos, Hugin e Munin, voavam todas as manhãs, investigando os Mundos por fofocas e novidades, enquanto Odin em si permanecia indiferente, sozinho, a não ser pela Cabeça de Mímir. Talvez eu devesse ter perguntado a mim mesmo *o que* aquela Cabeça dizia para ele e por que parecia tão preocupado com rumores e histórias de todos os tipos, mas aquela nova corrupção — celebridade —, havia tomado conta de mim de tal maneira que admito ter perdido o foco. Thrym foi a minha grande oportunidade, minha entrada para a liga dos melhores. E eu tinha começado a acreditar no mito que havia crescido ao meu redor; a acreditar que merecia tratamento especial; que estava além do alcance da lei. Orgulho, a falha que mais se aproxima do divino, me pegou pelo pescoço e eu estava alegremente inconsciente da queda que me aguardava...

Aconteceu na época em que Thor e eu saímos para uma viagem pelos Reinos Médios. Descobri que viajar era essencial quando se tentava manter um perfil, e Thor gostava de sair por aí, enquanto eu sempre ficava feliz em me afastar das atenções da minha esposa. Pegamos a carruagem de Thor e saímos de Asgard, margeamos a Floresta de Metal e fomos para o leste, verificando as atividades do Povo da Pedra. Ladeamos as Terras do Norte para nos certificar de que o Povo do Gelo ainda se encontrava dócil. E, então, cruzamos o Interior sob disfarce a fim de ouvirmos o que o Povo dizia sobre nós e espalhar mais algumas histórias.

Em nossa primeira noite no Interior, Thor insistiu em experimentar a hospitalidade local. Enfiou na cabeça que deveríamos chegar a uma cabana em Aspecto humano para descobrir que tipo de suporte de fato possuíamos na área. Eu teria preferido uma boa estalagem, com o bastante para comer e uma cama decente — e talvez algumas garotas para aquecê-la para mim —, mas Thor não se convenceu e eventualmente escolheu uma casa de campo humilde, com telhado de capim, na beirada de um trecho de lagoa.

Parecia medonha e eu disse:

— Qual é o objetivo em ser famoso se você não fica nas melhores acomodações?

— Ah, vamos lá — respondeu Thor. — Esses tipos fazendeiros são o sal dos Nove Mundos. Além disso, imagine o que dirão quando descobrirem quem somos. Vão contar a história por *anos*.

E então nós batemos na porta e pedimos para compartilhar da refeição que a mulher da casa preparava. Uma aproximação um tanto clichê, eu sei, mas Thor estava no comando e, em sua cabeça, esse era o tipo de coisa que deuses deveriam fazer. Apresentamo-nos como Arthur e Lucky... Thor piscando descaradamente sempre que usávamos os nomes falsos, então tive certeza de que seríamos reconhecidos antes de nos sentarmos para jantar.

Acontece que estava errado quanto a isso. Aquelas pessoas eram rústicas das montanhas, incapazes de ver além do nosso disfarce. Comecei a me sentir impaciente. Mas Thor continuava a me cutucar e piscar e, quando a noite caiu, me rendi a passar a noite em imediações não tão luxuosas e me concentrei em aproveitar ao máximo o que me foi oferecido.

A refeição não foi grande coisa. Algum tipo de cozido. As camas eram apenas colchões de palha. Mas a família parecia boa suficiente — um casal de meia idade, um filho adolescente chamado Thialfi e uma filha bonita chamada Roskva —, e então Thor teve uma de suas ideias luminosas, oferecendo para suprir a carne que tanto faltava.

Veja bem, Thor tinha algumas cabras consigo, recolhidas ao longo da estrada. Deixando-se levar pela própria generosidade, ele ofereceu os animais para a pequena família, mas os avisou para não partirem nenhum dos ossos... um teste de obediência, se você preferir. Thor levava o respeito em extrema consideração. Acho que você pode ser assim quando pesa quase 140 quilos.

Nossos anfitriões ficaram emocionalmente tocados pelo presente de carne de cabra. Os pais estavam chocados e em silêncio, enquanto as crianças faziam todo o tipo de perguntas. De onde nós viemos? Éramos ricos? Já teríamos visto o Mar Uno? Thialfi, o adolescente, principalmente, parecia deveras curioso em relação a Thor, enquanto Roskva, a filha, me observava sob os cílios.

Bem, todos se divertiram, se você gosta desse tipo de coisa. Comemos, dormimos e, pela manhã, Thor juntou todos os ossos do banquete da noite anterior e preparou pão e tutano para o café da manhã. Porém, ao investigar os ossos descartados, notou que um fêmur já havia sido partido e sabia que alguém o desobedecera.

— O que eu disse a vocês para não fazerem? — perguntou, revelando seu real Aspecto.

Thialfi arregalou os olhos.

— Uau! Ah, uau! Você é Thor — disse.

— Sim, eu sei disso — falou Thor.

— Eu *sabia*! — retrucou Thialfi. — Quero dizer, *o* Thor. O Estrondoso. O Deus do Trovão.

— Sim — confirmou Thor. — E se você se lembrar...

— Ah, uau — disse Thialfi. — Eu amo o seu trabalho. Aquela vez que você se vestiu de noiva...

— *Não* toque nesse assunto! — ordenou Roskva.

— Ah. Bem, a vez que você resgatou Iduna do Povo do Gelo e...

— Na verdade, isso fui eu — falei.

Os olhos de corça de Roskva se arregalaram.

— Ah, meus deuses, você é Loki — disse ela. — Você é de longe o meu favorito de todos os deuses em Asgard. Thialfi, seu imbecil, esse é *Loki*. Loki, o Trapaceiro, em pessoa. Thor e Loki, em nossa casa e nós nunca *suspeitamos*!

— Não importa — disse Thor, ainda irado. — Vocês desobedeceram minha ordem específica. Todos merecem pagar com suas vidas.

Comentei que matar seus fãs leais dificilmente ajudaria sua imagem pública. Àquela altura, toda a família estava fazendo reverências, se martirizando e dizendo que não era digna daquilo, como se nunca tivessem visto uma celebridade antes. Eu estava francamente revoltado, mas aquilo pareceu surtir efeito em Thor.

— Tudo bem, tudo bem. Vou deixar passar.

Thialfi e Roskva pularam de alegria. A menina trouxe um pequeno caderno cor-de-rosa e um bastão de carvão e me pediu para assinar meu nome na parte de dentro. Thialfi queria sentir os braços de Thor, para ver se eram tão grandes quanto aparentavam.

— Então, como é que se faz para ser um deus? — perguntou o pai da família. — É algo que pode ser ensinado? Ou algo com o qual se nasce? Porque meu filho sempre diz que *ele* quer ser um deus um dia, mas eu não sei se existe uma carreira nisso. Não como existe na lavoura.

Thor o assegurou que existia.

— Então, você treinou? — perguntou Thialfi. — Ou você foi, tipo, recrutado?

Thor respondeu que foi um pouco dos dois.

— E *de onde* você tira suas ideias? — perguntou a mãe, dirigindo-se a mim. — Todos aqueles planos inteligentes que faz, eu não sei como você consegue pensá-los. Eles simplesmente vêm à sua cabeça?

Eu sorri e disse que sim, eles vinham.

Pai e mãe pareciam impressionados.

— Roskva é esperta para uma garota — disse a mãe, carinhosamente. — Sua cabeça é tão cheia de ideias que não sei de onde elas surgem. E meu Thialfi consegue correr como o vento. Nunca vi ninguém mais veloz. Você acha que, talvez, eles possam ter... você sabe... *potencial*?

Eu podia ver onde aquilo ia dar. Comecei a dizer algo sobre não ter tempo suficiente para promover novos talentos quando vi a expressão de Thor e xinguei por dentro. Não é frequente Thor ter uma ideia e menos ainda ela ser boa, mas quando ele cisma com alguma coisa, é quase impossível fazê-lo esquecer. E Thor havia tido uma ideia, eu podia ver: seus olhos brilhavam, seu rosto estava vermelho e sua barba, eriçada.

— Nem pense nisso — falei.

— Por favor, Loki. Eles são tão bonitinhos. Acho que os quero para mim.

— De forma alguma — protestei. — Quero dizer, o que você *faria* com eles?

— Thialfi poderia carregar minhas armas — respondeu Thor. — Roskva poderia cozinhar e limpar para nós. Vamos, Loki. São apenas crianças. Além disso, eles nos adoram.

Comentei que seus dois *últimos* filhos haviam terminado numa panela de cozido de cabra. Thor gargalhou alto.

— Isso é *tão* a sua cara! — exclamou. — Confie em mim, vai ser *divertido.*

E foi assim que nós dois adquirimos um par de seguidores. Thialfi era o fã número um de Thor e Roskva, d'Aquele que Vos Fala. Mas em retrospecto, você concordará que não foi a jogada mais sábia levá-los conosco rumo ao desconhecido. Fãs eram volúveis, assim como a fama, e quando os permitimos chegar tão perto, arriscamos revelar nossas fraquezas. Primeiro, aos seguidores e, então, ao inimigo. E, assim, rolamos ladeira abaixo.

LIÇÃO 8

O Sol da Meia-Noite

O lugar onde o sol nunca se põe é
um lugar onde tudo é possível.

Lokabrenna

ENQUANTO ISSO, ainda vagávamos em meio ao nada. Névoa saía em grossas camadas das lagoas e, embora naquela época do ano no Norte o sol raramente deixava o céu, o dia estava frio, sombrio e sem graça. Surpreendentemente, eu começava a ansiar por meu lar e a comida caseira de Sigyn, mas Thor estava animado para causar uma boa impressão em seus novos e ávidos seguidores e até eu estava relutante em voltar sem proporcionar um pequeno show.

Então, nós quatro atravessamos a última cadeia de geleiras até chegarmos a uma faixa de mar, além da qual podíamos ver uma floresta e uma vertiginosa cadeia de montanhas brancas.

Aquele lugar se chamava Utgard, o Longínquo Norte. Conhecíamos por reputação, embora, até onde soubéssemos, nem mesmo Odin estivera lá. Por seis meses do ano, ouvimos, o sol não tocou o horizonte; tudo estava congelado e a Aurora dançava pelo céu azul-escuro do inverno. O verão era breve — quase não durava três meses —, mas, durante aquele período, o Caos reinava: o sol nunca se punha, monstros vagavam, a vegetação crescia desenfreada e, de acordo com as lendas, qualquer coisa era possível.

Para mim, soava como um bom lugar para se evitar, mas Thialfi e Roskva nos observavam; seus olhos eram como estrelas, e sentíamos suas expectativas — seu *amor* —, como o peso de um jugo sobre nossas costas.

Suponho que nós dois nos deixamos levar. Não sei como explicar de outra maneira. Estávamos bêbados de celebridade, dispostos a correr os riscos mais bobos para não decepcionarmos nossos adoradores. No litoral, encontramos um velho barco, esbranquiçado como um osso, mas ainda intacto e, deixando a carruagem de Thor para trás, decidimos cruzar o mar em direção às terras da Aurora.

O estreito estava praticamente livre de gelo. Nós o cruzamos em menos de 24 horas, atracando o barco em uma praia branca e larga, cheia de madeira flutuante e ossadas de animais que morreram há longa data.

Arrastamos o barco para além da beira, em seguida pegamos nossas malas e seguimos caminho para o interior. As montanhas pareciam tão longe quanto do outro lado do estreito, e a maior parte das terras era de floresta; escura, densa, cheirando a pinho e cheia de plantas e animais que nenhum de nós jamais vira. Aqui existiam árvores tão retas e altas que quase se comparavam à Yggdrasil; esquilos negros que corriam para cima e para baixo nos troncos; cogumelos lívidos tão altos quanto um homem. Era um lugar estranho e perturbador e, à medida que adentrávamos a mata, eu me sentia mais e mais desconfortável. Alguma coisa estava nos observando. Podia sentir em minhas entranhas.

— Está com medo dos lobos? — perguntou Thor, e riu. — Essa é boa. O Pai dos Lobos, ficando sobressaltado com seus parentes.

Comentei que só porque eu era pai de Fenrir, não me preveniria de ser devorado por ele caso a fome o tivesse tomado. Além disso, se até cogumelos conseguiam crescer tão alto naquela parte do Mundo Além, a que porte um lobisomem chegaria... ou até, deus nos ajude, uma *cobra*.

— Cobras? — perguntou Thialfi. — Você acha que tem cobras?

Dei de ombros.

— Quem sabe? Deve ter.

Thialfi estremeceu.

— Odeio cobras. Principalmente aquelas verdes que se escondem nos juncos quando você está nadando e as marrons que ficam na beira da estrada e ficam quase invisíveis. Ou as grandes que se penduram nas árvores...

Foi então que me dei conta de talvez ter encontrado uma companhia ainda mais irritante do que Hoenir. Considerei calar a sua boca com um feitiço da runa *Naudr*, mas ele era o fã número um de Thor, e temi que o Deus do Trovão pudesse se objetar caso eu calasse o garoto. E então prosseguimos pela floresta, Aquele que Vos Fala se sentindo gradualmente sobressaltado e Thialfi falando animada e incessantemente sobre cobras.

Naquele momento, começou a chover. O tipo de chuva constante, que encharca e parece durar para sempre. Molhou nossas costas, achatou nossos cabelos, encheu a floresta com a essência de madeira podre e terra azeda e úmida. Eu estava ficando com fome, mas não havia nenhum sinal de comida e eu não estava desesperado o suficiente para tentar comer um dos esquilos.

— Estou cansada — disse Roskva. (Eu podia dizer pela sua expressão confiante que ela esperava que eu desse um jeito naquilo.) — Não estamos perto da hora de acampar?

Olhei ao meu redor e me dei conta de que não fazia ideia do tempo que passamos caminhando. Ainda conseguia ver a luz do dia entre as árvores, mas aquela era a época em que o sol nunca se punha e pensei que já poderia estar tarde. Não gostava da ideia de dormir na floresta, mas não parecia haver outra escolha. Não havia sinal de habitação; nenhum abrigo, nem mesmo a cabana de um lenhador. Continuamos ao longo do caminho estreito até que, finalmente, nos deparamos com uma clareira, na qual ficava uma construção. Era algo estranho e disforme; não era exatamente um salão, nem uma caverna; não possuía portas ou janelas; e a entrada, o que quer que fosse, parecia quase tão grande quanto o teto era alto. O tamanho era decente e, embora não parecesse (ou cheirasse) muito convidativa, pelo menos proveria abrigo.

— Vamos dormir aqui essa noite — sugeri. — Parece completamente abandonado.

As crianças olharam duvidosamente para mim. Talvez esperassem que seus deuses provessem melhores acomodações. Mas andamos por horas e eu estava com frio e exausto. A caverna — a construção, o que quer que fosse —, nos manteria secos até a manhã.

Dormimos por volta de uma hora, até que fomos acordados por um estrondo. O barulho foi seguido por um ribombo nefasto, o chão balançou como um barco em uma tempestade...

— Um terremoto! — exclamou Thor.

— Maravilha — falei.

Thialfi e Roskva se agarraram. Ambos estavam pálidos e tremiam. Consegui chegar à entrada da caverna, meio que esperando uma avalanche de pedras, mas quase que de uma vez só o barulho passou, assim como a sensação de balanço. Logo tudo ficou calmo novamente. Se tivesse sido um terremoto, havia chegado ao fim.

Do lado de fora, a chuva continuava incessante.

Debatemos sobre deixar o abrigo. Outro terremoto poderia nos prender dentro da construção misteriosa. Por outro lado, uma noite na floresta não era um prospecto muito bem-vindo.

— Não vejo como o lado de fora será mais seguro do que o de dentro — disse Thor. — Talvez existam lobos nessa floresta ou pior. Voto em ficarmos aqui essa noite. Talvez possamos nos defender caso algo ataque. Ouvi que existem monstros por essas bandas.

— *Agora* é que você me diz — murmurei.

Recuamos para o fundo da construção, onde, na semiescuridão, encontramos uma espécie de caverna rasa que levava até um ponto angular. Era mais quente e mais seguro ali dentro; caso houvesse uma briga, pelo menos teríamos a parede às nossas costas. Dormimos ali, mas não muito bem; duas vezes mais durante a noite ouvimos barulhos...

e um grito abafado. Deve ter sido Thor roncando em seu sono, mas, no geral, duvidei.

Coloquei minha capa sobre a cabeça e tentei ignorar os sons estranhos, mas não passava de um Trapaceiro cansado e indiferente que, quatro horas mais tarde, desistia de pegar no sono e se arrastava até a entrada da caverna para ver o que estava acontecendo.

A primeira coisa que vi foi um par de pés tão grandes quanto um galpão médio de jardim. Uma investigação mais profunda revelou que pertenciam a uma figura adormecida; um gigante de tamanho extraordinário, que dormia e roncava profundamente.

Contei para Thor.

— Isso explica bastante. O estrondo, os terremotos. Parece que você não é o único que peida enquanto dorme e ronca como um porco.

Thor saiu para ver por si só. Eu o segui a uma distância cautelosa. Quando se aproximou, o gigante abriu um dos olhos (um olho tão grande quanto uma porta de celeiro e cinza como ostra fresca) e disse:

— Olá, pequeno homem.

— Quem é você? — perguntou Thor, não apreciando ser chamado de "pequeno".

— Skrymir — respondeu o gigante. Sua voz era profunda como o oceano. Ele olhou um pouco mais de perto para nós dois. — E se não me engano, você é Asa-Thor, o Thor dos Aesir. E aquele é Loki, o Trapaceiro.

Tive que admitir que sim.

Ele sorriu.

— Conheço as histórias — disse. — Mas pensei que vocês fossem maiores na vida real. Alguém viu a minha luva? — Ele se sentou e olhou ao seu redor. — Ah! Lá está ela!

Foi então que me dei conta de que a construção na qual dormíamos era a luva de Skrymir; uma mitene feita de couro em um tamanho colossal, com um espaço extra para o polegar. Esse espaço era a caverna menor na qual passamos a noite... Também explicava o cheiro forte de cabra e a estranha consistência das paredes, que não eram nem de pedra e nem de madeira, ou qualquer outro material de construção que pudesse identificar.

Thialfi e Roskva saíram e observavam Skrymir, nervosos; ele vestiu sua luva, colocou sua sacola sobre o ombro e ficou de pé, pronto para seguir seu caminho.

Então ele pareceu ter uma ideia.

— Se quiserem conhecer o meu povo, nossa fortaleza não fica longe daqui. Utgard. Eu poderia lhes mostrar o caminho.

Consideramos aquilo por um momento. Como eu disse antes, Utgard possuía uma reputação. Havia rumores sobre uma fortaleza, enterrada bem fundo no subsolo congelado, construída para competir com Asgard e governada por um mestre de encantos e runas. Ninguém jamais fora longe o suficiente para descobrir a verdade sobre aqueles rumores. Caso houvesse alguma, provavelmente não seria a melhor jogada Thor e eu entrarmos lá sozinhos.

Mas Thialfi e Roskva estavam nos observando... O que posso dizer?

— Tudo bem — concordou Thor.

— Vou guiá-los até onde puder — disse Skrymir. — Não voltarei para Utgard, mas lhes mostrarei os portões para a cidade. Caminhem comigo e carregarei seus equipamentos.

Então entregamos nossas sacolas, com o restante de nossa comida, roupas secas e tudo que possuíamos para a jornada. Seguimos Skrymir... ou pelo menos tentamos. No entanto, o homenzarrão se movia rápido demais e com passos tão gigantescos que logo deixou o resto de nós para trás. Até mesmo Thialfi, que era jovem e cheio de energia, só conseguiu acompanhar o ritmo correndo e, em pouco tempo, já estava exausto.

Mas Skrymir não era difícil de encontrar; ouvíamos seu progresso de longe e víamos o caminho que deixava pela floresta; uma linha descontínua de árvores caídas. Seguimos a trilha por todo o dia, ficando cada vez mais famintos e irritados com o passar das horas e, finalmente, o encontramos sob uma barraca feita de madeira de carvalho antigo, sentado em seu saco de dormir e acabando com os restos de uma refeição enorme.

Thor caminhou em sua direção, parecendo emburrado.

Skrymir deu um de seus sorrisos largos.

— Ah, *aqui* está você, Asa-Thor — disse. — Estava prestes a me deitar. Fico muito cansado depois de um dia ao ar fresco.

— E quanto ao nosso jantar? — rosnou Thor.

— Fiquem à vontade — respondeu Skrymir. — A comida está em minha sacola. Vou dormir.

Ele se enrolou em seu saco de dormir e, logo em seguida, roncava como um trovão.

Entretanto, os nós que amarravam a sacola do gigante eram enganosamente complicados. Thor lutou contra eles sem sucesso e, então, se virou para Aquele que Vos Fala.

— Aqui, tente. Você é bom com nós.

Mas nem eu consegui abrir a sacola. Os nós estavam apertados e escorregadios demais. Passei a sacola para Thialfi e Roskva, pensando que talvez seus pequenos dedos pudessem se provar mais ágeis, mas até mesmo eles falharam em abri-la.

— Skrymir fez isso de propósito — disse Thor. — Ele tem feito pouco de nós desde o primeiro momento. Está tentando nos fazer parecer inferiores.

Dei de ombros.

— Bem, isso não é difícil. Para um cara que tem o tamanho de uma montanha.

Thor pegou seu martelo.

— Quanto mais altos são, maiores são as quedas — disse ele, arremessando Mjölnir na direção da cabeça de Skrymir.

Skrymir acordou.

— O que foi isso? — perguntou. — Uma folha caiu em minha cabeça? — Ele se mexeu e rolou para o lado. — Thor, é você? Já jantou?

Thor estava tão surpreso que ficou apenas boquiaberto, o encarando.

— Então volte a dormir — disse Skrymir. — Vejo você pela manhã.

Dois minutos se passaram e ele adormeceu novamente, roncando como um exército de porcos. O restante de nós trocou olhares, deu de ombros e se preparou para ir para a cama com fome.

Aquilo acabou sendo mais árduo do que eu pensara. Mesmo na sombra das árvores, a luz peculiar era inquietante. Era meia-noite e o sol ainda brilhava rubro através das copas. Foi difícil cair no sono, além do fato de o estômago de Thor estar roncando quase tão alto quanto os roncos de Skrymir. Estava enlouquecido de fome e, ainda assim, sabia que não poderia pedir ajuda do gigante para abrir a mochila. Para início de conversa, Thor me mataria e, em seguida, faria o mesmo consigo em um acesso de humilhação. Segundo, Thialfi e Roskva estavam lá e esperavam mais de nós. Então continuei deitado, faminto e insone, me perguntando o que estava fazendo ali quando tinha uma esposa em Asgard.

Sim, esse era o nível do quão perdido eu me sentia. Na verdade, quase *senti falta* de Sigyn.

Finalmente, Thor se sentou. Eu podia dizer que estava se esforçando, mas, ainda assim, dissimulação não era o seu forte. Através de um olho semiaberto, observei-o ir até Skrymir. Carregava Mjölnir e a seriedade da situação era clara. Aquela tentativa frustrada de matar o gigante... *e* na frente de seus fãs número um... deve tê-lo assombrado. Mais uma vez, ele ergueu o martelo e o trouxe abaixo com um *baque* nauseante.

Skrymir acordou.

— O que é isso? — perguntou. — Tenho certeza de que senti um graveto cair em minha cabeça. É você, Asa-Thor? Por que está acordado? Já é de manhã?

Thor parecia claramente desconcertado.

— Não é nada — disse ele. — Volte a dormir.

E então o gigante se virou novamente e logo depois dormia tanto quanto antes.

Para a próxima vez, Thor esperou mais, mas eu sabia que não havia dormido. Thor não era bom em esconder sua hostilidade e, entre resmungos, o ranger dos dentes, o estômago roncando e os sons animalescos, eu podia dizer que ele se sentia frustrado. Finalmente levantou-se, com Mjölnir em mãos, e caminhou até Skrymir, atacou-o com um golpe tão intenso entre os olhos que pássaros despencaram do céu em choque, árvores caíram e todos os campos ao redor tremeram com o impacto.

Skrymir se sentou.

— Já é de manhã? — perguntou.

Thor estava visivelmente abalado.

— Pássaros deveriam estar aninhando naquela árvore — disse Skrymir, ficando de pé. — Estou certo de que alguma coisa caiu na minha cabeça. Ainda assim, não importa. Fico feliz em vê-lo acordado. É hora de continuarmos nossa jornada. Já tomou café?

Thor grunhiu.

— Então vamos. Minha casa não fica longe. Mas... um aviso. Meu povo não está acostumado com estranhos e não aceitam arrogância muito bem. Vocês, deuses, podem pensar que são os tais em Asgard, mas aqui no Mundo Além, são tão fofinhos quanto pequenos aspirantes. Utgard-Loki e seus homens não aceitarão nenhuma besteira.

— Utgard-Loki? — perguntei em surpresa.

— Ele é o Rei do Mundo Além. O que foi? Você achou que seria o único Trapaceiro nos Mundos?

Em seguida, ele ficou de pé e se preparou para dar continuação à viagem. Seu bom humor desaparecera e, naquela manhã, ele parecia inexplicavelmente rabugento.

— Seguirei para o norte, para as montanhas — disse ele. — Se eu fosse vocês, voltaria para casa. Não os vejo causando impressões muito boas no povo de Utgard. Mas caso *realmente* queiram visitar... bem. Encontrarão a cidade a leste daqui a não mais que um dia de caminhada.

E pegando sua mochila (ainda com todos os nossos pertences dentro), ele recomeçou a caminhar pela floresta, carrancudo, sem ao menos dizer adeus.

— Uau. Já sinto falta dele — falei. — Mal posso *esperar* para conhecer sua família. — Virei-me na direção da qual viemos. — Por aqui, acho. Devemos alcançar o mar pela manhã.

— Nós vamos *voltar*? — perguntou Thialfi a Thor. — Depois de ele tê-lo menosprezado?

Roskva não disse nada, mas eu podia notar que concordava com seu irmão.

Tentei explicar que bravura não era sinônimo de tolice. Uma cidade de gigantes como Skrymir, insensíveis aos golpes do Mjölnir e comandada por um rei que pensava que os deuses eram apenas pequenos aspirantes, estava no topo da minha lista de coisas a serem evitadas.

No entanto, os olhos de Thor estavam frios como facas.

— Nós iremos àquela cidade — disse ele. — Quero conhecer esse Rei Trapaceiro. E você virá comigo.

— Irei?

— Sim.

E foi por isso que seguimos para o leste, em direção a Utgard e nossa derrocada.

LIÇÃO 9

Mundo Além

Quanto maiores eles são, de mais alto será a queda?
Diga isso para as montanhas.

Lokabrenna

DEIXAMOS A FLORESTA POR VOLTA DE MEIO-DIA, sob aquele céu estranhamente luminoso, e nos encontramos a caminho de um espinhaço descoberto, no qual três vales curiosos — todos quadrados e um mais profundo que os demais —, pareciam dentes faltosos. Além daquilo havia uma planície e a fortaleza que Skrymir nos prometera: Utgard; a maior fortificação que havíamos visto, com muros que competiam com os de Asgard em altura. Nós nos aproximamos e batemos nos enormes portões de ferro, mas não obtivemos resposta.

— De alguma forma eu esperava uma recepção mais calorosa do que essa — disse Thor.

— O quê? Um bezerro gordo? — perguntei. — Falando nisso, rosbife *seria* uma boa...

Thialfi e Roskva me encaravam com olhos que mais pareciam pires.

— Você acha que a gente consegue entrar? — perguntou o menino.

Olhamos para os salões por entre as barras; os vertiginosos pináculos de Utgard. Thor bateu nos portões com seus punhos, gritou para que alguém os abrisse, e finalmente os sacudiu o mais forte possível...

sem sucesso. Ninguém escutou e os portões continuaram tão inertes quanto antes.

— Bem, não podemos forçar nossa entrada — falei. — Mas tamanho nem sempre é tudo.

Escorreguei por entre as barras de ferro do portão e acenei aos demais para fazerem o mesmo. Os mais novos me seguiram com facilidade, mas Thor, que era maior e mais largo, teve que forçar dois dos painéis de ferro forjado para que abrissem antes de pisar na cidade.

Ele entrou no maior salão, uma construção talhada a partir de pedaços enormes de pedra branca, com uma porta de troncos inteiros de carvalho forjados com ferro. A porta se abriu; vimos um grupo de gigantes: homens e mulheres, velhos e jovens sentados ao redor de mesas enormes, relaxando em bancos, bebendo e se divertindo. Seus escudos estavam posicionados organizadamente por todo o salão; as superfícies polidas refletindo a luz de mil velas.

Um gigante se encontrava sozinho, sentado em um trono mais alto que os demais.

— Aquele deve ser Utgard-Loki — falei.

Entramos. Levou algum tempo para que os gigantes percebessem nossa presença. Então começaram a sorrir e, em seguida, a rir. Thor cerrou sua mandíbula de maneira agressiva.

— Qual é a graça? — perguntou.

Os gigantes apenas riram mais. Thor rangeu os dentes e os ignorou, caminhando por todo o salão comprido até o trono de Utgard-Loki.

— Saudações, Utgard-Loki... — começou.

— Eu sei quem é você — disse o rei. — As notícias se espalham rápido no Mundo Além. Imagino que seja Thor, o Deus do Trovão. Quer saber? Pensei que você seria mais alto.

Thor emitiu um som inarticulado.

— Mesmo assim, tamanho não é tudo — continuou o rei. — Talvez você possua habilidades que não conhecemos. Normalmente não permitimos que pessoas fiquem aqui a não ser que sejam as melhores em alguma coisa. Quais habilidades você e seus amigos possuem? Vamos ver uma demonstração.

Naquela altura, eu já estava totalmente faminto. Skrymir levara a maior parte de nossa comida e não havia nada para comer no caminho a não ser algumas porções de framboesas amarelas. Na verdade, me dei conta de que minha última refeição decente fora aquele cozido de cabra há dias.

— Tudo bem — falei. — *Eu* tenho uma habilidade. Posso comer mais rápido que qualquer homem nesse salão.

O rei gigante me lançou um olhar.

— Você acha? — perguntou.

— Certamente posso tentar.

Avaliei que, daquela forma, pelo menos, eu receberia *algo* para comer.

E então os gigantes trouxeram uma tábua longa de carne cozida para uma mesa. Cheirava tão bem que eu mal conseguia me segurar para não me jogar às pressas em sua direção.

— Logi! — chamou o rei gigante, se dirigindo a outro que se sentava nos fundos do salão. — Por que não participa do desafio?

Olhei para Logi e, por um momento, pensei que ele me parecia familiar. Alguma coisa sobre suas cores, talvez; um relance passageiro de Caos.

Então dei de ombros. E daí? Pensei. Ele não era tão grande. Estava certo de que poderia derrotá-lo.

Utgard-Loki nos sentou em lados opostos da tábua. A ideia geral era que deveríamos comer da tábua o mais rápido possível, e quando a carne acabasse, veríamos quem teve o maior progresso.

Bom, tudo começou bem. Thialfi e Roskva torciam. Apenas abaixei minha cabeça e comi o mais rápido que consegui. Não conseguia me lembrar de uma vez que estivera tão faminto, e Logi — ou qualquer fosse seu nome —, presumidamente não havia pulado nenhuma de suas refeições.

Só levantei a cabeça quando encontrei o cara no meio e, por um momento, parecia que a corrida havia empatado. Então Utgard-Loki apontou que, embora eu tivesse comido a carne dos ossos, Logi também os comera... *e* quase a maior parte da tábua.

— Boa tentativa, perdedor — disse Logi, depois se jogando novamente em sua mesa.

Thialfi e Roskva estavam cabisbaixos.

Olhei para Utgard-Loki. Eu *realmente* não ia com a cara dele. Não era apenas por conta de suas maneiras, ou o fato de que em parte dividíamos o mesmo nome, mas havia algo nele que não estava certo; algo em suas cores. Tentei vê-lo corretamente usando a runa *Bjarkán*, mas o salão estava tão repleto de reflexos que vinham dos escudos dos gigantes que não pude ter certeza de nada. De uma coisa eu *sabia*... ele era trapaceiro. Trapaceiro e talvez perigoso.

O rei gigante olhou para Thialfi.

— Você parece vir do Povo — disse. — Existe alguma coisa que saiba fazer e possa nos entreter?

— Posso correr — respondeu Thialfi. — Nas minhas terras, nunca fui derrotado.

Utgard-Loki parecia descrente.

— Tudo bem — disse ele, finalmente. — Uma corrida! Vamos colocá-lo contra o jovem Hugi. — Ele acenou para um dos gigantes mais novos que assistiam. — Vamos lá para fora ver quem ganha.

Havia uma faixa longa e larga de grama bem atrás do salão de Utgard-Loki.

— Aqui é onde praticamos esportes — disse o rei. — Vejamos o que esse jovem pode fazer.

A corrida tinha três estágios. Durante o primeiro, Thialfi correu bem, mas Hugi alcançou o final da pista a tempo de se virar e recebê-lo.

— Nada mal — disse Utgard-Loki. — Agora que teve a chance de ver Hugi correndo, talvez queira fazer um esforço da próxima vez.

No segundo estágio, Thialfi correu ainda mais rápido. Eu podia ver o esforço em seu rosto; seus pés mal pareciam tocar o chão. E, ainda assim, Hugi corria mais rápido; dessa vez chegou ao final da pista e acenou para Thialfi enquanto ele se aproximava.

Utgard-Loki sorriu.

— Nada mal para alguém do Povo. Mas acho que você deverá fazer algo bem especial dessa vez caso queira disputar com Hugi.

Thialfi se preparou para uma terceira corrida. Dessa vez, caso valesse de algo, ele correu ainda mais rápido. Mas Hugi era ainda mais veloz — um borrão —, chegando ao final bem antes de Thialfi alcançar a metade da pista.

— Brava tentativa — disse Hugi a Thialfi. — Mas acho que todos sabemos quem é o vencedor aqui.

Naquele momento, Thor, que assistia a tudo aquilo com os dentes entesados, avançou na direção de Utgard-Loki. Eu conhecia os sinais melhor que a maioria: o Deus do Trovão estava perdendo a paciência.

— Ah, é você, Asa-Thor — disse o rei. — Tem alguma habilidade que gostaria de demonstrar? Ouvi todo o tipo de histórias fantásticas, mas vendo suas companhias, estou bastante inclinado a deixar de lado tudo que ouvi. É fácil se vangloriar entre o Povo e impressioná-lo com sua gabação. Mas para atiçá-lo contra homens *de verdade*...

Thor grunhiu:

— Com prazer beberei mais do que qualquer um de vocês.

O rei gigante ergueu uma sobrancelha.

— Um concurso de bebida? É mesmo? — perguntou. — Estou lhe avisando, somos bebedores muito sérios em Utgard. Quando o inverno chega e a luz se esvai, não há muito o que fazer por aqui.

— Pode trazer — respondeu Thor. — Você vai ver. Não há ninguém em Asgard que seja capaz de me enfrentar, nem mesmo o Pai de Todos.

— Tudo bem — disse Utgard-Loki. Nós o seguimos de volta para dentro do salão, onde um criado trouxe para sua mesa um chifre sabiamente moldado. — A maioria do meu povo gosta de beber nisso, o meu chifre cerimonial. Nossos melhores bebedores podem secá-lo em um único gole. A maioria do restante consegue em dois. Vejamos o que você pode fazer, pequeno Thor.

Agora o rosto de Thor estava vermelho. Não estava acostumado com o ridículo e piadas sobre seu tamanho quase nunca resultavam em algo bom. Olhei para o chifre. Era muito longo, mas Utgard-Loki nunca vira Thor bebendo. Pensei que, talvez dessa vez, ele tivesse subestimado os deuses.

Thor inspirou fundo e levou o chifre até a boca. Em seguida, começou a beber, tomando goles gigantes do líquido que tinha dentro. Para mim, cheirava como um tipo de cerveja, fraco e um tanto salgado. Eu estava certo de que a bebida não seria páreo para o Deus do Trovão. Mas quando Thor terminou, arfando, e olhou para dentro do chifre, o nível mal parecia ter baixado.

— Esquece — disse o rei gigante. — Isso ainda é uma dose bastante respeitável para um homem pequeno como você. Tente novamente. Duas vezes devem dar. Até mesmo as mulheres e crianças daqui conseguem em três.

Thor não disse nada, mas bebeu de novo. Eu conseguia sentir o ódio emanando dela. Os músculos em seu pescoço estavam tensos; ele bebeu até seu rosto ficar vermelho...

Mas quando finalmente abaixou o chifre, pareceu para mim que o nível de cerveja mal descera dois centímetros.

Thor balançou a cabeça como um cão raivoso.

— Bem, se isso é o melhor em Asgard — disse Utgard-Loki com um sorriso —, imagino que tenha mantido em segredo por tanto tempo. Seus inimigos devem ser muito ingênuos para acreditar em tudo que ouvem sobre sua força e façanhas.

— Minha força! — exclamou Thor. — Pode testá-la. Que tipo de pesos você tem aqui?

Utgard-Loki parecia entretido.

— Não estou certo de que deveria encorajá-lo a fazer papel de bobo assim. Mas alguns de nossos jovens jogam um jogo chamado

"Levantando o Gato". Talvez você possa tentar. Normalmente eu não sugeriria isso para um homem da sua estatura... — sorriu forçosamente —, mas talvez nos surpreenda.

Ele emitiu um curioso estalo e um gato apareceu de baixo de uma das mesas. Era um felino bem grande; preto, com olhos amarelos e sonolentos.

— O que devo fazer com isso? — perguntou Thor.

— Levantá-lo do chão, é claro. Não se machuque; é um gato grande e você é um tanto pequeno.

Thor rosnou, posicionou os pés e pegou o gato com as duas mãos. Em seguida, o ergueu no ar... mas o felino apenas arqueou as costas e ronronou, suas patas firmes ainda no chão. Thor tentou uma pegada melhor, mas o gato parecia não ter ossos; rolava, se contorcia e Thor não tinha mais sorte do que antes. Finalmente, Thor o pegou diretamente ao redor do corpo. Grunhindo e xingando por conta do esforço, ele o levantou acima da cabeça e esticou os braços o quanto pode...

O gato parou de ronronar e levantou uma das patas do chão.

Os gigantes aplaudiram com sarcasmo. Thialfi repousou a cabeça nas mãos. Thor se virou para Utgard-Loki com raiva.

— Lutarei contra você — disse. — Sem truques. Sem gatos. Sem jogos. Lutarei contra *você.*

— Quem, *eu*? — perguntou Utgard-Loki. — Ah, por favor. Pensei que você pudesse ter aprendido um pouco de humildade a essa altura. Não há ninguém nesse salão que concordaria em lutar contra um homem pequeno como você. Não seria justo... e não seria bom para nenhum de nós tentar.

— Você está com medo de me enfrentar — disse Thor.

— Nem um pouco — respondeu o rei gigante. — Mas posso machucá-lo. Vamos fazer o seguinte... minha velha babá às vezes gosta de lutar. Ela é mais resistente do que aparenta e costumava lidar com crianças. — Ele aumentou o volume de sua voz. — Ellie! Venha aqui!

Uma mulher muito velha entrou no salão. Cabelos brancos, corcunda como um galho flutuante; olhos brilhantes em um rosto que não era nada além de rugas. Thor cerrou os dentes com tanta força que doeu assistir. Mas a velha cacarejou e gralhou quando ouviu que ele queria lutar.

— Certo! — disse ela, e jogou sua bengala no chão. — Não fico tão perto assim de homem desde que meu velho marido morreu. Vejamos do que você é feito, garotão!

E ela se lançou na direção do Deus do Trovão.

— E eu? — sibilou Roskva, que assistia aos procedimentos com interesse. — Não tenho uma chance de competir?

— Não seja tola. Meninas não competem — disse Thialfi, ainda respirando forte. — Meninas foram feitas para ficarem sentadas assistindo e talvez trazer uma bebida para seus irmãos.

Roskva o chutou, com força, na canela.

— *Ai!*

Pela primeira vez naquele dia, eu sorri.

Enquanto isso, Thor e Ellie se encontravam entrelaçados em combate. Inicialmente, Thor se segurou, com medo de machucar a velha. No entanto, logo se deu conta de que ela era mais forte do aparentava. O corpo torto e velho estava longe de ser frágil, e quando Thor tentou arremessá-la, ela se posicionou com rapidez e riu, pressionou com seus dedos ossudos seus pontos mais sensíveis, o obrigando a ficar na defensiva apenas para evitar que fosse arremessado.

De repente, a velha se virou, torcendo o braço de Thor enquanto se posicionava atrás dele. Thor tentou escapar do golpe, mas havia perdido o equilíbrio; caiu de joelhos.

Os gigantes bramiram.

Thor ficou vermelho.

Thialfi olhou para Roskva e eu senti sua desilusão. Aquele momento terrível quando um deus demonstra ser nada além de um homem... era quase capaz de partir o coração. Eu também estava maculado com fracasso; aos olhos de nossos jovens amigos, jamais seríamos deuses novamente, somente heróis abatidos e de segunda linha.

Droga, aquilo doía. Comecei a ver que celebridade não era só garotas gostosas e cerveja de graça. Também era a maldição da expectativa... e o amargor do fracasso. Talvez aquele fosse o motivo pelo qual sempre duvidei da paternidade; talvez soubesse instintivamente o quanto aquela desilusão doeria caso a visse no rosto dos meus meninos.

— Basta — disse Utgard-Loki. — Testamos nossos convidados aos seus limites. Agora é hora de relaxarmos... está ficando tarde. Estamos todos cansados.

Passamos o restante da noite comendo, bebendo e ouvindo a música tocada pelos criados do rei. Nenhum alaúde em Utgard, graças aos deuses, mas muitos violões pesados, tocando solos intermináveis e complicados. Em vitória, Utgard-Loki era tão genial quanto grosseiro; nos ofereceu os melhores cortes de carne, os melhores assentos em sua mesa. Não desfrutamos tanto da experiência — Thor e eu estávamos envergonhados demais, e Thialfi e Roskva sofriam de uma séria decepção emocional —, mas o rei gigante estava ansioso para fazer o restante de nossa estadia tão prazeroso quanto podia. Dormimos em camas macias cobertas de pele de animal e, pela manhã, quando acordamos, nosso anfitrião estava lá para nos receber. Mais uma vez ele nos encheu de comida e bebida, embora os demais de seu povo ainda dormissem no chão do salão, e então nos acompanhou pelos portões e de volta ao espinhaço de montanhas.

— Aqui é onde eu os deixo — disse ele, parando finalmente para falar conosco.

Nenhum de nós estava particularmente falante no caminho de saída de Utgard. Thor, ainda irado por sua derrota; Roskva, amuada por ninguém ter pedido para que ela demonstrasse suas habilidades, e Thialfi ainda mancando. Encaremos os fatos, todos fomos humilhados e desejávamos esquecer a experiência assim que possível.

— Então, o que achou da minha cidade? — perguntou Utgard-Loki com um sorriso. — Que tipo de impressão acreditam que causaram em mim e em meu povo?

Thor balançou a cabeça apaticamente.

— Acho que estamos mais do que cientes de que não brilhamos — respondeu.

Mais uma vez Utgard-Loki sorriu.

— Deixe-me dizer o seguinte — pediu o rei. — Se eu soubesse o quão forte você é, Asa-Thor, e o quão poderosos os deuses de Asgard são em comparação ao meu povo, eu jamais permitiria que você se aproximasse mais do que 150 quilômetros da cidade. Você sabia que por pouco não foi a morte para todos nós?

— Não entendo — respondeu Thor, perplexo.

Mas eu estava começando a adivinhar a verdade. A cidade estava repleta de encantos. O salão principal estava denso por conta deles, demais até para identificar. Um jogo de fumaça e espelhos, pensei; acentuado por mistérios poderosos. E o rei gigante? Um trapaceiro, contara Skrymir; um trapaceiro digno de competição até com o original.

— Acho que eu sim — falei. — *Você* era Skrymir, não era?

Utgard-Loki deu um sorriso.

— Isso mesmo. Eu era Skrymir. Eu os observei vindo de longe e quis descobrir quem eram e que tipo de ameaça poderiam apresentar para nós. Lembram-se da mochila com comida? Eu a amarrei com a runa *Naudr*, a Atadora, para que não pudessem abri-la. E, mais tarde, quando Thor tentou estraçalhar meu crânio com aquele seu lindo martelo... arma legal, por sinal, mas é o que faz com ela que conta... ele *pode* ter achado que me atingia, mas na verdade mirava para aquele espinhaço... aquele com três vales quadrados. Os vales eram os golpes do martelo de Thor.

Thor não é o que você pode chamar de excepcionalmente rápido para entender as coisas. Ponderou as palavras do gigante por um tempo, em seguida, franzindo o cenho, disse:

— E depois daquilo?

— Meu homem Logi, que derrotou Loki na competição de comida. — Utgard-Loki piscou para mim. — Aquele era o Incêndio em seu Aspecto elementar, motivo pelo qual parecia familiar... e porque comera tanto a tábua quanto a comida que estava nela. E Thialfi, que correu tão rápido que mal pude acreditar em sua velocidade, corria contra Hugi, a rapidez do Pensamento. E quanto a você, Asa-Thor... — Ele se virou novamente para Thor, cuja face ficava lentamente rubra. — O chifre do qual bebeu goles tão grandes... era um funil que levava ao Mar Uno e vocês mesmos poderão ver quando retornarem o quanto a maré recuou. O gato era a Serpente do Mundo, que circunda os Mundos com seu rabo na boca, e você a levantou tão alto que quase a retirou do oceano. E quanto à minha peculiar babá, Ellie... — Utgard-Loki balançou a cabeça. — Aquele era um Aspecto da Velhice, e ele o deixou apenas de joelhos.

Ele fez uma passa e olhou para nós, um a um.

— É por isso — disse ele —, que isso é um adeus. Vocês jamais verão a mim ou minha cidade novamente. Meus encantos nos esconderão para sempre. Seu povo pode procurar por mil anos e ainda assim não encontrará. Vamos deixar que isso conte como experiência, certo? Viva e deixe viver, é o que digo.

Com aquilo, o rosto de Thor ficou roxo. Ele agarrou o Mjölnir e o ergueu. Mas antes que pudesse usá-lo, o Trapaceiro de Utgard mudou de Aspecto e desapareceu, deixando nada além de um leve odor de queimado e uma assinatura que ia em direção às profundezas da terra. E ao nos virarmos para Utgard, vimos que no local onde a reluzente cidade ficava — suas muralhas, seus portões e pináculos brilhantes —, não havia nada além de pastos e planície, pristinos até onde os olhos conseguiam ver.

— Uau — disse Thialfi. — Só... uau. Esperem até eu contar para as pessoas da minha terra sobre *isso*.

Olhei para ele.

— Se eu fosse você, guardaria essa história para mim mesmo.

Thor rosnou.

— Isso não acabou.

Dei de ombros. Acabou e ele sabia disso.

— Aceite — falei. — Nós dois fomos enganados. Qualquer estardalhaço e a história se espalhará pelos Reinos Médios. Vamos para casa. Se alguém perguntar, jamais estivemos aqui.

E então voltamos para Asgard como se nada tivesse acontecido. Deixamos Thialfi e Roskva na casa de seus pais no caminho — naquela altura, nós dois tivemos o suficiente de celebridade, aplauso e expectativa —, e seguimos para casa pelas estradas secundárias, permanecendo sob Aspecto humano e sem chamar atenção.

Nenhum de nós mencionou nossa viagem para a terra do sol da meia-noite, embora algumas vezes, olhando para Odin, eu me perguntava se ele sabia mais do que dizia. Apesar disso, a história se espalhou por todo o Reino Médio, competindo em popularidade com o casamento de Thor e Thrym. Logo, todos sabiam sobre como o Trapaceiro fora passado para trás. Alguns riram, outros debocharam e mais outros foram compreensivos. E haviam aqueles que pareciam levar minha derrota a sério, como se eu deliberadamente os tivesse decepcionado.

A reputação de Thor se saiu melhor, acho. Afinal, inteligência nunca fora seu forte. Porém a minha nunca se recuperou. Eu havia me mostrado falível — nunca um bom lance para um deus —, e o respeito relutante que ganhara foi embora logo em seguida. Aquilo era tudo culpa de Thor, é claro. Foi ele quem insistiu em levar Thialfi e Roskva. Foi ele quem decidiu ir até à terra do sol da meia-noite. E foi *ele* quem exigiu que fossemos até Utgard.

Mas, de repente, a bolha estourou. Aquela misteriosa sensação de contentamento desapareceu. Minha fama, mais uma vez, se tornou mera notoriedade. O som de arame farpado havia voltado ao meu coração e, todas as vezes em que eu olhava para os meus filhos gêmeos, via sua decepção.

Aquele foi o estopim. Aquele olhar em seus olhos. E aquele foi o motivo pelo qual, com o passar do tempo, me tornei cada vez mais ciente do estrago em minha boca, na minha alma e na minha reputação.

Sempre fui um homem das palavras. Agora, elas me abandonavam. Passei tempo demais sob meu Aspecto de falcão, dormi pouco, bebi hidromel demais. E, por todo o tempo, três palavras perseguiam umas às outras em minha cabeça como os corvos de Odin.

Três palavras; um objetivo.

Acabe com Thor.

LIÇÃO 10

Plumas

Um pássaro na mão lhe deixará
com fezes em seus dedos.

Lokabrenna

OBVIAMENTE, NÃO seria fácil. Thor era quase indestrutível. Mesmo sem Mjölnir, suas luvas à prova de fogo e seu cinto de poder, ele era uma força a ser considerada. Não que eu pretendesse *usar* força; a fraqueza de Thor a ser atacada era a confiança, e era *ela* que eu tinha a intenção de explorar.

O primeiro passo foi criar a armadilha para a qual eu pudesse atrai-lo. Isso se provou ser mais difícil do que imaginei — não porque Thor não possuísse inimigos —, na verdade, os Mundos eram cheios de gente que adoraria prejudicá-lo, mas porque ninguém imaginaria que eu seria capaz de trai-lo. Nossa fama nos garantiu rumores desnecessários de que havia uma amizade entre nós e, além disso, minha própria reputação como um mestre da trapaça significaria imediatamente (e injustamente) para quem quer que eu tentasse recrutar que não deveriam acreditar em mim.

Não, um recrutamento direto estava fora de cogitação. Eu tinha que fazer algo sutil. Algo que convencesse o alvo de que a *minha* ideia era a ideia *dele*.

Um golpe longo, de efeito.

Então assumi meu Aspecto de falcão e fui visitar o Povo do Gelo. Era a minha primeira vez naquela região desde a morte de Thrym e o alvo era seu sucessor, um comandante brutal chamado Geirrod. Eu conhecia sua reputação; sabia que ele era ambicioso, que se achava esperto, que gostava de caçar falcões e que tinha um jeito incomum de capturar as aves que desejava treinar. Também sabia que odiava Thor, por ter matado um de seus parentes, tornando-o o alvo ideal para o plano que eu tinha em mente.

Ainda assim, após as mortes de Thiassi e Thrym, nenhum comandante do Povo do Gelo sonharia em firmar um acordo. Não, eu teria que abordar Geirrod de um jeito que o faria acreditar que *ele* tirara vantagem de *mim*... o que não era uma perspectiva interessante, eu sei, mas você tem que especular para acumular. E, então, voei para o acampamento de Geirrod, onde ele pessoalmente treinava falcões, sentado em um tronco próximo, e deixei os eventos tomarem seu rumo.

A armadilha era simples, mas efetiva. O caçador havia espalhado uma espécie de cola nos galhos da árvore na qual escolhi descansar por um tempo. Quando tentei alçar voo, descobri que meus pés estavam grudados no tronco e, antes que pudesse reagir, fui engaiolado. Que humilhação.

Obviamente mantive meu Aspecto de falcão durante todo o procedimento desagradável, bicando, grasnando e batendo minhas asas. Os olhos entusiasmados e cobiçosos de Geirrod brilharam ao olhar para mim.

— Esse aqui tem espírito. Eu mesmo irei treiná-lo. Vou acorrentá-lo e alimentá-lo com sobras. Será um boníssimo caçador para mim.

Olhei para ele. O homem parecia entretido. Eu não gostava de ficar preso em uma gaiola ou de ser acorrentado, mas havia encanto ao redor de Geirrod e eu sabia que ele me reconheceria rápido o suficiente. Chamou suas filhas, duas meninas simplórias chamadas Gjalp e Greip, e juntos observavam a gaiola de Seu Humilde Narrador.

— Há algo de curioso sobre esse falcão — disse Geirrod. — Deem uma olhada em seus olhos.

Eu os fechei e tentei fingir que estava dormindo.

— Quem é você? — perguntou Geirrod. — Diga o seu nome.

Obviamente, não respondi.

Ele então tentou um feitiço — *uma coisa com nome é uma coisa com amarras* —, com o qual, caso eu fosse uma ave normal, teria confirmado minha inocência. Mas, embora eu não tenha revelado meu nome, minha habilidade de escondê-lo de Geirrod era tudo que ele precisava saber.

Então o homem abriu a gaiola novamente e me agarrou com força pelo pescoço. Lutei e tentei bicá-lo, mas Geirrod estava acostumado a lidar com falcões.

— Eu sei que você não é uma ave comum — disse ele. — Diga-me seu nome ou irá sofrer.

Imaginei que sofreria bem mais caso ele suspeitasse que estava sendo passado para trás. E então continuei a me fazer de desentendido, sem dizer nada.

— Tudo bem — disse Geirrod. — Posso esperar. Veremos como se sentirá daqui a uma semana.

Ele abriu um baú enorme, forjado em ferro, e, com esforço, me enfiou lá dentro. Em seguida, bateu a tampa pesada e me deixou lá, no escuro, sem ar.

Não foi o momento mais requintado d'Aquele que Vos Fala. O baú estava trancado. Eu estava faminto e assustado. E não conseguia mudar meu Aspecto: meu encanto estava fraco e eu o usava por inteiro para me esconder de meus captores. Esperei para que eles me libertassem, mas o tempo passou e me dei conta de que a ameaça de Geirrod fora sincera; ele pretendia me manter ali por uma semana, faminto e tonto pela falta de ar, a não ser que eu concordasse em cooperar.

Foi como se Thiassi estivesse de volta, com exceção de que dessa vez eu havia escolhido meu destino. Estava exatamente onde queria estar, mas, após alguns dias de cativeiro, comecei a me perguntar se meu plano não havia sido um tanto imprudente. É claro, eu precisava fazer com que Geirrod acreditasse que havia me pegado de jeito.

Dias se passaram sem alívio. Eu estava louco de fome; sedento Então, após sete dias, Geirrod abriu o baú e me agarrou novamente pelo pescoço.

— Então? Está pronto para se revelar para mim?

Tomei fôlego desesperadamente. Foi bom, mas estava assustado com o quão fraco ficara em sete dias. Muito mais daquilo e eu não teria forças para continuar. Ainda assim, me agarrei ao meu Aspecto de falcão, sabendo que se ele desconfiasse das minhas intenções, estaria perdido em suas mãos.

— Tudo bem. Isso lhe garantiu mais uma semana — disse ele, fechando com força o baú novamente.

Eu não me saio muito bem em prisões. Um espírito livre como Aquele que Vos Fala nunca foi feito para ficar preso assim. Mais uma vez suei e passei fome, ouvindo os sons abafados de vozes que vinham do lado de fora. Sete dias depois, novamente, meu captor abriu o baú forjado em ferro.

— Então? O que me diz? — perguntou.

Pisquei por conta da repentina luz do sol e arfei em busca de ar. Eu estava muito fraco. Fome e sede me rasgavam por dentro; minhas penas estavam quebradas e cobertas com poeira.

— Vou contar até três — disse Geirrod. — Então você pode apodrecer por mais outra semana. Um. Dois...

— Piedade — pedi, retomando meu Aspecto atual. Eu não precisava encenar: estava em más condições. Nu, faminto, de joelhos; minha garganta estava tão seca que eu mal conseguia falar. — Tenha piedade, por favor — repeti.

Os olhos negros de Geirrod se esbugalharam.

— Conheço você — disse ele, lentamente. — É aquela doninha chamada Loki.

Tentei me levantar, mas não consegui. Mudar de Aspecto estava fora de cogitação.

— Você não me quer — falei para ele. — Não tenho valor. Olhe para mim. Ninguém oferecerá um resgate em meu nome ou notará minha ausência. Deixe-me ir e me certificarei de que você seja pago. O que desejar, posso encontrar.

Geirrod considerou aquilo por alguns momentos.

— Qualquer coisa?

— Juro — falei. — Dinheiro, garotas, poder... *vingança*... é só dizer que é seu.

Geirrod pareceu ainda mais pensativo.

— Vingança, é?

— Certamente. — Escondi um sorriso. — Eu lhe dou a minha palavra.

— Tudo bem — respondeu ele. — Vingança será. Quero que você traga Thor ao meu salão, sem o Mjölnir, seu martelo.

Olhei para ele de um jeito agoniado. Por dentro, eu sorria.

— Mas Thor é meu amigo — protestei.

— Você me deu a sua palavra — disse Geirrod.

— Eu sei. Mas *tem* que ser Thor?

— Thor matou Hrugnir, um parente meu. Quero que pague por isso. De uma vez só. Com sangue.

Sim, eu sei. Eu *sou* bom. Geirrod mordeu a isca e me garanti um álibi, então, se as coisas dessem errado e eu fosse desmascarado, Geirrod e suas filhas falariam que fiz meu juramento sob tortura.

Então concordamos que eu entregaria Thor, desarmado e sem desconfiar de nada. Em seguida, as filhas de Geirrod atenderam às minhas necessidades: me alimentaram, trouxeram roupas e me deram uma cama. E, pela manhã, cansado e dolorido, mas ainda sorrindo secretamente por dentro, voei de volta para Asgard.

Persuadir Thor a vir comigo não foi tão difícil quanto você poderia esperar. Sugeri uma viagem para visitar um amigo, Geirrod, do Povo do Gelo; um amigo com duas filhas adoráveis. Ainda era verão, o que era sinônimo de brincadeiras, boa pescaria e nada de neve nos vales. Obviamente, Sif não aprovaria, eu disse, mas, se Thor deixasse seu martelo em casa e fosse sem sua carruagem, poderíamos chegar lá e voltar antes da esposa sequer saber que saímos. Não me incomodava o fato de Sif estar de pavio curto ultimamente, depois do breve caso que Thor teve com Jarnsaxa, uma guerreira das montanhas. Por mais que ele odiasse o Povo da Pedra, sentia atração por suas mulheres esbeltas, fortes, de cabelos escuros e sangue quente (o que poderia justificar o número de inimigos que fizera ao longo dos anos), e Sif, que nunca fora paciente, foi rápida nos comentários quando ele teve esse desvio.

Então dissemos em Asgard que iríamos pescar e, em seguida, nos esgueiramos pela Bifrost, Thor parecendo tão culpado quanto o pecado e Aquele que Vos Fala, tão inocente quanto um recém-nascido. O que eu era, se você pensar; se Thor tivesse sido fiel à sua esposa, meu plano jamais teria dado certo. E era por isso, disse a mim mesmo, que se o Deus do Trovão se machucasse durante a nossa aventura, não seria minha culpa, mas dele. É o tipo de justiça poética que pessoas como Thor tendem a ignorar, motivo pelo qual eu não falei nada para ele naquele momento (ou em outro).

Como sempre, Heimdall nos observou partir. Eu preferia que não nos tivesse visto, mas nada passava despercebido do Vigilante de olhos atentos. Viajamos para os Reinos Médios, nos mantendo nas estradas principais, cruzamos o reino do Povo da Pedra e, assim que nos aproximamos do anel de picos que demarcava aproximação do Norte Extremo, paramos para descansar perto de uma passagem em uma montanha, onde uma velha amiga de Odin morava.

Seu nome era Grid e morava sozinha em sua cabana na floresta. Era uma daqueles tipos esportivos, que gostavam do ar livre; adorava caçar e pescar, usava os cabelos curtos e sapatos confortáveis. Conseguia comer e beber quase tanto quanto Thor e, com o cinto de força que usava — um presente do Ancião —, ela conseguia lutar tranquilamente com um urso. Também possuía um par de luvas à prova de fogo e tecida com runas bastante similares àquelas com as quais suei para persuadir Thor a deixar para trás.

Encontrar com ela foi o pior tipo de sorte. Você poderia quase suspeitar de que o Ancião, vendo Thor e Aquele que Vos Fala se esgueirando para fora de Asgard, a enviara para manter os olhos em seu filho e certificar de que não se metesse em problemas. *Poderia* Odin ter suspeitado de mim? O pensamento não me encheu exatamente de conforto. Ainda assim, era tarde demais para mudar o plano. Então aceitamos sua oferta de hospitalidade por uma noite e a seguimos de volta para sua cabana na borda da floresta de pinheiros.

Lá, ela nos alimentou com peixe recém-pescado e preparou duas camas ao pé do fogo. Grid nos ofereceu cerveja e vinho de mel, mas eu não estava no clima para beber. Algo parecia estar muito errado. Meus nervos pareciam tocar como sinos e, quando finalmente caí no sono, foi leve e insatisfatório, do qual acordei algum tempo depois com o som de sussurros.

Mantive meus olhos fechados e escutei. Grid e Thor ainda estavam acordados. Já estava desconfortável, então ouvi o nome de Geirrod na conversa e senti que, talvez, estivesse com problemas. Continuei a fingir o sono; após um minuto ou dois, Thor veio até onde eu estava deitado e ficou ali por um longo período. Ainda assim, mantive os olhos fechados; então, depois de um tempo, ele foi para a cama e logo ouvi seus roncos.

Pela manhã, partimos novamente e eu observei Thor com atenção, tentando descobrir o quanto ele sabia. Vi com crescente desconforto que Grid emprestara seu cinto de força e suas luvas de ferro. Eu queria perguntar o motivo, mas não conseguia encontrar uma maneira que não levantasse suspeita. Havia dois corvos voando acima do desfiladeiro pelo qual viajávamos; suspeitei que fossem Hugin e Munin, e me perguntei — não pela primeira vez — se Odin nos espionava.

Por que Odin faria aquilo?

Bem... Odin não chegou onde chegou por conta de honestidade e franqueza. Optara por me recrutar *conhecendo* minha natureza volátil e, embora tenha mantido suas promessas de amizade e proteção, nunca confiara de fato em mim. A verdade é que não acho que ele confiava em ninguém — nem mesmo em Thor, seu próprio filho —, o que, analisando o passado, explica bastante o que aconteceu depois.

Mas aqueles pássaros me deixaram desconfortável. Além disso, sabia que, àquela altura, Geirrod e suas filhas estariam observando minha aproximação de longe, e caso vissem os corvos ou suspeitassem de uma traição, então eu estaria fadado a um mundo de dor.

Viajamos para o extremo norte, além da passagem de Hindarfell, e logo chegamos ao Rio Vimur. Era largo e violento naquele ponto, inchado por conta de um longo mês de chuvas. Rochas e pedregulhos só pioravam a situação; e, como se não estivesse ruim o suficiente, no banco mais longínquo do rio estava Gjalp, a filha de Geirrod com cara de bolinho, entoando um feitiço de *Logr*, para que o rio se avolumasse ainda mais, agora correndo com sujeira e entulhos, ameaçando nos carregar para longe.

Droga. Aqueles corvos devem tê-los alertado. Sempre soube que Geirrod era inquieto. Em vez de preferir se ater ao plano original, ele decidiu tentar nos despachar antes que chegássemos à sua fortaleza. O rio continuava a subir — Gjalp lançando runas o tempo todo —, e a margem aos meus pés começava a ceder.

— Loki, quem é aquela bruxa? — gritou Thor por conta do barulho da água. — Alguém que você conhece?

Sabiamente escolhi não dizer a ele que a dama na margem oposta era uma das beldades que eu o prometera. Em vez disso, agarrei-me ao seu cinto com toda força enquanto a água crescente nos arrastava. Gjalp gargalhava enquanto o rio nos arrastava e éramos bombardeados, surrados e arranhados por rochas e pedaços de madeira.

Thor se agarrou a uma árvore morta que despontava no leito aquático e, nos arremessando de volta para cima, conseguiu com dificuldade chegar ao outro lado do rio. Gjalp fugiu, praguejando, e molhados, sujos e com frio, seguimos para o salão de Geirrod.

— Então, esse tal de Geirrod — disse Thor enquanto caminhávamos. — O quão bem você o conhece?

— Não muito — falei com cuidado. — Mas ele me ofereceu hospitalidade da última vez em que estive por esses lados.

— Sério? — perguntou Thor.

— Com certeza — respondi. — Duas semanas sem levantar um dedo. Ele teria me recebido por mais uma semana, para ter certeza, caso eu não tivesse insistido.

Thor parecia menos irritado com a resposta e, ao cair da noite, chegamos às instalações de Geirrod. Eu estava na defensiva, mas não vi nenhum sinal iminente de violência. Em vez disso, um criado nos cumprimentou e nos levou para nossos aposentos. No inverno, o Povo do Gelo construía suas casas a partir do próprio gelo; no verão, viviam em tendas com armação de madeira cobertas com peles de animais, embora Geirrod possuísse um salão de tamanho considerável com uma boa vista para o rio. Nossa tenda era grande, com uma cadeira, uma lâmpada e duas camas cobertas com peles de alce e cervo.

Fui me lavar no riacho e Thor se sentou na cadeira, rapidamente caindo no sono. Dez minutos depois, voltei para descobrir que, precipitadamente, as filhas de Geirrod haviam tentado armar uma emboscada para o adormecido Thor. Uma passou um pedaço de arame fino ao redor de seu pescoço para estrangulá-lo; a outra estava tentando segurá-lo enquanto sua irmã acabava com ele.

Grande erro, meninas, grande erro. Vocês deveriam ter confiado no Loki. A única coisa que não se deve fazer com Thor (com exceção, talvez, de mexer com os cabelos de Sif) é perturbar a sua soneca.

Assim que entrei, Thor se sentou, agarrando uma filha em cada punho. Gjalp e Greip grasnavam como corvos, tentando mudar de Aspecto, mas as luvas emprestadas por Grid as agarraram rapidamente e tudo que conseguiam fazer era lutar.

Adotei uma abordagem casual.

— Ah. Vejo que já conheceu Gjalp e Greip — falei.

— Mas que inferno? — rugiu o Deus do Trovão. — Essas megeras estavam tentando me estrangular!

Rapidamente me livrei do pedaço de arame.

— Thor, isso não é nem um pouco galante. Não quando as adoráveis filhas de nosso anfitrião tentavam lhe dar uma massagem relaxante, usando... é... a tradicional *corda de massagem* pela qual o Povo do Gelo é famoso.

Thor emitiu um som explosivo.

— *Adoráveis filhas?*

Eu tinha que admitir que *aquilo* foi um salto e tanto. Apontei que, embora tivesse cara de bolinho, Greip *tinha* um corpo bonito e, além disso, nem *todo mundo* considerava pelos corporais algo desagradável.

Thor olhou mais de perto para Gjalp.

— Essa aqui não é aquela bruxa que tentou nos afogar mais cedo? — perguntou ele com um sussurro intenso.

— Ah, não, acho que não — respondi. — Aquela era *bem* mais feia.

Em seguida, me virei para as duas beldades e disse:

— Talvez fosse melhor vermos o pai de vocês antes de aceitarmos mais algum tipo de hospitalidade. Tenho certeza de que ele está animado para nos receber.

Olhei para Thor, que relutantemente afrouxou o aperto que dava nas duas bruxas, e agora aparentava estar vagamente confuso — como se assustado com sua própria força. O cinto de Grid pode tê-lo ajudado, mas mesmo sem ele, na metade das vezes, Thor não tinha noção de seu poder. Só de olhar para aquelas mãos em suas luvas de ferro, senti um desconforto crescente e eu estava prestes a sugerir que fôssemos embora quando o criado de Geirrod entrou novamente na tenda e anunciou que o seu mestre estava pronto.

— Ele está? — perguntei.

— Ah, sim — respondeu o criado. — Ele pensou que talvez vocês gostariam de se encontrar para alguns jogos antes do jantar.

— Jantar? — perguntou Thor.

— Jogos? — perguntei.

Passou pela minha cabeça que o tipo de jogo que Geirrod gostava de desfrutar provavelmente não era o mesmo tipo que eu gostaria de jogar. Mas Thor, para o qual a palavra *jantar* soava como trombetas convocando um exército, já estava quase do lado de fora no momento em que eu poderia expressar minha objeção.

Segui em frente — o que mais poderia fazer? — e, enquanto entrávamos no local de Geirrod, vimos que, em vez do costumeiro fogo, havia uma fileira de fornalhas em ambos os lados do longo salão. Já estava extremamente quente lá dentro; a luz era vermelha e traiçoeira. Do jeito que eu gostava, na verdade, mas Thor apertava os olhos por conta da fumaça.

Eu só conseguia enxergar a figura de Geirrod em algum lugar próximo ao fundo do salão; carregava um par de pinças de ferreiro e, assim que entramos, ele pegou alguma coisa de uma das fornalhas e arremessou bem em nossa direção. Era uma bola de fogo enorme, quente a ponto de ter uma coloração vermelha opaca, e me movi com rapidez para evitá-la, adotando meu Aspecto de Incêndio. Mas Thor agarrou aquela bola de ferro com aquelas luvas enormes e a lançou de volta com uma força espetacular. Ela atingiu o torso de Geirrod e o atravessou sem impedimentos, esmagando suas costelas e estraçalhando a parede atrás dele formando uma pilha de gravetos.

Se aquilo fosse um jogo, eu estava certo de que o Time Aesir já havia ganhado, mas você conhece Thor; uma vez que entra em estado de ira, não existe nada que o faça parar. Ele reduziu o salão de Geirrod a cascalhos, o deixando cheio de pedaços de corpos. Em seguida, foi para o lado de fora e fez o mesmo e, quando o pior havia passado, eu o vi, ensanguentado até as axilas, examinando a cena de carnificina com um vago ar de confusão, sem dúvida se lembrando do meu relato sobre prados verdes, céus azuis e um anfitrião com suas filhas formidáveis.

Decidi não ficar por perto para comparar recordações. Alternei para o meu Aspecto de falcão, voei de volta para Asgard, prometendo dar um intervalo saudável antes de meu próximo encontro com Thor. Ele tinha um temperamento apavorante quando provocado, mas raramente guardava rancor. Em uma ou duas semanas, já teria esquecido os detalhes sobre nossa pequena aventura e minha pele estaria mais uma vez a salvo.

O Povo do Gelo, no entanto, era diferente. Eu sabia que meu papel nos eventos daquele dia, mesmo inocente, garantiria que não houvesse lugar para escapatórias naquela parte dos Reinos Médios. A minha lista de locais para me esconder diminuía rapidamente, caso eu precisasse. E havia algo no ar que me dizia que o momento de necessidade se aproximava...

LIÇÃO 11

Resgate

Sangue é mais espesso que água.
Mas ouro... ouro paga por qualquer coisa.

Lokabrenna

EU DISSE que os Mundos já acabaram antes. É claro que isso não é inteiramente verdade. Os Mundos nunca acabam realmente. Só o povo que os tomavam para si. E Ordem e Caos jamais cessam, mas o equilíbrio de poder está em fluxo constante, motivo pelo qual o General nunca dormia bem ou relaxava em sua vigilância.

Nós tivemos um período muito bom até agora. Décadas de segurança, apenas com ataques esporádicos por parte dos grupos do Povo do Gelo e da Pedra, que ainda cobiçavam o trono de Odin. Gullveig-Heid se escondera; o Caos parecia adormecido. A Ordem estava no comando com firmeza e não havia nada além de céus azuis sobre nossas cabeças.

É claro, aqueles sempre eram os momentos nos quais Odin se sentia menos seguro. O Ancião era perverso em tantos aspectos, sempre acreditando no pior de seu povo; sempre desconfiado, em alerta, em silêncio. Quando retornei da minha viagem com Thor, descobri que Odin permanecera no ninho de seus corvos por todo o período de nossa ausência, conversando apenas com seus pássaros e a Cabeça de Mímir em seu berço de runas.

Qual era a fascinação por uma Cabeça sem corpo? Bem, voltar da Terra dos Mortos dá certa perspectiva. Algumas vezes garante o poder de prever o futuro... Embora você saiba o que sempre digo: "nunca confie em um Oráculo". Mas a Cabeça de Mímir, compreensivelmente, ressentia ter sido trazida de volta à vida e mantida em uma fonte gélida por anos, e então, embora Odin pudesse fazê-la falar, ela raramente o fazia de bom grado. Dado ao tempo que ele passa com ela, sussurrando para a fonte secreta, traçando runas na água, tentando enxergar seu caminho no escuro...

Ninguém sabe quando o Oráculo anunciou a profecia pela primeira vez. O General o *forçou* a falar ou foi iniciativa de Mímir? Ninguém mais sabe com certeza, com exceção do Ancião e da Cabeça, se é que ela ainda sobrevive. Mas aquelas 36 estrofes mudaram o mundo no qual vivemos; cobriram nosso sol e lua e enviaram os corvos de Odin para as raízes e galhos mais extremos da Yggdrasil em busca de... o que, exatamente? Compreensão? Libertação?

Morte?

Eu não tinha problema com *isso*, é claro. Até onde eu sabia, os deuses viveram na calmaria por tempo demais. Mas minha posição era quase segura e eu não tinha pressa alguma para morrer, fosse pelas mãos dos Aesir ou no âmago do Caos. Se o Pai de Todos *estava* me espionando (estava cada vez mais certo disso), então eu precisava entender o motivo. Quer dizer, ele sempre soube o quem eu era. Do que ele achava que eu era culpado?

E então, tendo falhado em destruir Thor, comecei a trabalhar no destino de Odin. Pensei que, se pudesse convencê-lo a deixar Asgard por um tempo, eu poderia descobrir o motivo do crescente distanciamento entre nós. Ele sempre adorou nossas viagens para o exterior e, então, sugeri uma excursão para os vales das Terras Internas, para um pouco de caça e pesca.

Pedi para Hoenir formar o grupo... ele era irritante, mas pelo menos não guardava nenhum rancor de mim, o que o tornava único dentre os deuses. Além disso, nós três sempre caçamos juntos, no início de Asgard, e eu esperava que a nostalgia de Odin por aqueles dias quando ainda éramos amigos o inclinasse a confiar em mim... ou pelo menos deixasse algo escapar.

Para a minha surpresa, o Ancião concordou que precisava de alguns dias longe de casa. Ele parecia cansado, pensei, e os cabelos compridos por debaixo do chapéu que usava pareciam mais grisalhos do que de costume. Ainda assim, ele parecia satisfeito em deixar Asgard; em vestir suas roupas mais velhas e surradas, carregar sua mochila antiga, fingir que era apenas um artífice, vendendo suas mercadorias até o Fim do Mundo. Talvez era tudo que quisesse, pensei; a ilusão de normalidade. Mas esse é o problema em ser um deus... Você perde o jeito de ser humano.

Então cruzamos a Bifrost e seguimos nosso caminho. Acenei animado para Heimdall, que me observava partir com os dentes cerrados e uma expressão facial que, se olhares pudessem matar, poderia me deixar se não morto, pelo menos com alguns hematomas bastante sérios. Seguimos a pé para as Terras do Norte, em direção aos nossos terrenos de caça, onde o verão era perfeito para colheita e havia um monte de brincadeiras. Encontramos o rio Strond como se fosse um sulco arado entre as montanhas, e descemos por uma vala de cachoeiras até uma floresta sombria. Entramos sob o Aspecto de três pessoas do Povo, desarmadas e sem sinais de status. E, vou admitir, deixar Asgard para trás era divertido, com todas as suas tensões e políticas, para caçar com um estilingue e um bolso cheio de pedras; para dormir em um cobertor sob as estrelas. Era divertido fingir ser outra pessoa, alguém que não importava. Mesmo assim, era uma performance. Odin e eu sabíamos. Era um tipo de teatro, um sonho de como as coisas poderiam ter sido caso nós fôssemos capazes de confiar um no outro, para variar. Então, caçamos, cantamos, rimos e contamos histórias bastante alteradas sobre os bons e velhos tempos, enquanto cada um de nós observava o outro e imaginava quando a facada aconteceria.

Seguimos o rio e, quando a noite se aproximou, dei um jeito de capturar nosso jantar, usando meu estilingue e uma única pedra: uma excelente lontra que estava sentada na margem do rio, comendo seu salmão recém-pescado. Recolhi a lontra morta e o salmão (que era tão grande quanto a lontra em si) e, me reunindo aos demais, sugeri que parássemos e acampássemos.

— Podemos fazer melhor do que isso — disse Odin. — Existe uma pequena fazenda não muito longe daqui. Vamos oferecer dividir nossa comida com eles em troca de uma cama seca.

Aquilo era típico de Odin. Não me pergunte o motivo; ele *gostava* do Povo. Qualquer desculpa para falar ou fingir ser um deles, ele aceitava.

Olhei para minha caça e dei de ombros.

— Tudo bem. Vamos ver o que seus amigos dizem, certo?

Bem, nós batemos na porta da casa da fazenda. O nome do fazendeiro era Hreidmar, e ele nos recebeu de maneira suficientemente afável, até que o assunto do jantar surgiu e ele viu a lontra. Por um momento seus olhos esfriaram e ele entrou em casa sem dizer uma palavra sequer.

— O que o está incomodando? — perguntei.

Odin deu de ombros.

— Não sei. Vamos descobrir — respondeu.

Seguimos Hreidmar para dentro da casa. Seus dois filhos estavam sentados próximos ao fogo. Fafnir e Regin eram os seus nomes, e eles não foram mais amigáveis do que o pai. Mal falaram quando nos acomodamos em frente ao fogo, mas nos encararam em silêncio. Eu não dava a mínima e, se Odin não estivesse tão animado para passar a noite sob seu teto, acho que, em seu lugar, teria me arriscado a dormir do lado de fora, perto do rio. Mas Odin e Hoenir não pareciam perceber que não éramos totalmente bem-vindos.

Finalmente, cozinhei o jantar. Ninguém mais parecia querer fazê-lo. Nossos três anfitriões deviam ser vegetarianos, porque mal tocaram no peixe e nem ao menos olharam para a carne, mas eu apenas pensei *bem, mais para nós*, e depois desenrolei minha cama e me arrumei para dormir ao pé do fogo.

Odin e Hoenir fizeram o mesmo e dormimos tão profundamente que não sonhamos... isso é, até quatro horas mais tarde, quando alguém me acordou com um tapa e vi a mim e meus amigos amarrados, pés e mãos, com Hreidmar e seus dois filhos nos observando com atenção.

— O que é isso? — perguntou Odin.

Tentei assumir meu Aspecto de Incêndio, mas descobri que estava amarrado tanto com runas quanto com cordas. O fazendeiro e seus dois filhos não eram tão rústicos quanto pareciam; se pelo menos tivéssemos conferido suas cores antes de aceitamos a hospitalidade...

Hreidmar exibiu os dentes amarelos.

— Qual de vocês matou meu filho? — perguntou.

— Seu *filho*? Não matamos ninguém...

Ele me mostrou a pele da lontra em sua mão.

— Sim, esse era o Lontra — respondeu Hreidmar. — Ele gostava de caçar durante o dia. Geralmente assumia esse Aspecto. À noite, trazia sua caça para dividir comigo e seus dois irmãos.

Bem, me deu vontade de dizer, quem é que vaga pela floresta durante a temporada de caça disfarçado de *almoço*, pelo amor dos deuses? E por que caçar como uma lontra quando pode pegar mais salmão com uma rede? Esse tal de Lontra não devia ser tão esperto. Estava prestes a dizer isso quando vi o rosto de Hreidmar e decidi não o fazer.

— Veja bem, me desculpe — comecei a dizer. — Obviamente não sabia quem ele era. Se eu soubesse, acha que viríamos até aqui?

Hreidmar sacou sua faca e sorriu.

— Fale o quanto quiser. Lontra ainda está morto. E agora você pagará pelo que fez. Por completo. Com sangue.

Com sangue. *Aquilo* de novo.

— *Tem* que ser com sangue? — perguntei. — Quanto você quer? Eu cubro.

Os olhos de Hreidmar se estreitaram.

— Um resgate? — perguntou ele. — Estou lhe avisando, não será barato.

— Qualquer coisa — falei. — Juro.

Hreidmar e seus filhos debateram. Finalmente, ele falou mais uma vez.

— Certo. Eu aceito — disse o homem. — Se você puder me trazer ouro vermelho o suficiente para encher essa pele de lontra que está em minha mão e cobri-la completamente, deixarei você e seus amigos partirem. Caso contrário...

Ele passou sua faca sobre a almofada do polegar e sorriu. A lâmina emitiu um som desagradável e afiado.

— Entendi — falei. — Apenas deixe-me ir. Pode manter meus amigos como reféns.

Hoenir parecia alarmado em relação a isso, mas o General aparentava inescrutável. Pensei que estivesse tentando avaliar o quão provável seria eu escolher salvar minha própria pele e deixar os dois para encararem a situação.

Virei-me para ele.

— Pode confiar em mim — falei. — Voltarei assim que possível.

Enquanto Hreidmar soltava as runas, assumi o Aspecto de falcão e voei para encontrar o ouro que salvaria minha vida.

Eu sei. Sei o que você está pensando. Por que me incomodar com um resgate? Aquela era a minha chance de acabar com ele, de golpear o coração de Asgard, de ter a vingança que há tanto desejava...

Pare. Pare por um momento. Siga o fio da meada e veja para onde ele vai.

Se Hreidmar matasse o Ancião, todos os Nove Mundos saberiam. Thor seria rápido em vingá-lo. E não haveria como escapar do fato de que eu seria responsável por sua morte. Os deuses me perseguiriam com força. Eles me caçariam, não importando onde eu tentasse me esconder. Jamais me deixariam em paz. Massacrariam meus filhos gêmeos, apenas para certificar de que nenhum deles cresceria com pensamentos de vingança. E, quando me pegassem — e o fariam —, me torturariam até a morte. Isso era tão certo quanto cobras são escorregadias.

Então agora você vê o motivo pelo qual eu não fiz o que talvez esperasse. Mesmo com todo o ressentimento que tenho pelo Ancião, ele ainda era meu protetor. Sem ele, eu seria um homem sem amigos, exilado de Asgard mais rápido do que restos de comida quando começam a cheirar mal. Não, eu precisava de Odin ao meu lado. Precisava de que fosse grato. E qual seria a melhor forma de conseguir tudo isso senão salvando sua vida arriscando a minha própria? Se eu conhecesse o poder das runas de Hreidmar, talvez não tivesse entrado em seu lar tão rápido. Mas eu conhecia sua reputação, bem como sua ganância por ouro, e tinha certeza de que uma boa quantidade cobriria a desafortunada morte de Lontra.

Sim. Admito. Planejei a coisa toda. Eu precisava da gratidão de Odin. E, mesmo com toda a sua inteligência, ele era tão previsível... sua afeição pelo Povo, seu amor por aqueles pequenos vales e florestas. Todo mundo possui uma fraqueza e a sua era o sentimentalismo; não levou muito tempo para Aquele que Vos Fala guiá-lo para o local certo, deixando-o pensar ter sido *sua* própria ideia.

O resto foi fácil. Um punho cheio de pedras pode machucar bem mais do que você pensa. Uma lontra, um homem... até mesmo uma fortaleza pode cair por conta de uma pedra bem mirada. Tudo que eu teria que fazer agora era encontrar ouro vermelho suficiente para libertar meus amigos e eu também seria resgatado.

Então... onde eu encontraria o ouro?

A princípio, considerei o Mundo Inferior. O Povo do Túnel sempre poderia fornecer boas quantidades de ouro de todas as variedades, mas dessa vez senti que Ivaldi e Filhos não se mostrariam tão dispostos. Em vez disso, fui até o Mar Uno, onde Aegir, o deus da tempestade, e Ran, sua esposa, possuíam sua caverna sob as ondas.

Cheguei encharcado e nu ao salão de Aegir. Não que eles se importassem; o Mundo Submarino não era muito fã de etiqueta. Ran era a deusa dos afogados e, com seu marido, comandavam as Profundezas, enquanto Njord, o Homem do Mar, comandava as ondas e as mantinha seguras para os pescadores.

O salão de Aegir era cavernoso, iluminado por fosforescência, pingava com água e era coberto por gemas submarinas e conchas peroladas. Em um trono feito a partir de uma única concha, Ran estava sentada, pálida como espuma do mar, me observando com seus olhos de ostras.

Fui até seu trono e fiz uma reverência.

— O General está em apuros — falei. — Tenho um plano, mas preciso da sua ajuda. Por favor, você me emprestaria sua rede de afogamento?

A rede era o bem mais precioso de Ran. Inquebrável e tecida com encantos, ela a usava para arrastar o fundo do oceano, para remexer as marés e afogar marinheiros que se aventuravam para longe demais em seu reino. Ran a entregou para mim... relutante.

— O que você irá pescar?

— Ouro — respondi.

Com a rede em mãos, deixei a caverna e fui explorar o Submarino. Encontrei-me em outra caverna, iluminada por uma haste longa e vertical que levava de volta ao Mundo Superior, e lancei a rede ao mar. Acontece que eu sabia que o Povo do Túnel possuía primos por todo o Mundo Inferior e que um deles — Andvari era seu nome —, gostava de minerar o lençol marinho, rico em todos os tipos de minérios. Com a runa de Ran tecida com runas, não levei muito tempo para sentir a presença de Andvari, em seguida o atraindo e o conduzindo para fora, totalmente ao meu dispor.

É claro que ele havia mudado seu Aspecto. Lancei a runa *Bjarkán* e notei um lúcio gigantesco capturado em minha rede, debatendo-se com violência e arreganhando os dentes.

Entoei um breve feitiço — *uma coisa com nome é uma coisa com amarras* —, e, usando seu nome verdadeiro, fiz com que reassumisse seu verdadeiro Aspecto. Em segundos, o carinha estava sentado no chão da caverna, choramingando nos vincos da rede.

— O que você está fazendo aqui? O que quer?

Ele parecia tão magoado quanto assustado. Eu não estava surpreso; o povo de Andvari era bem menos agressivo do que a prole de Ivaldi. Eram menores também; mais parecidos com goblins que vieram infestar o Submarino e o Mundo Inferior após o fim da Guerra de Inverno.

— Quero seu ouro — falei para ele. — Sim, eu sei que você possui um estoque aqui embaixo. Ouro vermelho e em grande quantidade, ou eu vou te torcer como um farrapo.

Um pouco de persuasão se fez necessária. Mas eu posso ser bastante persuasivo e, com a ajuda da rede de afogamento de Ran, consegui convencê-lo. Ainda choramingando, ele me levou até a sua forja secreta, onde embalei seu suprimento de ouro vermelho em várias bolsas de couro. Quando terminei, não havia nem uma lasca de ouro na câmara... com exceção de um pequeno anel no dedo de Andvari, o qual o vi tentando esconder.

— Isso também. Pode passar — pedi.

Andvari resmungou e protestou, mas eu não aceitaria um não como resposta. Somei o anel à pilha.

— Está amaldiçoado — disse Andvari, tristonho. — Você jamais viverá para desfrutar de seu roubo. Azar o seguirá por onde for.

Sorri.

— Quanto mais, melhor — falei. — Como não estou planejando mantê-lo para mim mesmo.

E então, peguei minhas bolsas de ouro e voltei a pé para as Terras Internas.

— Você demorou — disse Odin, quando voltei para a casa de Hreidmar.

Os prisioneiros ainda estavam amarrados com força; pareciam desgrenhados, famintos e cansados. Daria uma boa história, pensei, sabendo que Hoenir a espalharia; e também teria Ran, que contaria tudo para Aegir e todas as suas amigas, sobre como Loki havia bravamente voltado à caverna do lobo para resgatar seus amigos...

Sorri.

— Aqui vem a cavalaria. Acho que, quando você der uma boa olhada nisso tudo, considerará que Lontra foi devidamente recompensado.

Hreidmar desamarrou os prisioneiros enquanto seus filhos contavam o ouro. Com ele, encheram a pele da lontra, amontoando por cima dos restos, como se fosse um carrinho de mãos cheio de ouro cor de morango. Odin os observava em silêncio, esfregando seus punhos feridos. Achei que estivesse tão furioso quanto eu por ter sido pego e humilhado, mas ele não disse nada, apenas os observou silenciosamente através de seu único olho.

Finalmente, a pele estava cheia e coberta de uma ponta a outra com ouro. Apenas um bigode se projetava...

— Não há mais ouro — disse Odin.

— Então pegarei o que resta em sangue — declarou Hreidmar, sacando mais uma vez sua adaga.

— Espere, tem isso aqui.

Peguei o anel que tirara de Andvari. Esperava dá-lo para Odin, é claro, mas a necessidade faz o homem quando Incêndio está no comando.

— Você que acha que isso cobrirá o que falta?

Curvei-me e cobri o bigode com o anel de ouro cor de sangue.

— Por pouco.

Sorri para ele.

— Você duvidou de mim?

— Não. Nem por um segundo.

Então, nosso anfitrião deveras relutante foi obrigado a deixar nós três partirmos. Assim que cruzei o batente da porta, olhei para ele por cima de um dos ombros.

— Aliás, a maldição de Andvari se encontra no anel que tirei dele. Espero que se divirta. Bem-feito por ter mantido meu irmão como refém.

Odin me lançou um olhar de soslaio.

— Você é cheio de surpresas, não é mesmo? — perguntou.

Dei de ombros.

— Apenas lembre-se de que salvei sua vida. Você sabe que pode contar comigo.

Ele sorriu.

— Sei que posso — disse Odin.

E, por um momento, eu *quase* acreditei que nenhum de nós estava mentindo.

Engraçado como as coisas que a gente diz voltam para nos morder, como cães raivosos que, uma vez, cometemos o erro de alimentar. Embora não soubéssemos naquela altura, nosso verão estava chegando ao fim. As estações começavam a mudar, as sombras a se alongar, o sol a se pôr. Aquela luz rosada é enganosa; brilha na face daqueles que estão ao seu redor e os faz parecer que são amigos. Não são. Em um intervalo de dez minutos, o sol irá se pôr e não haverá piedade...

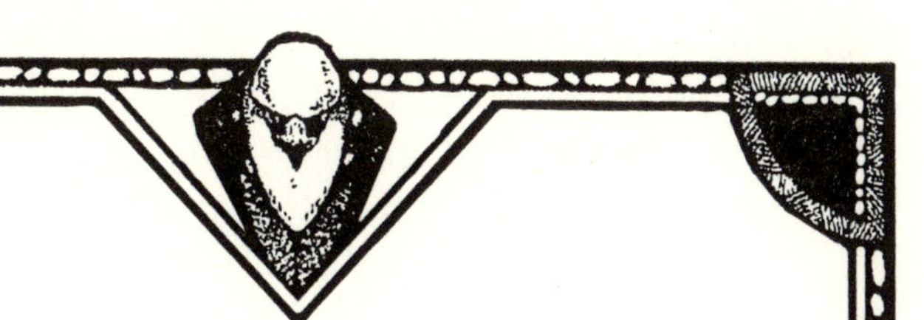

LIVRO 3

Pôr do Sol

Vejo seu destino, filhos da terra.
Ouço o chamado da batalha.
Para cavalgar, o povo de Odin se prepara
Contra as sombras que caem.

Profecia do Oráculo

LIÇÃO 1

Morte

Os mortos sabem de tudo,
mas não dão a mínima.

Lokabrenna

E, EM UM PISCAR DE OLHOS, tudo se acabou. Uma era de ouro da divindade, como brotos de maçã ao vento. Não finjo saber muito sobre amor, mas é assim que os grandes romances chegam ao fim, não pelas chamas da paixão, mas pelo silêncio do arrependimento. Foi assim que meu irmão Odin e eu chegamos ao final de nossa amizade; não no calor da batalha (embora esse momento chegaria logo em breve), mas com mentiras, sorrisos polidos e protestos de lealdade.

Ele nunca me disse *como* sabia. Mas o Ancião tinha conhecimento de tudo. De todas as minhas pequenas traições: como tentei armar para Thor; como custei a Frei sua espada de runas. Se eu não tivesse dado o anel que tomara de Andvari, teria concluído que a maldição do Verme era a causa da minha sorte decisiva, mas o deixara com Hreidmar como parte do pagamento pelo Lontra. Não, isso era diferente, algo mais perturbador. Podia ver sua decepção, sua dor na maneira em olhava para mim, embora ele jamais tenha dito uma palavra... a mim ou a qualquer um dos deuses.

Acho que teria preferido que ele simplesmente me punisse. Eu poderia lidar com isso. Um mundo construído na Ordem possui *regras*, conforme aprendi, e quebrá-las tinha suas consequências. Vivi no mundo de Odin por tempo suficiente para entender, senão para aprovar, o princípio. Mas isso não parecia ser plano de Odin. Deixou-me bem desconfortável.

Não me entenda errado. Não me arrependi de nada. A corrupção-por-sentimento de Odin não me fez descer *tanto*. E não vá acreditando naquelas histórias sobre como eu realmente me importava com ele e como a nossa trágica amizade se tornou um tipo de peça de teatro baseada no amor durante séculos. Acredite em mim, não foi. Certo? Mas eu me sentia inseguro. Senti o martelo prestes a cair e não tinha para onde correr. Precisava conhecer a mente de Odin. Precisava saber de seus planos. E, então, olhei para o céu em busca de ajuda... e Hugin e Munin, os pássaros do Ancião.

Eles não eram pássaros comuns, é claro. Eram os corvos de Odin, treinados para carregar os pensamentos do Ancião para qualquer lugar nos Nove Mundos. Aquilo fazia parte de seu poder, aqueles pássaros; manifestações de seu Espírito e Mente... Com a sua ajuda, ele via tudo. Mas também significavam que ele jamais estava em paz. Se alguém pensava demais, era o Ancião, sempre alerta, sempre perscrutando os Mundos por um rastro de ameaça ao seu império. Aquilo o isolou. Aquilo o afastou do restante dos Aesir.

Fazia bem a ele ser daquele jeito, mas eu sabia que era sozinho. O poder havia feito seu estrago no General, e o conhecimento corroía o resto. Conhecimento perfeito era o que ele ansiava, mas, com isso, as ilusões morrem, incluindo conceitos perenes como amizade, amor e lealdade.

Pense sobre isso por um momento. Como você pode esperar ter amigos quando espiona tudo que fazem? Como pode desfrutar o presente quando pode ver o futuro? Acima de tudo, como pode amar quando sabe que a Morte segue esperando?

E Morte foi para onde eles me levaram primeiro. Ou melhor, para Hel, o Reino da Morte. *Não* era um reino que eu frequentava muito, mesmo sendo pai de quem o governava — não era o tipo de lugar no qual sentia que minhas habilidades seriam melhor utilizadas. Mas foi para lá que os corvos me levaram e onde eu peguei seu rastro — pela Floresta de Metal, em seguida pelo subterrâneo, viajando a pé pelo Mundo Inferior pela maior parte do caminho, não estando privado de seu truque de simplesmente atravessar diretamente os Mundos —, até que, dias depois, cheguei à empoeirada planície de Hel.

Não era meu local preferido nos Mundos. O reino próprio de Hel é frio e sombrio. Livre de leis convencionais sobre tamanho, escala ou geografia; se alonga por todas as direções; um deserto descolorido de areia e ossos sobre um arco de céu desbotado. Nada cresce aqui; nada vive — até mesmo Hel era metade cadáver —, e aqueles que vêm até aqui ou estão mortos, amaldiçoados ou simplesmente desesperados. Disse a mim mesmo que minha filha com certeza concordaria em me ver, mas era o *seu* reino. Se ela quisesse, poderia me fazer esperar à vontade por semanas ou meses; ou até que o deserto me engolisse e eu me tornasse um dos mortos, poeira ao vento que soprava sem cessar sob aquele céu estranho e subterrâneo.

Encontrei minha filha esperando, desenhando círculos na areia. Ela crescera desde que a vi pela última vez, embora, infelizmente, não tenha melhorado muito. Ela sempre foi geniosa e intratável, mesmo quando criança, e agora olhava para mim de soslaio através de seu único olho vivo (o outro estava morto como osso sob uma mecha de cabelo branco).

— Veja, é meu querido Pai — disse ela. — Que bom vê-lo por aqui.

Sentei-me ao seu lado em uma pedra. Ao meu redor, o vento seco e quente de Hel misturava as almas daqueles que partiram em uma espécie de semiconsciência. Eu podia senti-los atraídos a mim, sentindo o calor de um ser vivo. *Não* era uma sensação boa. Fiz uma nota mental para mim mesmo a fim de evitar a Morte tanto quanto pudesse.

— Pensei em dar um "oi" — falei. — Como vai o trabalho?

Hel arqueou uma única sobrancelha.

— Então?

— Bem... *Pai*. Você viu esse lugar. O que acha?

— É... interessante.

Ela emitiu um som de desdém.

— Você acha? Sentar aqui, todos os dias, rodeada por nada além dos mortos? *Não* é o que você chamaria de *animador*.

— Bem, é um trabalho — falei para ela. — Não foi feito para ser emocionante. Não no começo, pelo menos.

— Você acha que vai melhorar?

Dei de ombros.

— Achei que não — disse ela. — Então, o que você quer?

— Estou magoado — falei. — O que te faz pensar que quero alguma coisa além de prestar uma visita para a minha filha?

— Você nunca visita — respondeu ela. — E porque os pássaros do General estavam aqui há poucas horas. Penso que você queira saber o motivo.

Sorri.

— Talvez isso tenha passado pela minha mente.

Ela virou seu perfil vivo, me sujeitando ao total impacto de sua face morta. O olho que brilhava da reentrância óssea estava horrorosa e sombriamente consciente. A corda de runas que ela usava amarrada ao redor de sua cintura fina me fazia lembrar com desconforto do chicote de runas de Skadi.

— Nenhum de vocês está imune à Morte — disse ela com sua voz irritante. — O General sabe disso muito bem. A Morte leva a todos no final. Heróis, vilões, até mesmo deuses... todos vocês, um dia, terminarão como poeira. Até mesmo Odin — continuou, tocando em sua corda. — Um dia, a Morte o levará também e não haverá mais nada dele, de Asgard ou de você.

Aquilo estava começando a soar desnecessariamente mórbido para mim e assim deixei claro.

Ela abriu um meio sorriso, torto.

— Balder tem sonhado — contou Hel.

— Sonhado com o quê?

— Comigo — respondeu.

— Ah.

Eu estava começando a entender. Desde que o vira pela primeira vez, Hel se apaixonara por Balder. Balder, o Belo; Balder, o Bravo; Balder, o Garoto de Ouro de Asgard. Bem, gosto é uma coisa que ninguém pode explicar, mas não havia como negar que certo tipo de mulheres o achava irresistível. Skadi era uma; Hel, outra. Mas enquanto Skadi aceitara há tempos o fato de que Balder jamais seria dela, acho que Hel ainda tinha esperança de vê-lo um dia ao seu lado.

É claro que, para isso, ele teria que morrer. Mas, conforme ela disse, todo mundo morre.

— Então, o Garoto de Ouro vem tendo pesadelos? — Sorri ao ver a expressão de Hel. — Ele sempre esteve do lado mais sensível. Embora eu não saiba o que isso tem a ver com Odin...

— Frigga tem sonhado também — disse ela. — Presságios sobre a morte de Balder. Ela quer saber como protegê-lo. É por isso que Odin enviou seus pássaros.

— E?

Ela me olhou através de seu olho morto.

— Odin fez de mim o que sou — respondeu. — Ele me deu os domínios da Morte. Levo meu papel muito a sério e não posso abrir exceções. Nem mesmo que eu quisesse — continuou, com a sombra de um sorriso, mais medonho naquela face semimorta.

— Mas por que Balder morreria? — perguntei. — Ele não luta. Não pratica esportes perigosos. Raramente, se é que o faz, deixa Asgard. O único risco que corre é de engasgar com sua própria soberba. Então me responda, por que a ansiedade?

Hel encolheu um dos ombros.

— Não sei.

É claro, Morte e Sonho são muito próximos. Seus territórios se cruzam, motivo pelo qual, com frequência, sonhamos com os mortos.

Eles também sonham conosco, de seu jeito fluido, e, às vezes, podem nos dizer coisas; coisas sobre o futuro.

Ela estava desenhando na areia de novo. Dessa vez, não era um círculo, mas o formato de um pequeno coração com as runas *Hagall* para Hel e *Bjarkán* para Balder, escritas na parte de dentro. Achei aquilo francamente nauseante, mas demonstrei uma expressão solidária.

— O quanto você o deseja? — perguntei.

Ela olhou para cima.

— Eu faria qualquer coisa.

— *Qualquer coisa*?

Aquele olho morto de novo.

— Qualquer coisa — respondeu minha filha.

— Tudo bem — falei com um sorriso. — Eu a ajudarei se tiver a chance. Mas não pode dizer uma palavra sequer sobre isso a ninguém. E você me deve um favor. Estamos de acordo?

Ela me estendeu sua mão viva.

— Estamos.

E foi assim que a Rainha dos Mortos me prometeu um favor. Eu não podia dizer quando o cobraria, mas senti a mudança dos ares e eu sabia que, assim como Ratatosk, o esquilo, era hora d'Aquele que Vos Fala juntar alguns suprimentos para o inverno. Eventualmente tudo morre, é claro. A palavra operante é "eventualmente". E se, de alguma forma, eu pudesse remodelar os eventos de modo a servir aos meus propósitos...

Bem. Não foi isso que o próprio Odin fez? Remodelar os Mundos a partir do cadáver de Ymir? Não é isso que *todos* os deuses fazem, de suas diversas maneiras, para sobreviver?

LIÇÃO 2

Trapaça

Então me julgue. Faz parte da minha natureza.

Lokabrenna

O PRÓXIMO LUGAR ao qual os pássaros de Odin foram foi a Floresta de Metal, onde o segundo de meus monstruosos filhos causava preocupação entre a vida selvagem. Eu não via o Lobo Fenrir desde que sua mãe e eu nos separamos em termos nem um pouco amigáveis. Agora ele não era mais somente um filhote, mas completamente adulto e feroz. Embora tivesse a minha habilidade de adquirir um Aspecto humano, ele preferia a forma de lobo, motivo pelo qual Odin enviara seus corvos para checar o perigo que poderia representar.

Isso não teria me incomodado nem um pouco (nunca fui chegado à prole de Angie), se não fosse pelo jeito sonso com o qual o General abordou o problema, agindo pelas minhas costas sem ao menos dizer uma palavra. Conforme seus corvos trouxeram da Floresta de Metal notícias sobre meu filho, Odin declarou o lobo uma ameaça e pediu para que ele fosse neutralizado.

— Neutralizado? — perguntei. — Isso significa que Jormungand foi neutralizado? Ou você está pensando em uma solução mais permanente?

Odin continuou inexpressivo. Prossegui:

— Quer dizer, depois de todo esse tempo você de repente acha que meu filho é uma ameaça? A quem? Desde quando ele tem feito alguma coisa além de correr furiosamente pela Floresta de Metal, caçando esquilos e, vamos encarar, os Mundos sempre poderiam passar com menos *deles*...

Ninguém mencionou os sonhos de Balder, mas a conexão era óbvia. Balder era um filhinho da mamãe, mimado e superprotegido. Eu sentia a influência da sua mãe agora, enquanto Odin resumia suas exigências.

— Preciso ver o Lobo — disse ele. — Preciso saber de qual lado ele está. — Ele me encarou com seu olhar mais frio. — Capitão, espero que você não se oponha a isso.

— Eu? Me opor? É claro que não. Mas gostaria que você me falasse sobre o que isso se trata.

— Mais tarde — respondeu Odin. — Apenas traga-me o Lobo.

E então prometi trazer meu filho para uma avaliação em Asgard. Imaginei que, se eu o ajudasse, Odin poderia confiar em mim... ou, caso as coisas tomassem o outro rumo, eu teria um amigo ao meu lado. Além disso, eu não via Fenrir há anos e, como o Ancião, queria saber o quão poderoso ele se tornara e que lealdade (se é que existia) eu poderia esperar do Lobo e sua mãe.

Então voei, em meu Aspecto de falcão, até a Floresta de Metal. Na chegada, encontrei Angrboda à minha espera, linda como sempre, com Fenrir ao seu lado, sob a forma de lobo, parecendo bem menos bonito.

— Eu deveria saber que *você* estava por perto — disse ela, assim que voltei para o meu Aspecto. — Você e o General sempre foram estúpidos como ladrões. Quando vi aqueles pássaros dele, soube que você não deveria estar muito longe.

Aquilo foi injusto. Apontei que, conforme fizera com Hel, eu não precisava de desculpas para visitar os mais próximos e queridos.

— É tão difícil de acreditar — perguntei —, que eu posso ter tido vontade de vê-la? Você *é* o amor da minha vida, sabe. E o pequeno e querido Fenrir... — Meu filho rosnou. — Como você pode achar que eu ficaria longe?

Angie arqueou uma sobrancelha, através da qual uma esmeralda brilhou.

— Não me venha com isso. Depois de quinze anos, você decide aparecer todo paternal? — Ela me lançou um de seus olhares ardentes. — O que *realmente* quer?

— Bem, além do óbvio... — Olhei para baixo e para o meu estado desnudo. — Algumas roupas seriam legais. A não ser que queira...

Angie grunhiu.

— Na frente das crianças não, querido.

Mais uma vez olhei para Fenrir. Lembrei-me dele quase bonitinho... de uma forma quase que desejável. Agora, ele aparentava apenas malévolo e desagradável no geral. Ainda assim, lobos adolescentes são tipicamente sujos; peludos, fedidos e monossilábicos. Não diferente da raça humana, se você pensar bem, mas a maioria dos humanos jovens seria incapaz de arrancar sua cabeça com suas próprias mãos e usá-la para fazer um sanduíche entre as nádegas.

— Então, o que anda fazendo hoje em dia? — perguntei a ele, com um pequeno entusiasmo.

Fenrir apenas rosnou novamente, mostrando seus dentes. Havia um monte deles e seu hálito era claramente podre.

— Devorando coisas, basicamente — respondeu Angie. — Embora também goste de matá-las.

— Ele não consegue falar por si mesmo? — perguntei.

Ela deu um sorriso indulgente para o lobo.

— Você sabe como eles são nessa idade. Fenny, seja um bom menino e cumprimente o seu pai.

O lobisomem se sacudiu de maneira bestial e mudou seu Aspecto, rapidamente se tornando um jovem carrancudo, com um sério problema de acne e pelos grossos nas palmas das mãos. O fedor de testosterona era espantoso, assim como o cheiro horrível de seus cabelos oleosos.

— Tanto faz — disse Fenny. — Olá, *Pai*.

Forcei um sorriso.

— Assim é melhor — falei. — Vamos deixá-lo apresentável. Se você for receber sua herança, como seu irmão e irmã, então temos que convencer os deuses de que você não é apenas um adolescente desprezível. Certo?

— O que quer dizer com isso, herança?

Os olhos amarelos do lobo brilharam de modo suspeito. Eu podia ver que ele não era bobo; sem atrativos, talvez, mas havia inteligência naqueles olhos. Não tinha certeza se isso ajudaria minha causa ou não, apenas dei a ele meu maior sorriso e investi no meu papo de vendedor.

— Bem, Jormungand recebeu o Mar Uno — falei —, e Hel ganhou o Mundo dos Mortos. É justo que você tenha suas próprias terras e domínios, mas primeiro precisa deixar que Odin decida o tipo de território que merece.

— A Floresta de Metal — retrucou Fenrir, sem ao menos parar para pensar.

— Bem, a Floresta de Metal certamente é uma possibilidade — concordei. — Mas você já considerou...

— *A Floresta de Metal* — repetiu Fenrir.

— Já entendi. Você quer a Floresta de Metal — reconheci, sorrindo para Angie. — Tudo bem, acho que podemos fazer isso. Mas, primeiro, você deve vir comigo e jurar sua aliança a Asgard.

— Minha *o quê*? — perguntou Fenrir. — Lobos não juram. Lobos só passeiam e... e, sei lá, *devoram* coisas.

— Bem, dessa vez será diferente. Quero que você esteja apresentável. Não vou levá-lo para Asgard parecendo um troço que saiu da sola do sapato de um troll das cavernas. Um corte de cabelo primeiro... e talvez algumas roupas?

Não foi fácil vender a ideia. Mas, finalmente, com a ajuda da adorável mãe de Fenny, consegui fazê-lo parecer se não apresentável, então pelo menos vagamente humano. Não esperava que ele fosse um sucesso entre os deuses, mas pensei que talvez, se o conhecessem, entenderiam que não era o monstro que eles achavam ser e, talvez, dessem um desconto ao garoto.

Infelizmente, não. Para ser justo, o jovem Fenny estava passando por uma fase um tanto revoltada, caracterizada por grunhidos, maus odores, linguagem obscena, música alta em seus quartos tarde da noite e uma abordagem um tanto bronca a qualquer coisa do sexo oposto.

Até mesmo Iduna, que o havia considerado "fofo" assim que ele chegou em Asgard, reclamou sobre seus comentários lascivos feitos a ela e suas criadas. Mas foi quando uma brincadeirinha (sobre Balder, como era de praxe) deu errado que o instinto maternal de Frigga se rebelou e ela correu até Odin, exigindo que o lobisomem fosse contido.

Não foi grande coisa, de verdade. Uma pegadinha de adolescente, envolvendo o almoço do Garoto de Ouro, algumas tesourinhas e uns braços torcidos, mas Frigga levou a coisa toda muito a sério, declarando que seu filho foi agredido e que, se Odin não tomasse providências, então ela chamaria Thor para intervir em seu lugar.

Odin não teve escolha depois daquilo. O lobisomem havia ultrapassado o limite. Se ele pelo menos tivesse vindo a mim e me contado, eu teria compreendido perfeitamente. Mas não o fez. Não disse nada, não *fez* nada até que eu estivesse longe e, então, com Thor, Týr e os demais, investiu contra a gente.

Eu deveria saber que ele tinha algo planejado. Uma inspeção rotineira no Povo do Gelo, ele disse; rumores sobre um novo comandante que deveria tentar alguma coisa imprudente. O Povo da Pedra tem estado inquieto também, se reunindo aos pés das montanhas; talvez eu conseguisse descobrir o que causou sua migração. E havia histórias sobre Jormungand afundando navios até o Fim do Mundo, e mais rumores sobre Gullveig-Heid, ressuscitando os mortos na Floresta de Metal. E por aí vai, com uma lista inteira de tarefas que me manteria fora por pelo menos uma semana... um intervalo bem-vindo, pensei na época, das responsabilidades da paternidade.

Enquanto isso, na minha ausência, os deuses se prepararam para descer o martelo em Fenrir.

Primeiro, Odin foi até o Povo do Túnel e pediu para que os filhos de Ivaldi forjassem para ele um par de correntes mágicas. Em seguida, fizeram uma festa de boas-vindas para Fenny e, quando o embebedaram, Odin sugeriu alguns testes de força para ver do que ele seria capaz.

Fenny, jovem e arrogante, não viu motivos para suspeitar de uma cilada. Bebida, música alta e a presença de criadas parcamente vestidas quebraram quaisquer defesas que possuía. Encarando duas correntes grossas do Povo do Túnel, ele as quebrou com facilidade, deixando os deuses dissimuladamente admirados, mas a última era uma faixa de aço estreita e enganosa forjada pelo próprio famoso Dvalin — encrustada de diversas runas e feitiços —, e era quase inquebrável.

Se eu estivesse lá para comentar, teria avisado aos deuses que meu filho, selvagem e bruto, não era bobo. Seus sentidos finalmente aguçados o avisaram que alguma trapaça estava a caminho e, antes de aceitar tentar a terceira corrente, ele exigiu uma prova da boa-vontade de Odin.

— Que tipo de prova? — perguntou Odin.

— Que um de vocês coloque a mão dentro da minha boca — respondeu o Lobo, com um sorriso cheio de dentes. — Dessa forma, terei algo para barganhar caso as coisas comecem a ficar pesadas.

Os deuses trocaram olhares. Finalmente, Týr, o Bravo de Coração, ficou de pé. Corajoso, devo dizer, mas também tinha a cabeça fraca.

— Eu aceito — disse ele, deslizando sua mão direita para dentro da boca do lobo.

Se eu estivesse lá, é claro, isso jamais teria acontecido, mas eles eram espertos demais... *eles* pensaram que podiam lidar com a situação sozinhos, com o resultado de que, quando *Naudr* mordeu, Fenny também o fez e Týr perdeu sua mão.

Odin não demonstrou nenhum sinal de arrependimento. Era um risco calculado e o ganho para a segurança de Asgard era maior do que a perda. Týr se presenteou com uma mão efêmera, toda tecida com runas e encantos, os quais, como uma arma mental, poderia ser lançada em batalha ou em momentos de necessidade. No restante do tempo, aprendeu a realizar as tarefas do dia a dia com apenas a mão esquerda e a lidar com várias piadas duvidosas. Nunca fora um homem de palavra, então nunca soubemos o que realmente pensou ao se sacrificar por Odin. Gosto de pensar que, durante as noites longas, quando seu cotoco coçava como louco e o restante dos deuses dormiam, até mesmo Týr, o Bravo de Coração, deveria algumas vezes questionar sua lealdade.

Eles mantiveram o Lobo no Mundo Inferior, em uma caverna profunda sob o solo. E, quando voltei para casa, dei-me conta de que todos os deuses *me* culpavam pelo fracasso, sussurrando entre si que eu havia sido responsável por trazer Fenny para Asgard em primeiro lugar, e cumprimentando Aquele que Vos Fala com palavras duras, olhares gelados e todos os sinais de hostilidade.

— Como assim, nenhuma bebida de boas-vindas? — perguntei, chegando cansado de um voo direto de 12 horas.

— Ah, vejam quem está de volta — disse Heimdall. — Gerou mais algum monstro recentemente?

Não pensei muito em suas palavras, mas quando Frey virou as costas para mim, Bragi jogou sua bebida no chão, Thor me viu chegando e rosnou, e Skadi, que estava hospedada em Asgard durante uma de suas inconstantes visitas, tocou com os dedos em seu chicote de runas e *sorriu* para mim, eu soube que alguma coisa havia acontecido.

— Onde está Odin? — perguntei.

— Em seu salão. Ele não quer ser perturbado — respondeu Frigga, cujo semblante geralmente receptivo demonstrava emoções conflitantes.

Mesmo Sigyn, normalmente a primeira a vir me receber, parecia distante.

— Aquilo teve que ser feito — disse-me ela quando fui encontrá-la (faminto depois de meu longo voo e esperando por um lote de tortas de geleia). — Aquele lobisomem nojento que é seu filho foi uma influência *tão* ruim para nossos meninos...

Bem, sim. Tive que admitir que aquilo era verdade. Vali e Narvi, tão próximos a ele em idade, ficaram atraídos para passar o tempo com Fenrir. Talvez fosse sua aparência de *bad boy*; ou as histórias que contou a eles sobre a Floresta de Metal. De qualquer forma, notei que eles começaram a imitá-lo, deixando seus cabelos crescerem sobre os olhos e cultivando um sorriso lupino.

— Ah, eles superarão isso logo — disse Sigyn, finalmente me contando a história sobre como o Lobo havia sido contido pelo bem de Asgard. — E você também — adicionou, com um sorriso brincalhão —, assim que comer algumas dessas adoráveis tortas de geleia que fiz para você.

Porém, de repente, eu não estava mais com fome. A bola de arame dentro das minhas entranhas se apertara a um grau insuportável.

Eles agiram pelas minhas costas, veja você: foi isso que me magoou tanto. Decidiram que eu não era confiável e me enviaram para uma missão falsa, em seguida, quando o tiro saiu pela culatra, *me* culparam pelas consequências.

— Agora, não fique nervoso, querido. Você sabe que aquela tal de Angie não era flor que se cheire. A última coisa que quer é um lobisomem moleque por aqui, causando problemas, lembrando-o do que você fez com a sua esposa e sua *verdadeira* família.

Minha *verdadeira* família. Aquilo era uma piada. Os relatos sobre a jornada de Thor para Utgard deixaram meus filhos com a impressão de que eu era um perdedor gigante. A clausura de Fenny completou o trabalho: agora, aos seus olhos, eu era o Homem: uma parte do sistema patriarcal opressivo; incapaz de entender as necessidades de um adolescente rebelde.

Isso ficou bastante claro para mim quando saí para cumprimentá-los. Eles cresceram desde que os vi da última vez, é claro, e, embora obviamente (ao meu favor), nenhum era tão deselegante ou boçal quanto Fenny, ambos conseguiram desenvolver alguns maneirismos de lobisomem: a má postura, o grunhido, o desdém silencioso.

— Então, como estão?

Narvi, o primeiro e dominante gêmeo, me olhou por baixo de sua longa franja. Seus olhos eram como os meus, seus cabelos também; suas cores, selvagens e rebeldes... era quase como ver a mim mesmo quando entrei nos Mundos do Caos.

Vali, o mais suave e amigável gêmeo, poderia dizer alguma coisa caso estivéssemos a sós, mas, na presença de Narvi, simplesmente olhou para o chão em sinal de vergonha.

— Nenhuma palavra de boas-vindas? — perguntei.

Narvi deu de ombros.

— Oi, *Pai*.

— Ouvi sobre o que aconteceu com Fenrir.

— Tanto faz.

— Não sabia o que estava acontecendo — falei. — Odin nunca me contou.

Tarde demais entendi que ter sido passado para trás por Odin não ajudaria em nada a aumentar a estima de meus filhos. Soei fraco e pesaroso, o que me deixou ainda mais com raiva. Por que será que senti a necessidade de me justificar aos meus filhos? Desde quando eu me importava com o que pensavam?

Narvi deu de ombros novamente.

— Tanto faz.

Vali me lançou um olhar tímido.

— O que você vai fazer? — perguntou.

Pensei sobre aquilo.

— Não sei.

Não havia nada que eu *pudesse* fazer, exceto libertar Fenny, o que, mesmo se eu conseguisse fazê-lo, dificilmente melhoraria a minha situação em Asgard.

Narvi já sabia a resposta.

— Ele não vai fazer nada, idiota — disse. — Vai irritar o Ancião?

Bem, ele tinha razão, pensei. Eu havia perdido o único defensor do qual eu poderia depender caso as coisas ficassem feias em Asgard. Até mesmo Thor poderia hesitar tocar com violência em um homem que tivesse um lobisomem ao seu lado.

— Não pense que estou com medo *dele* — falei. — Mas algumas vezes é melhor não pular na primeira provocação. Não serei de muita serventia para Fenrir caso esteja acorrentado ao seu lado.

Narvi lançou o mesmo olhar para mim novamente. Você conhece aquele olhar... aquele que diz: *Você pode falar o quanto quiser, velhote, mas eu sei o que vai acontecer, então tanto faz.*

Sim, conheço bem aquele olhar. Posso até tê-lo usado em ocasiões seletas. Por isso, de todas as experiências humanas, a paternidade é certamente a mais frustrante e inútil. Porque qual é o motivo da experiência se seus filhos não vão dar ouvidos ao que você aprendeu?

Então voltei a ser o garoto flagelado oficial de Asgard. Se alguma coisa acontecia, a culpa era minha: da perda do braço de Týr ao fato da nova ode de Bragi não virar um sucesso, o insucesso dos bolos de Sigyn quando solam, o fato do Povo do Gelo estar se reunindo na Floresta de Metal. Eu era a nota errada na sinfonia, a barata no bolo de casamento, o urso com sua pata no pote de mel, a lâmina no jarro de biscoitos. Jamais pertencera a Asgard, mas jamais se fizera tão claro para mim o quanto os deuses me ressentiam. Até mesmo os meus filhos. Até mesmo Odin...

Sim, Odin. Agora que havia conseguido o que queria de mim, o Ancião finalmente deixou cair a sua máscara. Sua frieza em relação a mim se intensificou; seus pássaros raramente se encontravam fora do meu campo de visão. Eu estava intrigado, bem como magoado: especialmente porque Odin ainda não havia mencionado Balder ou seus sonhos proféticos. Aquilo me fez imaginar se tudo isso estava acontecendo em nome de algo maior do que eu. Me fez imaginar se Fenrir alguma vez fora seu alvo principal. Mas, antes de tudo, me fez imaginar quanto tempo passaria antes que alguém sugerisse que os Mundos poderiam ser um lugar mais seguro se eu, também, pudesse ser mantido em correntes...

LIÇÃO 3

Bolo

A maioria dos problemas pode
ser solucionada com bolo.

Lokabrenna

DEPOIS DAQUILO, as coisas decaíram bem rápido. Apesar da remoção de Fenny, a ansiedade de Frigga por conta de Balder chegara a um ponto que beirava a obsessão. Se o Garoto de Ouro espirrasse, sua preocupação era exagerada. Ela passava o tempo avaliando riscos; olhando para lajotas soltas caso Balder tropeçasse no parapeito; descobrindo plantas tóxicas no jardim, como se ele, de repente, fosse começar a mastigar os canteiros; inspecionando os equipamentos de esporte de maneira suspeita; tricotando coletes caso Balder pegasse um resfriado.

Finalmente quebrando seu silêncio, ela saiu para sondar todas as coisas nos Nove Mundos, procurando por ameaças em potencial e extraindo de cada criatura — ursos, abelhas, amoras-silvestres —, um juramento em seus nomes de que jamais machucariam o Garoto de Ouro.

— Por quê? — perguntei a ela. — Qual é o motivo? O que você acha que vai acontecer com ele?

A Feiticeira apenas balançou a cabeça.

— Não sei. Mas há uma sombra sobre nós. Não é somente os sonhos de Balder, os meus ou até mesmo a profecia...

— *Qual* profecia? — perguntei bruscamente.

Ela afastou o olhar.

— Ah, nada — respondeu.

Mas quando uma mulher diz "nada", você pode sempre apostar que existe alguma coisa. A Cabeça de Mímir era um Oráculo. Será que ela *anunciara* uma profecia? E, caso o tenha feito, por que Odin escolheu mantê-la em segredo de mim e contou tudo para Frigga?

Lembrei-me do jeito com que eles lidaram com o Lobo e decidi me empenhar na investigação. Claramente havia mais no comportamento de Odin do que alguns pesadelos sobre Balder. Deixar novamente Asgard tão cedo enfraqueceria minha posição mais tarde.

Então adotei uma abordagem mais direta. Mantendo em mente a crença de Sigyn de que a maioria dos problemas pode ser resolvida com bolo, cortei uma fatia de seu bolo de frutas e fui até a Ponte do Arco-Íris.

Hugin e Munin, como todos de sua espécie, eram fãs de coisas doces e grudentas. Um punhado de migalhas e um pouco de paciência, pensei, me poupariam bastante tempo de voo.

Com certeza não esperei muito tempo antes que os pássaros descessem e pousassem na ponte. O maior dos dois — Hugin, eu acho —, pavoneou-se para cima e para baixo, em expectativa.

— Por onde vocês andaram? — perguntei aos pássaros.

— *Crawk. Crawk* — respondeu Hugin, batendo as asas e olhando para mim.

— *Bolo* — disse Munin, o menor, com uma única pena branca em sua cabeça. Sua fala era mais clara que a do irmão e seus olhos dourados brilhavam.

— Tudo em seu tempo — falei. — Basta me contarem por onde andaram bisbilhotando.

— *Ygg. Dra. Sil. Crawk.*

O pássaro maior pulou para o meu ombro.

— *Crawk. Bolo* — disse o menor, e eu o alimentei com um pouco do bolo de Sigyn... meio forte para o meu gosto, mas cheio de passas e açúcar.

— O que tem Yggdrasil? — perguntei. — Por que o interesse repentino?

— *Profecia* — respondeu Munin. — *Crawk.*

— Uma profecia? O que ela diz?

— *Bolo* — pediu Munin, teimoso.

— É só me contar sobre a profecia! — negociei, segurando um pedaço do doce. — Depois disso, vocês dois podem comer bolo.

— *Crawk. Bolo* — disse Hugin.

Munin o bicou na asa. Por um momento, os dois pássaros brigaram, batendo suas penas dentadas e grasnando furiosamente. Então, o menor se desvencilhou e veio pousar em meu ombro.

— Assim está melhor — falei. — Agora me conte o que sabe.

Munin grasnou algumas vezes. Notei que tentava falar, mas a proximidade do bolo e os olhos arredondados do seu irmão indomável pareciam dificultar a concentração.

— *Eu conheço. Um Freixo poderoso* — disse ele. — *Seu nome é Ygg... Ygg... Ygg...*

— *Crawk* — disse Hugin, pousando em meu outro ombro.

— Sim, eu sei o nome da árvore, obrigado — falei. — Então? O que tem ela?

Hugin bicou o bolo em minha mão. Derrubei os pedaços sobre o parapeito. Os dois pássaros desceram, batendo suas asas e brigando ruidosamente.

— A profecia, por favor — pedi com firmeza.

— *Bolo! Barranco!* — exclamou Hugin, entre bicadas.

— O que? Barranco de bolo? O que isso quer dizer?

— *O Freifo, Yggdrasil, balanfa onde fica* — corrigiu Munin, com o bico cheio de bolo.

— Yggdrasil? Balança onde fica? Por quê?

— *Bolo.*

— Ah, pelo amor dos deuses!

Mas eu já estava sem bolo e os pássaros perdiam o interesse. Bicaram as últimas passas que estavam espalhadas e foram embora, ainda discutindo, em direção ao salão de Odin.

Ainda assim, eles me deram bastante para pensar. Um tremor no Freixo do Mundo era um tremor por todos os Mundos. E mesmo que *não fosse* uma árvore, as notícias de que estava sob ameaça não soavam bem para Aquele que Vos Fala. Foi isso que a Cabeça de Mímir previu? *O Freixo, Yggdrasil, balança onde fica.* Era por isso que o Pai de Todos estava tão apreensivo?

Bem, pensei, *estou prestes a descobrir.* Heimdall com certeza me viu alimentando os pássaros na Ponte do Arco-Íris e, conhecendo seu entusiasmo por me espionar e contar histórias, eu sabia que poderia contar com ele para levá-la até uma autoridade maior. Odin, em um de seus ataques de fúria, poderia entregar mais informação do que pretendia. Tudo que eu teria de fazer até lá seria me fingir de inocente e esperar pela tempestade.

Bem, eu estava certo sobre uma coisa ao menos. O Pai de Todos estava apreensivo. Assim que ouviu sobre o que eu fizera, me colocou à sua frente e me deu um sermão... o Furioso em Aspecto total; raio, lança, olho brilhante, a alegoria toda.

— Você estava me espionando? — perguntou. — Tentando entrar em minha mente? Tente mais uma vez e, irmão ou não, acabarei com você. Não pedirei para Thor ou Heimdall. Eu mesmo farei isso. E farei valer. Estou sendo claro?

— Tão claro quanto a fonte de Mímir — falei. Aquele não era um momento para respostas engraçadinhas.

Ele olhou para mim com seu único olho azul.

— Estou falando sério, Trapaceiro. O que você ouviu?

— Nada. Nada de importante — respondi. — Só umas coisas sobre árvores.

— Árvores?

— Bem, Yggdrasil — falei.

O olho azul se estreitou. Agora parecia uma lâmina cravada em sua maçã do rosto.

— Algo está por vir, não está? — perguntei. — O Oráculo previu?

Ele deu um sorriso. Um sorriso desagradável.

— Esqueça o Oráculo. Conhecimento não traz felicidade. E quanto à Árvore do Mundo, deixe para lá. Só porque perde algumas folhas, não quer dizer que esteja morrendo.

Folhas?

Deuses, eu odiava quando o Ancião vinha com metáforas para cima de mim. Pensei sobre o que os pássaros disseram. *O Freixo, Yggdrasil, balança onde fica.* Bem, isso poderia explicar as folhas caídas. Por outro lado, metaforicamente falando, *nós* éramos as folhas de Yggdrasil. Não gostei de como aquilo soou.

— Tudo bem — falei. — Sem mais perguntas.

(Na verdade, ele respondera *todas* as minhas.)

Ele pareceu relaxar um pouco ao ouvir aquilo. Seu Aspecto voltou ao normal, o fazendo parecer cinzento e velho.

— Você parece cansado — falei.

— Não tenho dormido muito ultimamente.

— Bem, se precisar conversar... — comecei.

Ele me lançou o olhar raivoso mais uma vez.

— Certo — falei. — Entendi.

— Contanto que assim seja — disse Odin.

LIÇÃO 4

Destino

Um homem quase sempre encontra seu
Destino enquanto corre para evitá-lo.

Lokabrenna

BEM, EU TENTEI. Realmente tentei. Mas estava longe de me sentir confiante. Toda aquela conversa sobre Yggdrasil, o Oráculo, sonhos proféticos...

Fiquei nervoso. Eu precisava saber. Então, uma noite, quando meus nervos estavam tão tensos que quase me fizeram entrar em combustão, fui em segredo até a fonte na qual Odin mantinha o que sobrara da Cabeça de Mímir e olhei para a água.

Sim, eu sei que era perigoso. Mas me sentia vulnerável. A frieza dos Aesir; a recusa de Odin em confiar em mim. Mais do que nunca, eu precisava de um amigo.

Em vez disso, recebi o Murmurador.

De seu berço de luzes de runas, a Cabeça de Mímir olhou de volta para mim. Admito que foi perturbador. Com o passar dos anos, a Cabeça viva calcificara, tornando-se pedra, embora o rosto ainda se mexesse, expressando diversão e vago desprezo.

— *Arrá!* Eu sabia que você viria — disse ela.

— Sabia?

— É claro. Sou um Oráculo.

Franzi as sobrancelhas para a Cabeça submersa. Conhecia Mímir por reputação, mas nunca em vida. Agora me ocorreu que eu não teria gostado mais dele em seu Aspecto original do que gostava em sua atual forma.

Ele me lançou um olhar de reprovação.

— Então *você* é o Trapaceiro — comentou. — Eu sabia que, uma hora ou outra, viria aqui. Se Odin descobrir, é o seu fim, obviamente. Ele te chutará de uma ponta à outra de Asgard. Ele te jogará da Bifrost e assistirá enquanto seu corpo quica.

— Ele fará isso se você abrir a boca — falei com um sorriso. — Você *vai* abrir a boca?

As cores do Oráculo brilharam.

— Diga-me por que eu não deveria — respondeu.

— Porque você o odeia — continuei. — Porque ele te usou desde o início e mentiu para você assim como mentiu para mim. E porque você quer me contar alguma coisa.

— Quero? — perguntou o Oráculo.

— Não quer? — perguntei de volta, sorrindo mais uma vez.

O Oráculo brilhou um pouco mais.

— Conhecimento pode ser uma coisa perigosa, Trapaceiro — disse a Cabeça. — Tem certeza de que quer saber o que futuro reserva para você?

— Gosto de estar preparado — falei. — Agora me diga. Você sabe que quer.

E foi assim que fiquei a par da Profecia do Oráculo. Não que aquilo tenha me ajudado muito no final; profecias tendem a ser incompletas e Oráculos possuem o hábito de dizer coisas que você só entenderá quando a crise passar.

É claro, tudo é de conhecimento público agora... Ragnarök e o que veio em seguida. Tem sido de conhecimento público há tanto tempo que é difícil me lembrar de como foi ouvir pela primeira vez; os detalhes da terrível guerra que acometeria os deuses e sua fortaleza e que reescreveria sua história em runas novas e brilhantes.

Agora chega o acerto final.
Agora vem o povo do Submundo.
Agora vem a Morte, o dragão da escuridão,
Lançando suas asas sombrias sobre Mundos.

O Dragão da Escuridão. Surt. *Ah, merda.* Ao me preocupar com o futuro imediato, acabei deixando passar o todo. Surt era sinônimo de Caos, o que significava Ragnarök, a dissolução da Ordem. *Aquele* era o motivo pelo qual o Freixo do Mundo estava perdendo suas folhas; é o que acontece quando as estações mudam. Eu disse a todos vocês que aquilo era uma metáfora, mas a verdade era bem clara: o momento em que o mundo de Odin seria varrido do mapa estava a caminho, deixando nada além de Caos, do qual uma nova Ordem, um dia, surgiria...

Tudo muito poético, claro, mas, como um renegado do Caos, eu possuía certa ideia do que esperar caso Surt pusesse suas mãos em mim — e não era misericórdia. Quanto aos deuses, parecia que o lado que eu escolhera estava prestes a perder. Onde isso me deixava? Eu deveria correr? Poderia ter a esperança de fugir da carnificina?

— O que acontece comigo?

— Seja paciente — respondeu Mímir. — Não cheguei à parte boa ainda.

— Existe uma parte boa?

— Ah, sim.

E enquanto eu ouvia em silêncio aos sussurros que vinham da fonte de Mímir, senti uma frieza gradual rastejar pela minha coluna como a morte, e reconheci a sensação como medo... um medo que jamais sentira.

— Odin faria isso? *Comigo*? — perguntei.

— Ah, sim — respondeu o Oráculo. — Por que você duvida disso? Ele já o fez antes. Pode sentir uma pontada ou outra de remorso, mas isso não o impedirá de usá-lo quando precisar de um bode expiatório. Aceite, Trapaceiro, você está sozinho. Sempre esteve sozinho aqui. Odin nunca foi seu amigo, não mais do que foi meu. E quanto aos demais... — O Oráculo brilhou de um jeito que foi quase uma gargalhada. — Já sabe o que eles pensam sobre você. Eles o odeiam e desprezam. No momento em que Odin der o comando, partirão em sua direção como um bando de lobos. Veja o que fizeram com Fenrir. Veja como lidaram com Jormungand. Você sabe que é apenas uma questão de tempo antes de ser oficialmente declarado como indesejável.

— Como eu sei que você está dizendo a verdade?

— Oráculos não mentem — respondeu.

— Bem, como podemos impedir que tudo isso aconteça?

Suas cores se acenderam.

— Não podemos — disse.

— Mas certamente...

— Não *podemos* — repetiu. — Você já ouviu. Loki, esse é o seu Destino. Sei que é difícil. Mas o Destino tem o hábito de encontrar você não importa onde se esconda. Algumas vezes até mesmo o encontra enquanto você corre para evitá-lo.

— *Isso* é uma profecia? — perguntei.

— O que você acha? — respondeu a Cabeça.

Então voltei para a minha cama, embora o sono relutasse em vir. Disse a mim mesmo que não acreditava em Destino, profecias ou sonhos, mas as palavras do Oráculo ainda me perturbavam. Poderia eu escapar da vingança de Surt? Poderia eu escapar do Fim dos Mundos? Será que eu conseguiria, de alguma forma, me salvar da traição do Ancião?

Finalmente caí em um sono espasmódico e sonhei com cobras. Você sabe o quanto odeio cobras. E então, pela manhã, saí para trabalhar, coletando cada migalha de informação que conseguia.

Nozes para o inverno, como Ratatosk. Na verdade, era só isso que estava juntando. Um homem sempre deveria estar preparado para os Últimos Dias e, se fosse para acreditar em Mímir, aqueles eram os dias para os quais caminhávamos. Não que o presente ainda se mostrasse assim, não. O outono de Asgard era precioso. Havia paz nos Reinos Médios; o Povo do Gelo e da Pedra se encontravam dóceis. Nenhum inimigo, comandante ou renegado dos Vanir se aproximou mais de 160 quilômetros de Asgard nos últimos seis meses e Thor se tornava lento e gordo por conta da falta de treino para combate. Não havia nada (exceto a indiferença de Odin e a ansiedade maternal de Frigga) sugerindo que algo de ruim estava nas cartas. Mas estava. Eu *sabia* que sim. E saber mudava tudo.

Mímir estava certo. O conhecimento *é* perigoso. Só conseguia pensar nas palavras que o Oráculo dissera, palavras que agora eu desejava não ter ouvido. Era assim que o Ancião se sentia? Era por isso que era tão sozinho? Senti que talvez sim e, caso eu pudesse ter confiado nele...

Mas como eu poderia pensar em fazer aquilo, sabendo o que sabia agora? Não, minha única chance era encontrar meios de desviar a profecia do Oráculo ou, pelo menos, escapar dela.

Era em vão, dissera Mímir. Eu já ouvira aquilo.

E se eu *não* tivesse ouvido? Isso teria tornado tudo evitável? Minha cabeça doía só de pensar sobre aquilo, o que, em minha opinião, era o que Mímir queria. Então...

Que problema o Oráculo *tinha* com Seu Humilde Narrador? Por qual motivo eu era uma parte tão importante em sua vingança contra os deuses? Eu nem ao menos estava em Asgard quando Odin o enviara para espionar os Vanir. De todos os deuses, então, certamente eu era o candidato que menos deveria atrair sua hostilidade?

Mais tarde, eu me dei conta; não era comigo. Mas eu era o irmão de sangue de Odin. Ele se importava comigo, *precisava* de mim, motivo pelo qual Mímir me encurralara. Sim, ele armou para mim... e assim me ensinou a lição mais importante que eu poderia aprender na vida:

Nunca confie em ninguém: um amigo, um estranho, um amante, um irmão, uma esposa. Mas antes de tudo, lembre-se disso: *Nunca* confie em um Oráculo.

LIÇÃO 5

Nomes

Uma coisa nomeada é uma coisa domada.

Lokabrenna

QUEM DISSE que nomes não podem machucar ou estava bêbado ou era um idiota. Todas as palavras possuem poder, é claro, mas nomes são as mais potentes de todas, por isso os deuses tinham tantos. Nomear um ser é subjugá-lo, conforme eu aprendera naquele primeiro dia, quando Odin me chamou do Caos. Tenho sido a encarnação do Incêndio, livre e corruptível. Tornei-me o Trapaceiro, o Fogo de Casa; sua criatura, nomeada e domada.

Não mais, no entanto. O que eu ouvira do Oráculo me dera uma perspectiva diferente. Tornou-me apreensivo, suspeitoso. Fizera com que eu perdesse meus pensamentos felizes. Bem, agora era a hora, disse a mim mesmo, de começar a dar um bom uso para alguns suprimentos que deixei para depois; as migalhas de informação; os favores a serem cobrados, os pequenos pedaços de armadura que me protegeriam de Ragnarök.

O mais importante de todos, é claro, era o favor que conseguira arrancar de Hel; um favor baseado na minha promessa de que, de alguma forma, eu entregaria o Garoto de Ouro aos seus adoráveis braços.

Foi por isso que voei e fui atrás de Frigga em sua missão contínua de nomear e dominar tudo nos Nove Mundos que poderia apresentar uma ameaça ao seu filho. Pedras, árvores, animais selvagens; um amor de mãe, parecia, ser infinitamente ansioso e doce, vendo perigo em tudo, em cada faísca e estilhaço. Bem, o da *minha* mãe não, obviamente. Mas Frigga jamais desistiria até que tudo — eu quero dizer *tudo* —, que pudesse machucar seu filho se tornasse inofensivo.

— Eu vos nomeio Carvalho, filho da Noz, e vos ordeno e a vosso povo a obedecer.

— Eu vos nomeio Ferro, filho da Terra, e vos ordeno e a vosso povo a obedecer.

— Eu vos nomeio Lobo, filho do Lobo, e vos ordeno e a vosso povo a obedecer.

E assim por diante, pelos mundos animal, vegetal e mineral. Era a canção de ninar mais longa que os Nove Mundos jamais ouviram e, como um hino ao amor maternal, era quase suficiente para tocar meu coração.

Eu disse *quase*. Não tenho coração. Bem, não de acordo com a história, que chamava de uma série de nomes pesados... *Pai das Mentiras* sendo apenas um deles, como se o Ancião não saísse contando lorotas bem antes de eu ser um lampejo no olho do que quer que tenha me levado à senciência. Bem, isso é história para vocês, pessoal. Injusto, inexato e a maior parte escrita por gente que nem ao menos estava lá.

— Eu vos nomeio Vespa, filha do Ar, e vos ordeno e a vosso povo a obedecer.

— Eu vos nomeio Escorpião, filha da Areia, e vos ordeno e a vosso povo a obedecer.

— Eu vos nomeio Aranha, filha da Seda...

E assim por diante. E diante. E diante. Palavras são os blocos de construção dos Mundos; palavras, runas e nomes. E havia um nome em *particular* — um nome que o Oráculo me dará —, que tinha uma relevância em especial para a minha situação; um nome que, nas mãos certas, poderia até se tornar invencível.

Eu a estivera seguindo em forma de falcão por semanas e meses. Ela estava exausta. Sua memória falhava. E a planta que estava em suas mãos, pequena e murcha, era tão pequena e impotente...

— Eu vos nomeio...

O que era aquilo? Será que era...

Visco?

Tentei lembrar exatamente das palavras da profecia do Oráculo.

Vejo um galho de visco
Manejado por um velho cego.
Esse, o venenoso dardo que tirará
De Asgard o filho mais amado.

Inicialmente, achei que a estrofe significava algo inteligente e críptico. Não há nada de muito perigoso em um ramo de visco e a frase sobre o homem cego havia de ser algum tipo de metáfora. Mas, vendo Frigga com seu broto de visco, tentando em sua exaustão se lembrar do que era, senti uma inspiração.

Alternei para o Aspecto de uma mulher pobre e velha do Povo. Bloqueando minhas cores com cuidado, me aproximei de Frigga, lentamente, a pé, e a cumprimentei com um sorriso desdentado.

— O que está fazendo, minha querida? — perguntei.

Frigga explicou sua missão.

— Está nomeando e dominando *todas as coisas*? É uma quantidade enorme de nomes — falei. — Ainda assim, suponho que exista um monte de coisas que não poderiam ser vistas como uma ameaça. Aquela coisinha murcha, por exemplo... — Apontei para o visco. — Como é que aquilo poderia machucar *alguém*? Estou surpresa de que até *tenha* um nome.

E então me arrastei para longe com um pequeno sorriso, deixando Frigga com seu broto de visco, me observando com as sobrancelhas franzidas.

Naquele momento, uma cobra deslizou de trás de um monte de seixos. Frigga a viu, largou o visco, sabendo que a cobra era venenosa, e proferiu as palavras de seu encanto:

— Eu vos nomeio Cobra, filha da poeira...

E aquilo, pessoal, era o que eu estava esperando; o minúsculo erro que me daria o que eu precisava. Esperei até que Frigga estivesse de costas, então mudei novamente de Aspecto e voei para Asgard, carregando o broto de visco em minhas garras. Eu não poderia apoiar Balder, mas, se as coisas funcionassem de acordo com o plano, aquela planta pequena e insignificante poderia ter acabado de me comprar um passe para fora do Inferno.

Sozinho, estudei o visco. Não parecia nada demais. Mas, com um pouquinho de trabalho, poderia vir a ser uma arma apropriada. Sequei o pedaço de visco e o fortaleci com fogo. Nada de runas; nada suficiente para me incriminar com traços de um rastro, apenas para criar uma ponta afiada. Em seguida, fixei-a em um dardo e esperei pelo momento certo.

Aquilo se passou vários meses antes de Frigga retornar de sua viagem pelos Mundos. Durante aquele tempo, ela nomeara e domara tudo que encontrou: insetos, metais, animais, aves, pedras, goblins, demônios e trolls. O Povo do Gelo garantira sua promessa, bem como o Povo da Pedra e o Povo dos Reinos Médios. Era uma prova da afeição peculiar que todos sentiam pelo Garoto de Ouro que até mesmo os nossos inimigos deram sua palavra de que nada de mal aconteceria a ele sob suas guardas.

Faltavam os deuses em si. É claro, Frigga apenas abordaria Aquele que Vos Fala. O restante estava além de suspeita, bem como ela deixara bem claro para mim, enquanto tentava ganhar minha boa-vontade em vão.

— Por que eu deveria jurar? — perguntei a ela. — Thor não teve que fazer um juramento.

— Thor é irmão de Balder — respondeu Frigga.

— E daí? Por isso ele não é perigoso?

Frigga suspirou.

— Não acho que ele seja uma ameaça.

— E eu *sou*? Isso me magoa, Feiticeira. Você está dizendo que não confia em mim.

A Feiticeira pareceu compreensiva.

— Nós confiaríamos bem mais em você, Loki, se nos desse uma prova de sua boa-vontade. Um juramento de lealdade a Balder, por exemplo.

— Ah, é? Por que meu juramento de lealdade a Odin não significa nada para vocês? — questionei. — Não dei a vocês motivo algum para me odiarem e me desprezarem e, ainda assim, vocês odeiam e desprezam, não é mesmo? E se eu me negar a jurar? E aí? Vocês usarão meu nome verdadeiro? Boa sorte com isso, Feiticeira. Tenho uma *porção* de nomes. Duvido que saiba todos eles, e não estou inclinado a dizê-los a você.

E então veio a choradeira.

— Loki, *por favor*...

— Então traga todos aqui — falei. — Obrigue-os a fazer o mesmo juramento. Faça *todos* eles revelarem seus nomes. Veja como *eles* gostam de ser nomeados e envergonhados. Depois disso, talvez, eu faça o que você quer.

Ela saiu, com os olhos vermelhos e com raiva. É claro que Frigga não pediria a eles. Eu podia ver a cara de Heimdall — de Frey, Thor e Odin —, ao receberem o pedido de submissão a um teste de lealdade tão humilhante. Ela foi até Odin e reclamou, mas meu irmão de sangue me apoiou.

— Loki é um de nós — disse ele. — Você não pode ameaçá-lo como a um forasteiro. Sei que ele pode ser um tanto selvagem...

— *Um tanto selvagem?* Ele é o Incêndio.

— Eu sei. Mas ele tem nos servido bem.

— Você poderia *obrigá-lo* a jurar — disse ela.

— Não.

— Mas a profecia...

— Eu disse *não*.

Finalmente, a Feiticeira desistiu. Foi para casa para jantar com amigos; uma festa em homenagem a Balder, com comida, vinho e jogos. Obviamente, não fui convidado. Minha negação ao juramento me garantia a certeza de ser *persona non grata*. Odin também não foi; acho que ele não gostava muito de festas. Mas praticamente todo o restante estava lá, celebrando a semi-invencibilidade do Garoto de Ouro.

A bebida corria solta e logo alguns dos deuses queriam uma demonstração das medidas de proteção de Frigga. Depois de um show de relutância, o Garoto de Ouro ficou de pé em uma cadeira — sem camisa, é claro, para fazer as moças suspirarem —, e sorriu enquanto, um a um, os deuses atiravam pedras, facas e, finalmente, espadas e lanças, nenhuma causando um arranhão sequer ao seu corpo.

Algumas apenas ricocheteavam na pele de Balder; outras desapareciam como bolhas de sabão na chama de uma runa. Até mesmo o Mjölnir, que fora domado por Frigga, se recusou a desempenhar seu papel. Todos os deuses riram. Francamente, era revoltante.

No entanto, em meio à multidão animada, consegui entrar na festa sem ser visto e, agora, escondido nas sombras, assistia e esperava pela minha chance de brincar.

Não me entenda errado. Eu não tinha nada contra Balder. Com exceção de sua aparência, soberba, popularidade e sucesso inexplicável com mulheres, eu não possuía nenhum rancor em particular. Mas ele era o filho mais novo de Odin e, depois da minha breve conversa com Mímir, eu começava a nutrir um ressentimento considerável do meu amigo e irmão. Além disso, Hel desejava Balder... e eu sabia de um jeito para acomodá-la, com benefícios significativos para Aquele que Vos Fala, caso obtivesse sucesso. O único problema restante era o *como*.

Não olhe para mim desse jeito. Pensei que você entenderia. Eu estava lutando pela minha sobrevivência em face a toda Asgard. O Oráculo me mostrara qual era o meu destino e essa era a única maneira de escapar. O que eu poderia fazer? De um lado, havia Balder, que, vamos encarar a verdade, possuía tudo. Do outro, Aquele que Vos Fala, com nada além de seus golpes. Dificilmente era uma luta justa e, ainda assim, eu sabia que, caso funcionasse ao meu favor, o Garoto de Ouro receberia toda a compaixão. Não que eu estivesse certo disso; contudo, tinha que tentar. Não tinha?

Àquela altura, o local estava a todo vapor, e até mesmo algumas das deusas competiam umas com as outras para ver quantos objetos conseguiam encontrar para atirar em Balder. Frutas pareciam ser seus favoritos, mas não importava o quanto tentassem, tudo que acontecia era deixá-lo um pouco gosmento. Algumas queriam limpá-lo com suas línguas e eram mantidas à distância por Nanna, sua esposa, já acostumada a lidar com o assédio das fãs.

Na beira da pequena multidão, notei uma figura sentada afastada. Era Hoder, o irmão cego de Balder, parecendo um tanto pesaroso. Eu não o culpava. Sendo o inverno para a primavera de Balder, ele nunca fora muito popular, e Frigga, tão orgulhosa de seu *outro* filho, nunca conseguira esconder sua decepção em relação ao filho defeituoso e imperfeito.

Cheguei um pouco mais perto, ainda me mantendo nas sombras. Hoder sentiu minha aproximação e virou seus olhos sem visão na minha direção. Ninguém mais havia me notado ou prestava atenção em Hoder, que estava confuso com as gargalhadas e o barulho, já que ninguém explicou o que estava acontecendo.

— E aí? — cumprimentei. — Sentindo-se por fora? Desejando jogar um tomate no sr. Perfeito que está bem ali?

Hoder sorriu.

— Bem, talvez — respondeu ele.

— Sem problema — falei. — Aqui, pegue esse dardo. Vou lhe mostrar onde mirar. Agora... *vai!*

Assim que falei, entreguei a ele o dardo com a ponta de visco. Assisti enquanto ele mirava em Balder e então...

Na mosca!

Os deuses caíram em silêncio.

— Eu o acertei? — perguntou Hoder, virando a cabeça de um lado a outro. — Ei, aonde foi todo mundo?

Na verdade, o único que deixou o lugar foi Seu Humilde Narrador, que viu a situação e sabiamente se retirou de cena. Mas o dardo de visco atingiu o seu alvo. Balder caiu.

Fez-se silêncio.

Primeiro eles deduziram que Balder se fingia de morto. Então, enquanto se davam conta da verdade, já era tarde demais para salvá-lo. Ele morreu bem ali, nos braços de Nanna, enquanto Thor, nunca rápido para entender as coisas, ainda berrava:

— Ei, pessoal, vamos tentar outra coisa! O que acham de usarmos as minhas luvas de boxe?

Acontece que o dardo havia perfurado um dos pulmões, e Balder estava morto assim que chegou ao chão. Quanto a Hoder, ele nunca teve a chance de descobrir o que estava acontecendo. Assim que os outros se deram conta de quem atirara o dardo de visco, foram para cima dele como lobos. Não vi o resultado com meus próprios olhos, mas imaginei que não teria sido bonito, o que me fez agradecer ainda mais por já ter deixado a cena.

Ninguém me viu chegar ou sair, e a única testemunha do crime fora sumariamente neutralizada. Independente das consequências imprevistas da minha brincadeirinha, o lado positivo era que eu era inocente e que minha filha me devia um favor.

É claro que a morte de Balder causou um reboliço terrível, sem mencionar que eles se sentiram culpados por matar um homem cego e inocente durante um frenesi de raiva irracional. Não foi a melhor publicidade para os deuses de Asgard... e me certifiquei de que a história chegasse a todos os lugares apropriados. Eles deram a Balder um funeral estilizado, ao qual, naturalmente, não fui. Nanna, sua esposa, morreu de luto e foi cremada na pira do mesmo funeral. Hoder, redimido pela morte, também recebeu um adeus animado. E Odin se tornou ainda mais distante, não falando com ninguém além da Cabeça de Mímir e seus corvos, obviamente.

Quanto a mim... descobri que não me senti tão bem em relação àquilo tudo quanto imaginava. Não havia acreditado inteiramente na profecia do Oráculo... e, ainda assim, o Garoto de Ouro morrera da mesma forma que a Cabeça previra. Aquilo me fez pensar sobre *outros* eventos que Mímir havia predito, e a probabilidade de se tornarem verdade. Então havia a morte horrível de Hoder... algo que o Oráculo não anunciara, mas que talvez eu devesse ter previsto. A despeito de tudo, eu me sentia só um *pouco* responsável.

E agora estava preso, não mais no comando do meu próprio destino. Talvez fôssemos todos joguetes de Mímir, peças em um tabuleiro. Se ele *não* tivesse me contado sobre a profecia, será que eu ainda teria ido atrás de uma forma de matar Balder?

Provavelmente não. Na verdade, nem teria passado pela minha cabeça se não soubesse de antemão sobre o que o Ancião planejava fazer contra mim.

E Odin? Sua desconfiança em relação a mim veio direto da profecia do Oráculo... na hora, a ideia de traí-lo jamais havia passado pela minha cabeça. Eu era inocente (bem, quase) até essa teia de trapaça baixar sobre mim. E agora... bem, agora, eu não tinha escolha. Havia apenas um caminho a seguir. Admitir minha culpa não me salvaria. Tudo que eu poderia fazer era seguir em frente e esperar que minha filha estivesse agradecida o suficiente para me oferecer meios de escapar do destino que me aguardava.

LIÇÃO 6

Lágrimas

Por que tenho que me importar com Balder?
Não espere que eu vá chorar por ele,
que jamais teria chorado por mim.

Lokabrenna

ENQUANTO ISSO, a Feiticeira marchava na direção do Submundo para ordenar a volta de seu filho do reino dos mortos. Ela se deparou com Hel previsivelmente relutante. Minha filha tinha seu joguete... embora, como sempre, ainda não estivesse satisfeita. Balder morto era submisso, mas tedioso. O brilho se esvaíra.

Hel estava exausta. Em seu salão de ossos e poeira, criou uma corte dos mortos, vestiu-a com encantos, a fez dançar; e, ainda assim, não havia felicidade na conquista. Balder ficava sentado ao seu lado, indiferente como nunca.

— Então o devolva para mim — disse Frigga.

Mas minha filha era teimosa. Pelo menos, se *ela* tivesse Balder, pensou, então ninguém mais poderia tê-lo. E talvez ela conseguisse encontrar um jeito para fazê-lo amá-la com o passar o tempo.

A Feiticeira se enfureceu e implorou. Fez promessas e bajulações. Disse que Hel era o único coração que poderia falhar em se comover com a morte de Balder.

— Os Nove Mundos choram por Balder — disse ela. — Mas você... você é tão sem coração quanto o seu pai.

Hel olhou para Frigga com seu olho morto.

— Isso soa para mim como exagero — disse Hel. — Mas, se é verdade, então talvez você possa mudar minha opinião.

Não avaliei as chances de Frigga. A história é cheia de casos de gente que tentou reviver os mortos, mas normalmente elas terminam em lágrimas. Essa também começou dessa forma, assim que Frigga deu tudo de si para fazer valer sua reivindicação.

— Chore por Balder! — veio o clamor.

— Chore por Balder!

— Escolha a Vida!

Os slogans se espalharam como Incêndio. A história de Frigga era capaz de extrair lágrimas de uma pedra, e assim o fez, por todos os Reinos Médios. Ao seu comando, todos lamentaram; todos choraram por Balder. Flores estavam amarradas nas árvores em seu nome, mulheres rasgavam suas roupas, homens baixaram suas cabeças; pequenos animais uivaram, até mesmo os pássaros fizeram sua parte.

Era um tipo de histeria; pessoas que nunca ao menos *conheceram* Balder estavam, de repente, acometidas pelo luto de sua morte; canções tristes foram escritas em sua memória; completos estranhos criaram um laço por conta do luto.

Mas toda tendência possui um retrocesso. No momento de triunfo, quando todos os Mundos choravam por Balder, Frigga se deparou com uma mulher velha e feia que morava em uma choupana na floresta.

— Chore! Chore por Balder! — implorou a mãe.

A velha olhou para ela.

— Quem? — perguntou.

— Balder; Balder, o Belo. O Exemplo do Povo. Meu filho.

— Isso é muito triste — disse a velha. Seus olhos estavam relutantemente secos. — Mas por que eu deveria chorar por ele, hein?

— Porque, unidos em luto — respondeu Frigga —, podemos vencer a Morte.

— O quê? Então eu não morrerei? — perguntou a velha.

— Não — disse Frigga. — No entanto, *Balder* poderá viver.

— Perdão — disse a mulher. — Mas isso me parece bem injusto. Por que a morte de Balder deveria ser mais importante do que a minha? Por que ele era bonito, enquanto eu não passo de um saco de ossos velhos e cansados? Ou por que ele era jovem e eu sou velha? Vou te informar que já fui jovem antes. E dou tanto valor à minha vida quanto esse Balder, quem quer que fosse, dava a dele.

— Você não compreende... — tentou explicar Frigga.

A velha sorriu.

— Minha querida, ninguém compreende. Todos ganhamos uma vida, independente do que isso signifique. Vá para casa. Fique de luto pelo seu filho. Mas não espere que eu vá chorar por ele quando ele jamais teria chorado por mim.

Os olhos de Frigga se estreitaram em suspeita.

— Quem é você?

Ela tocou a runa *Bjarkán.*

A velha deu de ombros.

— Não sou ninguém — respondeu.

— Você está mentindo. Eu vejo suas cores.

Sob a capa da anciã, eu sorri.

— Por favor. Por todos os deuses — suplicou Frigga.

— Os deuses podem esperar, é o tanto que me importo — falei. — Vá embora e me deixe em paz.

E, com aquilo, fechei a porta em sua cara e sorri para mim pelo trabalho bem feito.

E foi isso; Balder continuou morto, Hel recebeu sua parte e eu tinha algo pelo qual barganhar... algo que, trezentos anos mais tarde, me renderia um prêmio inesperado.

Ainda assim, tudo isso ainda estava por vir. Por ora, eu tinha outras coisas em mente. O Fim dos Mundos, por exemplo, bem como a minha própria morte que estava prestes a vir...

LIÇÃO 7

Nomes, II

Bastões e pedras podem partir meus ossos...

Lokabrenna

DEPOIS DAQUILO, você pode ter pensado que devo ter ficado quieto por um tempo. Adotado um perfil mais discreto, talvez. Escolhido um hobby. Mas havia algo no ar; uma essência de revolta, um odor de fumaça. A guerra estava a caminho. Eu queria lutar. Então, me julgue. É a minha natureza.

Não estava remotamente arrependido pelo que acontecera com Balder. Arrependido não é uma palavra que faz parte do meu vocabulário. De qualquer forma, eu não me sentia tão bem quanto você pode ter esperado. Descobri que, cada vez mais, ficava inquieto. Não conseguia dormir. Estava irritável. Passei muito tempo sob a forma de pássaro, tentando vencer minha crescente sensação de aprisionamento. Tive pesadelos terríveis nos quais eu era algemado e vendado, rodeado por serpentes venenosas que rastejavam por todo o meu corpo nu.

Não, não era *culpa* o que eu sentia. Mas a alegria fora embora de tudo. A bola de arame farpado em meu coração crescera em proporções assustadoras. A comida não tinha gosto, o sono não me trazia descanso, o vinho apenas fazia minha cabeça doer. A ameaça da profecia de Mímir pesava sobre mim como uma bigorna; eu não conseguia falar com ninguém e me sentia terrivelmente sozinho.

O fato de Sigyn estar excessivamente solidária não ajudava.

— Pobre anjo, você parece *terrível* — disse ela ao me ver menos que cheiroso depois de outra noite sem dormir. — O que você tem *feito* consigo mesmo? Venha, vou preparar uma coisa gostosa para o jantar. Os meninos adorariam vê-lo...

E assim por diante.

Meus filhos se tornaram cada vez mais selvagens desde o desaparecimento de Fenrir. Agora mal falavam comigo ou com sua mãe, mas passavam seus dias pelas muralhas de Asgard, jogando pedras em direção à planície e debochando de Sól em sua carruagem quando ela passava no céu.

Quanto aos deuses... desde a morte de Balder, meus colegas estavam menos que afetuosos. Em parte, aquilo era coisa de Frigga, a Feiticeira, embora não possuísse nenhuma evidência que apoiasse sua crença de que eu era o culpado pelo que acontecera; de qualquer forma, conseguira transmitir suas suspeitas para todos os demais, com o resultado de que ninguém (com exceção de Sigyn, é claro) queria ser visto comigo.

Todos os rancores e queixas foram expostos: Sif, sobre eu ter cortado seu cabelo; Bragi, sobre o sequestro de Iduna; Freia, sobre todo aquele lance com os filhos de Ivaldi e o colar de ouro; Thor, sobre todas as vezes em que zombei dele. Ninguém se recordava das vezes em que eu os salvara do inimigo. A corte de opinião pública havia me julgado e condenado por tudo ao mesmo tempo. Ninguém mais falava comigo. Ninguém mais olhava para mim.

Aquilo magoou meus sentimentos — não, não ria —, mesmo eu sendo culpado. Eles não *sabiam* disso, apenas deduziram que havia de ser eu. Como se eu fosse o único que fez coisas ruins. Como se eu fosse poeira. Fiquei com raiva de pensar naquilo e, durante uma noite quente, depois de ter bebido alguns drinques sozinho em meus aposentos pequenos e sombrios, ouvi o som de música vindo do salão submerso de Aegir. Parecia ser uma festa e então fui investigar.

Encontrei todos os deuses reunidos. Aesir e Vanir, meninos e meninas; Aegir e Ran, sua pálida esposa; até mesmo o Ancião em carne e osso estava lá, bebendo hidromel de um chifre e parecendo *quase* despreocupado.

Talvez não fosse a jogada mais inteligente tentar entrar na festa como penetra. Mas eu estava passando por momentos difíceis; a insônia, a insistência de Sigyn, minha visita à Hel, a profecia... sem mencionar a morte de Balder, de sua esposa e o assassinato brutal de Hoder. Tentem compreender quando digo que enlouqueci um pouquinho.

Abri a porta do salão de Aegir e falei para a multidão animada:

— Como assim, festejando sem mim? Venha, Odin, vamos tomar uma bebida.

Bragi, que tocava seu alaúde, disse:

— Acho que você já tomou algumas. Além da conta, se quiser minha opinião.

— Mas eu *não* quero sua opinião — falei. — Estou falando com o meu irmão Odin. Odin, que fez um juramento de sangue que jamais se serviria de uma bebida sem se certificar de que eu também ganharia uma. Ainda assim, promessas são como massa de torta, não é mesmo? Sempre feitas para serem quebradas. E, falando em tortas... — Eu me servi uma fatia de algo que estava em um prato alheio. — Nada mal — falei de boca cheia. — Um pouco gordurosa, talvez.

Odin me lançou seu olhar impassível.

— Venha, Loki. Você é bem-vindo.

— Bem-vindo? Acho que não — retruquei. — Vamos encarar, sou tão bem-vindo aqui como um cocô em uma banheira quente. O que, para mim, tanto faz, porque odeio vocês todos. Principalmente você — falei para Bragi —, porque, além de dar uma festa sem mim, é um poeta horroroso, um músico ainda pior e não conseguiria cantar no tom certo nem que os Mundos dependessem disso.

Bragi parecia estar pronto para me acertar com seu alaúde. Eu disse para ele que fosse em frente, que provavelmente me causaria menos dano do que se tentasse tocá-lo. E então, virei para os demais, que me observavam boquiabertos, provavelmente imaginando o que raios acontecera com o eloquente Trapaceiro que pensavam conhecer.

Iduna tentou pegar minha mão.

— O que houve?

Eu comecei a rir.

— O que houve? — perguntei. — Muito gentil de sua parte. Gentil ou idiota. Com você, não faz muita diferença.

Então, Freia deu um passo à frente.

— Pare com isso! — ordenou. — Você está sendo ofensivo. Thor, será que pode pará-lo?

— É isso mesmo — falei. — Peça para outro intervir. De preferência alguém burro o suficiente para não se dar conta de que você o usa. Thor é uma escolha muito boa... quero dizer, ele *consegue* obedecer algumas instruções simples, contanto que o alimente apropriadamente. — Naquele momento, Thor emitiu um grunhido baixo e eu aproveitei a oportunidade de colocar um pedaço comido pela metade na travessa à sua frente. — Ou talvez devesse pedir a Odin? Se é que ele poderá, de alguma forma, esquecer que você se vendeu aos Vermes pelo preço de um colar... ah, eu não deveria ter mencionado isso? — Apertei meus dentes em um sorriso violento. — Esse é o Caos em meu sangue. Algumas vezes faz com que eu não me comporte bem. *Você* sabe muito bem como é, Freia.

Freia assumiu seu Aspecto de Megera. Seu rosto esquelético estava terrível.

— Você precisa dormir seu sono de beleza — falei. — Está ficando com rugas. E não beba tanta cerveja hoje à noite. Sabe que te dá flatulências na cama. Alguns homens podem gostar desse tipo de coisa, mas, francamente, não é nem um pouco atraente.

Eu sei, eu sei. Eu estava pegando fogo. Não conseguia parar, o que suponho ter sido parte do problema. Alguém deveria ter tomado conta de mim. Alguém deveria ter me *parado.*

Thor tentou.

— Se você quer entrar em uma briga, não pegue no pé de um bando de mulheres. Lute como um homem.

— Do jeito que você fez no salão de Thrym, todo vestido como uma noiva?

Thor deu mais um passo à frente.

— Ou quando aquela velha lutou contra você e te levou ao chão no banquete de Utgard-Loki?

Thor investiu em minha direção. Eu me esquivei e me servi de um pouco de vinho.

— Diminuiu um pouco o ritmo, Thor — falei. — Não estou surpreso, levando em consideração o quanto come. Você deveria se exercitar. Melhor ainda, peça a Sif para te emprestar uma de suas cintas...

Sif choramingou em protesto.

— Seu animal! Eu *não* uso cintas!

Aquilo me fez começar a gargalhar e, uma vez que o fiz, não conseguia parar. Contornei todo o círculo no qual os deuses se encontravam e disse a eles exatamente o que eu pensava. O Povo chama isso de *o ritual dos insultos*, uma cerimônia de xingamentos, que se tornou tradição. Um dos meus diversos presentes ao Povo. A raiva é geralmente catártica, um processo de cura em momentos de estresse, embora eu suponha que, naquela época, talvez eu devesse ter pensado um *pouquinho* mais.

Conforme foi, o vinho deve ter subido à minha cabeça, porque eu estava causando um problemão... falei para Frey que ele havia sido um idiota por abrir mão da espada de runas em nome de uma garota, falei para Sif que ela estava ficando gorda, falei para Njord que ele fedia a peixe. Para Thor, falei que sua amante Jarnsaxa estava grávida e esperava gêmeos. Contei para Frigga que Odin andava se divertindo por fora novamente. Talvez também tenha dito algo para Týr sobre a forma com que perdera seu braço e tenho quase certeza de que chamei Heimdall de "imbecil engomadinho". Mas provavelmente foi um erro dizer a Skadi que seu pai cacarejara como uma galinha enquanto caíra tostado nas chamas e também perguntar à Feiticeira se o Garoto de Ouro ainda continuava morto.

Aquilo trouxe silêncio ao salão. Talvez eu *tenha* ido longe demais. Thor pegou seu martelo e apontou para Aquele que Vos Fala.

— Não — ordenou Odin, delicadamente.

— Eu estaria fazendo um favor aos Mundos — disse Thor.

— Vá em frente — falei. — Pode mandar. Estou desarmado e em menor número. Isso deve ser vantagem suficiente para você. Ou eu também deveria ser cego?

Os demais pareciam desconfortáveis enquanto se lembravam de Hoder.

— Bem — falei, me virando para ir embora. — Por mais que eu odeie partir, pessoal, essa festa está *deveras* tediosa e eu tenho lugares para ir.

E então saí do salão de Aegir e, assim que minha dor de cabeça desapareceu — o que aconteceu em algum momento mais tarde naquela manhã —, tomei a forma de falcão e fui até as montanhas. Pode me chamar de supercauteloso, mas Seu Humilde Narrador começava a sentir que excedera o tempo em que fora bem-vindo.

LIÇÃO 8

Julgamento

Corra primeiro, fale depois.

Lokabrenna

ACONTECE QUE os meus instintos estavam certos novamente. No momento em que a ressaca foi embora e a doce luz do entendimento raiou, Aquele que Vos Fala já tinha sido condenado por unanimidade em Asgard, não somente pela morte de Balder, mas também por todo crime imaginável.

Mais uma vez, todos se lembraram de algo que eu fizera para ofendê-los... com exceção de Sigyn, é claro, que jamais acreditaria em nada ruim vindo de mim, e Iduna, que jamais acreditaria em nada ruim vindo de *ninguém*.

No entanto, os demais compensaram. Skadi estava particularmente venenosa, exigindo meu sangue com urgência, e Heimdall estava feliz demais ao lembrá-los de que jamais confiara em mim e que, se eles o tivessem escutado desde o início, eu nunca teria recebido permissão de criar uma base em Asgard.

Finalmente, sentindo fraqueza, ele ousou confrontar o Ancião.

— O que você vai fazer? — perguntou. — Loki declarou guerra a todos nós. Você vai esperar até que ele marche para Asgard com todo o Caos atrás de si ou finalmente admitirá que cometeu um erro ao acolhê-lo?

Odin rosnou baixo. Bem, pelo menos imagino que sim. É claro, eu não estava lá para ouvir. Mas ouvi conversas suficientes depois para ser capaz de arriscar um bom palpite. Além disso, eu conhecia o Ancião melhor do que ele suspeitava e sabia que, mais cedo ou mais tarde, ele teria que escolher um lado.

Sem surpresas sobre qual lado ele escolheu. Não que eu o culpe... bem, não muito. Os demais estavam prontos para se virar contra ele caso eu não fosse condenado. Além disso, eu sobrevivera minha utilidade, com exceção talvez de ser um meio que os unia em ódio comum. E, àquela altura, eu sabia que o Ancião precisava bem mais da Ordem do que do Caos.

Então a caçada se iniciou. É claro que eu sabia o que aconteceria caso fosse pego. Eu tinha Nove Mundos para me esconder e runas para me ocultar. E era bom em me esconder... mas estava em menor número, sem amigos, enquanto Odin possuía seus corvos, seu povo, seus espiões e seu Oráculo.

Eles vasculharam os Nove Mundos à procura da minha assinatura; me rastrearam ao sair da Floresta de Metal, em direção às Terras do Norte, e perderam meu rastro no Mundo Além; o reencontraram nas montanhas. Continuei em movimento, me protegendo; mudando de Aspecto sempre que possível. Eventualmente, encontrei um lugar no qual me senti quase seguro. Eu me escondi, esperando sobreviver à sua ira até que a crise chegasse ao fim.

Mas os deuses eram persistentes. Primeiro, me deram um ultimato, rabiscando o céu com encantos: *Renda-se. Nós ainda temos os meninos.*

Do meu esconderijo, sorri com desdém. Eles realmente pensaram que eu acreditaria em algo *tão* tosco? Sabiam que eu não poderia ser considerado o Pai do Ano. E aqueles garotos mal haviam saído da adolescência. Eu sabia que Odin era brutal, mas será que ele de fato mataria meus filhos apenas pelo crime de compartilharem meu sangue? Obviamente era uma armadilha. Eu não cairia naquilo.

Então vieram as aves. Aqueles pássaros triplamente malditos, que me rastrearam até o refúgio, uma caverna nas montanhas de Hindarfell. Eles me rodearam, em seguida desceram e pousaram em um afloramento de rochas próximo.

Considerei atingi-los com uma dose do meu encanto, mas Hugin e Munin tinham a proteção de Odin, e duvidei de que até meu melhor tiro chamuscaria suas penas.

Então saí do esconderijo para encontrá-los, conferindo primeiro se estavam sozinhos.

— O que vocês querem?

O corvo maior grasnou. O menor parecia lutar para falar, bicando o outro com o que parecia ser frustração.

— *Bolo* — pediu com uma voz rouca, seus olhos dourados brilhando esperançosamente.

— Sem chance — falei. — O que ele quer?

O pássaro menor, Munin, bateu suas asas.

— *Ack-ack. Volte.*

— O que? E deixar isso tudo para trás? — perguntei. — Não, acho que vou ficar bem aqui.

Munin bateu suas asas de novo.

— *Ack-ack.*

Hugin se juntou à bagunça, bicando a pedra aos seus pés, batendo suas asas e grasnando.

— *Loki. Dois (crawk!) em Asgard!* — disse Munin, que claramente tinha um problema com sibilantes.

— Dois filhos. Certo. — Eu estava ficando impaciente. — Se o Ancião realmente acredita que irei me entregar só porque os mantém como reféns em meu lugar...

— *Ack-acck!* — disse Hugin, voltando a bicar a pedra.

As bicadas eram lentas e calculadas, cada uma aproximadamente com um intervalo de um segundo.

Peck. Peck.

Dois segundos.

Peck. Três segundos. Ele estava calculando o tempo.

Olhei para Munin, com raiva.

— O que ele está fazendo? O que *é* isso? — perguntei.

Munin disse:

— *Ack-senta, Ack-senta ack-uns.*

— Sessenta? Sessenta segundos? — perguntei. — Sessenta segundos até o que?

Mas eu já havia entendido. Os pássaros podem ter problemas com línguas, mas eu conhecia Odin bem demais. Nunca se esqueça de que o Ancião era tão brutal quanto eu. Ele queria me atingir onde doía. E ele me conhecia *extremamente* bem.

Hugin ainda contava. Vinte segundos. Vinte e cinco.

— Espere — falei, sentindo um frio repentino.

— *Volte* — disse Munin.

Trinta segundos. *Peck. Peck.* Cada um parecia um golpe de martelo. Eu sabia que o Ancião me observava através dos olhos daqueles malditos pássaros, tentando adivinhar meus pensamentos, tentando me manobrar.

— Não vou cair nessa — falei. — Vali e Narvi não significam nada para mim.

Peck. Quarenta segundos. *Peck.*

— Você sabe que não tem nada com o que barganhar — falei, forçando um sorriso corajoso e insolente. — Aqueles garotos pertencem a Sigyn, não a mim. Matá-los não mudaria nada. Então vá em frente, irmão. Faça o que tem que fazer. Livre-os de sua miséria. É você quem tem consciência, não eu. Então... sente-se com sorte? Brinque ou...

E, naquela sílaba, os dois pássaros alçaram voo. Com um som de um aplauso de penas, eles subiram em direção ao céu azul cor de gelo. E naquele momento, a um mundo de distância...

Não me pergunte como eu sabia. Eu *sabia*.

A questão era que ele me corrompera com sentimentos e sensações. Em minha forma pura, Caótica, eu não teria me importando nem por um momento, mesmo que ele tivesse matado vários dos meus filhos. Mas aqui, sob esse Aspecto, enfraquecido; sozinho, atormentado pelo medo, culpa e remorso; fome, frio e desconforto, nenhum desses sendo natural a um ser como eu que não nasceu para essas sensações.

E o Ancião sabia, é claro. Foi ele quem me envenenou. Sabia como me pegar e achou que poderia me forçar a me mostrar.

O que eles realmente esperavam que eu fizesse? Voltasse gritando para Asgard para que pudessem me abater com chamas? Declarasse guerra? Era isso que um *guerreiro* teria feito. Aquilo poderia me ter garantido algum respeito de acordo com seu código de honra deturpado.

Mas não... era tarde demais para aquilo. Odin se vingara. Será que eu realmente acreditava que ele o faria? Sinceramente, não sei. Sempre soube que ele era *capaz* de fazer essas coisas, mas *comigo*?

E então continuei escondido, deixando Hindarfell pelo subterrâneo do Mundo Inferior. Os Aesir ampliaram a busca, enviando Skadi para me caçar nas Terras do Norte; Ran, para vasculhar os mares com sua rede; Njord, para procurar nos rios. Sól e Mani, o Sol e a Lua, vagavam pelos céus atrás de mim; o Povo do Túnel buscava por mim no subterrâneo; todos estavam alertas ao menor brilho da minha assinatura.

Frigga estava particularmente incansável. Assim como sondara cada raiz e ramo de grama após a morte de Balder, ela enviou um chamado geral de busca e localização d'Aquele que Vos Fala. Havia um boato sobre uma recompensa, mas a maior parte do povo parecia feliz em ajudar. Eu sabia que não era popular, mas não possuía conhecimento da extensão do ódio que era atribuído ao meu cada vez mais humilde, à medida que o cerco se fechava, ser.

Não vou mentir. Estava ficando com medo. Todos estavam contra mim. Eu me escondi nas Terras do Norte, no vale do Strond, no topo de uma montanha do qual conseguia enxergar por quilômetros. Sob a Montanha, havia uma passagem que levava ao Mundo Inferior e além; era um tipo de encruzilhada, com rotas de fuga em todas as direções.

Por meses vivi como um fugitivo, escondendo minha assinatura, guardando meu encanto. Construí uma cabana de relva e madeira; vivi dos peixes do rio inferior. O inverno se aproximava; eu sentia frio. Tinha medo de dormir à noite, medo de que pudessem me rastrear no Sonho. Resumindo, estava tão miserável quanto qualquer um deles poderia ter desejado e, ainda assim, não era o suficiente. Queriam que eu sofresse mais.

Não sei como finalmente me encontraram. Talvez pelo Sonho... eu *tinha* que dormir. De qualquer forma, vieram até mim, se reunindo em volta do meu esconderijo como lobos fazem com uma presa.

Vi suas assinaturas tarde demais; uma rede de runas se fechando com pressa. Nove dos suspeitos de sempre: Heimdall, se aproximando sob Aspecto de falcão; Skadi, disfarçada de lobo da neve, com seu chicote de runas em suas mandíbulas; Thor, com Mjölnir, em sua carruagem; Njord, remando um caiaque rio abaixo; Frey, com seu javali dourado; Freia, em sua capa de falcão; Iduna e Bragi, montados em cavalos; e, é claro, o General, montando Sleipnir, com sua lança em mãos, em Aspecto total, espalhando suas cores pelo céu como uma bandeira de vitória.

Não havia mais para onde correr. Mudei meu Aspecto para o de um peixe e deslizei para dentro do rio. As águas eram profundas; talvez eu conseguisse me esconder entre as pedras do leito. Mas rios são o território de Njord; ele deve ter visto minhas cores de alguma forma. Pegou sua rede de pesca em seu cinto e a lançou para dentro da água. A malha pesada caiu sobre mim como o Destino.

Não vou entediá-los com os detalhes. Basta dizer que briguei, mas nem de longe foi suficiente. A rede era tecida com runas de amarras, bem parecidas com aquelas que formavam a corda de Hel. Mais tarde vim a saber que ela mesma ajudara na construção, presumidamente como forma de voltar a fazer parte do grupo popular. Ou talvez seu ressentimento em relação a mim fosse o suficiente para mascarar o quanto desgostava deles. De qualquer forma, a rede resistia até ao meu Aspecto de Fogo Grego e, depois de diversas tentativas frustradas de me livrar da malha sufocante, fui levado de volta à margem do rio, nu, tremendo de frio e encharcado.

— Te peguei — disse Heimdall, de maneira desagradável.

Afastei o olhar e não disse nada. Não imploraria pela minha vida, não adiantaria de nada, e não daria ao Douradinho a satisfação de me ver implorando. Em vez disso, sentei-me da melhor forma possível e fingi um ar despreocupado.

— Voto para que o matemos agora — disse Thor. — Antes que fuja novamente.

— Ele não vai fugir. — Skadi sorriu friamente. — Podemos levar o tempo que quisermos. Fazer disso um evento.

— Concordo — disse Heimdall. — Ele merece algo especial. Além disso, Frigga vai querer estar aqui para testemunhar sua execução.

Os outros pareciam inclinados a concordar. Bragi queria um tempo para compor uma balada para o grande dia; Freia tinha um traje especial que queria usar e todos eles queriam tempo para discutir sobre o método preciso do meu despacho.

Somente Iduna e o Ancião permaneceram em silêncio. Odin estava longe dos demais, com uma das mãos nas rédeas de Sleipnir. Mas Iduna se sentou ao meu lado; senti o cheiro de flores e vi que, por todo tempo em que estava sentada, uma quantidade de arbustos próximos foram persuadidos a florescer prematuramente. Estava um pouquinho mais quente também.

Ela olhou para Odin e disse:

— Você não pode.

Heimdall sorriu desdenhoso.

— Por que não?

— Porque ele é um de nós — respondeu Iduna.

Bem, só para começar, *aquilo* não estava certo, pensei. Nunca fui um de vocês.

Eu disse:

— Vá em frente e me mate. Só não deixe Bragi tocar seu alaúde.

Iduna olhou para Odin.

— Você deu sua palavra. Sabe o que isso significa.

— *Eu* não prometi nada — disse Skadi. — Nem os outros.

Heimdall concordou.

— Ele tem que morrer. É perigoso demais para viver. Você ouviu o que o Oráculo disse. Quando a hora chegar, ele nos trairá com Surt em troca de sua vida miserável.

Então Odin confidenciara a profecia do Oráculo ao Douradinho? Perguntei-me o motivo da minha surpresa. Na verdade, o Ancião provavelmente deve tê-la discutido com todos exceto eu, debatendo seu significado de maneira exaustiva e bebendo o que havia em sua adega de vinhos. Conclusão: Loki, o traidor, tendo primeiro atacado os deuses da forma mais cruel e ardilosa, os entregaria a Surt em troca de sua reabilitação.

Quem me dera.

Eu poderia ter explicado naquele momento que Surt não *faz* trocas. Trocas, conversas, tréguas, acordos... Surt não funciona com aqueles tipos de regras. Quanto aos traidores, ele lida com eles da mesma forma que lida com todo mundo. O mar não faz distinção entre grãos individuais de areia. Passa por cima de tudo e não há o que o faça parar.

No entanto, Odin parecia pensativo. Palavras, assim como nomes, são coisas poderosas. Uma vez ditas, não há como retirá-las sem arriscar sérias consequências. Além disso, *nós dois* ouvimos a profecia, embora Odin não soubesse sobre a minha conversa com a Cabeça de Mímir.

Ambos já sabíamos o que aconteceria comigo. Nenhum de nós queria, mas aquele não era o ponto.

Olhei para o Ancião e repeti as palavras do Oráculo:

Agora vem um navio de fogo do Leste,
Com Loki de pé sobre o leme.
Os mortos revivem; os condenados são soltos;
Medo e Caos viajam com eles.

— Soa familiar, irmão? — perguntei.

Seu semblante surpreso quase valeu por todo o episódio angustiante.

— Onde ouviu sobre isso?

— Onde você acha?

Ele suspirou.

— Você falou com o Oráculo.

— Bem, você não estava inclinado a me contar. Tive que descobrir por conta própria.

— E o quanto ele contou?

Dei de ombros.

— O suficiente para eu desejar não ter perguntado.

Mais uma vez, Odin suspirou. Goste ou não, ambos fomos afetados pelas palavras do Oráculo. *Ambos* ouvimos a profecia e, uma vez ouvida, não poderia ser inaudita. Tentar ir contra os relatos agora seria tão inútil quanto tentar fazê-la acontecer... os dois cursos de ação sendo igualmente conduzidos pela profecia. Conforme a Cabeça me contara, um homem geralmente encontra seu destino quando corre para evitá-lo, o que significava que, não importava o que Odin fizesse, ele participaria do jogo do Oráculo.

Ele se virou para falar com os outros deuses.

— Matá-lo não é uma opção — disse. — Mas ele tem que ser subjugado.

— Posso fazer isso — ofereceu-se Skadi, tocando seu chicote. — Considero os mortos bastante cooperativos.

— Não.

Odin balançou sua cabeça.

Skadi emitiu um ruído grosseiro.

— Então o que você tem em mente? — perguntou Thor.

— Aprisionamento — respondeu Odin. — Até sabermos o que a profecia significa, não podemos deixá-lo ir embora. Precisamos mantê-lo a salvo, em algum lugar...

Eu interrompi:

— Espere! Eu sei!

Mais uma vez repeti as palavras do Oráculo:

Vejo alguém amarrado debaixo da corte,
Sob o Caldeirão dos Rios.
O miserável se parece com Loki. Sua esposa,
Sozinha, está ao seu lado enquanto ele sofre.

Odin me olhou com raiva.

— Você está muito bem informado — disse ele.

Eu sorri.

— Assim como você, estou um passo à frente.

LIÇÃO 9

Veneno

Já mencionei que odeio cobras?

Lokabrenna

E ENTÃO, SEU Humilde Narrador, cada vez mais humilde na medida em que a triste história se revela, foi arrastado para o Mundo Inferior, para baixo do Caldeirão dos Rios. Bem na fonte do Rio Sonho, nas margens do Caos, as terras desertas, parte dentro, parte fora do mundo desperto.

Ali brotava o Sonho em sua forma mais pura; volátil, efêmero. E ali era onde, nas profundezas, sobre uma passagem estreita e rochosa que cheirava a enxofre e emitia um vapor fétido sobre um trio de pedras que possuía a forma e o tamanho de um divã particularmente desconfortável, fui algemado e amarrado com runas que me impediam de mudar de Aspecto.

Odin fez questão de conferir os elos. Eram bastante inquebráveis. Ele me olhou com seu olho que enxergava e disse:

— Lamento que tenha sido assim.

— Quando eu ficar livre, *irmão* — falei —, me certificarei de visitá-lo. É o mínimo que posso fazer, não acha? Depois de tudo que você fez por mim?

Heimdall sorriu. Aqueles dentes dourados iluminaram a caverna como uma fileira de pisca-piscas. Prometi a mim mesmo que, caso

Mímir estivesse certo, e eu *realmente* tivesse a chance de encontrar com o Douradinho em combate, recolheria aqueles dentes de ouro e faria um cordão para mim.

— Você apodrecerá aqui até o Fim dos Mundos — disse ele.

Gritei algo obsceno. Mas, de certa forma, Douradinho estava certo. Só que o Fim dos Mundos não estava tão longe quanto imaginavam.

Um a um, meus antigos amigos vieram para martelar alguns últimos pregos no caixão d'Aquele que Vos Fala. Bragi tocou um madrigal. Iduna beijou minha testa. Freia me lançou um olhar rancoroso e disse que eu estava recebendo tudo que merecia. Frey e Njord apenas balançaram suas cabeças. Týr me deu um tapinha nas costas com sua mão boa. Thor parecia estranho — da forma que lhe cabia, depois de tudo que eu fizera a ele —, e disse:

— Desculpa. Você foi longe demais.

Adorável. Que epitáfio.

No fim, havia apenas Skadi. Ficou ao meu lado em silêncio, me observando com uma intensidade curiosa. Ela deixara seu cabelo crescer enquanto me caçavam e estava tão claro quanto espuma do mar, emoldurando um rosto tão enganosamente doce quanto o de um visom faminto.

Ela permaneceu ali por tanto tempo que me irritou. O que ela queria? Os outros haviam partido. Será que planejava cumprir sua ameaça e me matar enquanto eu me encontrava incapaz?

Ela deve ter sentido minha inquietação. Sorriu.

— Estamos a um passo da perfeição — disse ela.

Não gostei de como isso soava. Nem gostei da aparência do que ela tinha na mão. Ela mantinha fora do meu campo de visão, mas então ergueu ao nível dos meus olhos, de uma forma terrivelmente deliberada.

— Eu lhe trouxe uma coisinha — disse ela.

— Uma cobra? Pedi por uma *torta* — falei. — Ainda assim, o que conta é a intenção.

Skadi deu aquele sorriso mais uma vez. Um leve arrepio percorreu meu corpo, primeiro pela coluna, em seguida passando por todos os pelos do meu corpo.

— Não é uma cobra qualquer — disse ela. — Essa é uma cobra cuspideira. Gosta de cuspir veneno em seus inimigos. O veneno não danifica a pele se estiver inteira, mas se entrar nos olhos da vítima... pode apostar que vai doer.

Eu não gostava muito do rumo daquela conversa. Perguntei:

— O que você vai fazer?

Ela sorriu de novo.

— Você vai gostar disso. Vou deixá-la bem *aqui*. — Ela apontou para um afloramento rochoso que ficava na altura dos meus olhos. — Talvez queira tentar ficar parado enquanto isso. Ela pode ser um tanto nervosa.

— Ouça, Skadi... — comecei, em seguida me dando conta de que me ouvir implorar apenas aumentaria seu prazer. Não faria nenhuma diferença em relação ao que ela faria comigo, mas eu podia pelo menos estragar o momento.

Então calei a boca e não disse nada, tentando não olhar para a cobra. Cobras normalmente são de dois tipos: odiosamente lentas ou assustadoramente velozes. Essa era uma das velozes. Ela se debatia e sibilava na mão de Skadi enquanto se prendia na rocha. Esperei que a picasse, mas não o fez. Acho que sabia que, se tentasse, as coisas ficariam bem piores.

Olhei para a cobra na saliência da rocha. Estava bem na altura dos meus olhos. Podia vê-la me observando, o corpo inteiro cheio de tiques e espasmos. Suas mandíbulas flexionadas com ódio duro. Parecia tão má quanto idiota o suficiente para supor que eu era o culpado por tudo que estava passando.

Fiquei na pedra o mais inerte possível e tentei não respirar. Sabia que um som — um gesto —, poderia resultar em um ataque.

Skadi pegou um punhado de pedras.

Passou uma delas com um zunido sobre a superfície rochosa, bem em cima da cobra raivosa.

Disse:

— Vocês vão se divertir *muito* conhecendo um ao outro.

A cobra se moveu rápido demais para eu reagir. Um fino esguicho veio direto no meu rosto. Por um momento não houve dor.

Depois, sim.

Comecei a gritar.

A dor permaneceu por um longo tempo. Cego, queimando além do que consigo expressar com palavras, torci e bati nas minhas correntes. A cobra fez o mesmo, liberando veneno. Uma cortina vermelha de angústia caiu sobre tudo. Acho que, se não estivesse acorrentado à rocha, eu teria arrancado os meus próprios olhos.

Não, não tente imaginar. Apenas pense em Seu Humilde Narrador. Tudo bem, eu fiz algumas coisas cuja moral era questionável. Mas, sério? Eu merecia *aquilo*?

Quando a cortina vermelha começou a se erguer e eu consegui usar palavras novamente, reconsiderei a opção de súplica. Meu orgulho já havia ido embora, bem como meu senso de vergonha.

— Por favor! Por favor! Leve isso *embora*!

Mas implorar por misericórdia não funcionou. Nem gritar pela ajuda de Odin, tentar virar meu rosto em direção oposta ou arquear as minhas costas para tentar me afastar ao máximo que podia da cobra. Assim que me mexia ou levantava minha voz, a criatura maléfica atacava novamente e, assim que o fazia, eu gritava e me debatia...

— Por favor! Não me abandone! *Por favor! Meus olhos!*

Atrás de mim, se movendo, pude ouvir o som das risadas de Skadi.

LIÇÃO 10

Castigo

O castigo é fútil. Não impede o crime, desfaz o passado ou faz com que o culpado se arrependa. Na verdade, tudo que faz é desperdiçar tempo e causar sofrimento desnecessário.

Lokabrenna

PENSE EM COMO DEVE TER SIDO para o Seu Humilde Narrador. Acorrentado a uma rocha no Mundo Inferior, cegado e em constante sofrimento. Não faço ideia de quanto tempo passou... Tempo funciona diferente quando se está muito perto do Sonho, e alguns momentos no mundo desperto pode parecer uma eternidade. Mas Dor também é um país no qual Tempo trabalha de maneira diferente; pode ter passado horas, dias ou semanas antes que eu lentamente me tornasse consciente de uma presença silenciosa ao meu lado.

A princípio, pensei que fosse Skadi, voltando para me torturar de novo. Em seguida, *desejei* que fosse Skadi, vindo para me dar um fim. Então comecei a me dar conta de que minutos se passaram desde que a cobra me lançara o último esguicho de veneno e que a queimação em meus olhos começara a reduzir um pouco.

Ainda estava cego, mas agora podia distinguir luz de escuridão. Perguntei:

— Quem está aí?

Ninguém respondeu. Eu podia ouvir o deslizar da cobra na rocha ao meu lado e a respiração quieta de alguém que devia estar muito próximo. Eu disse:

— Por favor. Ajude-me a fugir. Farei qualquer coisa que pedir.

Acho que talvez uma parte de mim ainda esperava que pudesse ser o Ancião, vindo para me ajudar em segredo depois de exercer sua autoridade.

Com a boca seca, falei:

— Irmão, por favor. Prometo que jamais o desafiarei novamente. Mostrarei como enfrentar Surt. Sei como fazê-lo. Odin. *Por favor...*

— Sou eu — disse uma voz.

— *Sigyn?*

Consegui abrir os olhos. Ainda queimavam, mas agora eu podia enxergar a sombra de um contorno ao meu lado. A forma parecia segurar algo entre o meu rosto e a cobra. À medida que minha visão lentamente clareava, vi que era a tigela grande de vidro que Sigyn usava para fazer massa de bolo. As bordas da tigela já pingavam por conta do veneno da serpente.

— Era tudo que eu possuía em mãos — disse ela, olhando docemente para mim. — A sra. Cobrinha Malvada acha que consegue te atingir pelo vidro. Ela é *desagradável*, não é? Sra. Cobrinha, desagradável e malvada.

A cobra sibilou o quanto podia.

Sigyn continuou:

— Pobre anjo. Você deve estar *tão* desconfortável. Tudo bem, agora estou aqui. Tente não se mover. Você só vai se machucar, sabia?

Meus olhos ainda lacrimejavam... por dor, acho, ou talvez fossem lágrimas de gratidão. Por um momento, o pensamento de liberdade me encheu de euforia.

— Ah, Sig — falei —, estou tão feliz que esteja aqui. Tenho sido um marido muito ruim. Prometo que isso irá mudar. Apenas me tire dessa rocha. Por favor.

— Ah, Loki — disse ela. — Você é *tão* doce. E eu realmente acredito em suas palavras. Mas não posso deixá-lo ir.

— *Como assim*?

— Bem, você está aqui por um *motivo*, querido. Criminosos devem ser castigados. E se eu deixá-lo ir, decepcionarei Odin e todos os outros.

Pela primeira vez, eu fiquei completamente sem palavras.

— *O quê?* — repeti.

Sigyn sorriu. Através de uma cortina de lágrimas, vi seu rosto; doce, amável, inerte.

— Bem, você *realmente* matou Balder — disse ela. — Foi por isso que Odin matou nossos meninos. Então, de certa forma, você é o responsável.

Comecei a entrar em pânico.

— Não, não sou! Sigyn, por favor! Deixe-me ir!

— Pare de se mexer. Você vai derrubar a bacia.

Olhei para ela em descrença. Ela parecia serena... e bem desgrenhada. Será que as mortes de Vali e Narvi finalmente a levaram à loucura? Ou seria aquele o cenário que sempre desejara em segredo... me ter de uma vez por todas para si, impotente e sob seu poder?

— Trouxe bolo de frutas para mais tarde — disse ela. — Se quiser, posso servir uma fatia.

— Bolo — falei. — Você trouxe *bolo*?

— Bem, bolo sempre faz com que *eu* me sinta melhor — respondeu. — É de cereja e amêndoas. Seu preferido.

— Por favor! Você *tem* que me deixar ir!

— Não tenho e não vou. — Sua boca se apertou. — Agora, não me faça perder o juízo ou talvez eu tenha que dar uma voltinha para acalmar meus nervos. E se eu fizer isso, não haverá ninguém aqui para segurar isso entre você e a sra. Cobrinha.

Olhei para a tigela, as mandíbulas da cobra horrivelmente aumentadas através da grossura do vidro.

A sra. Cobrinha olhava na minha direção com uma intensidade louca.

Eu podia dizer que ela estava apenas contando os minutos até que Sigyn abaixasse a tigela, que já estava um quarto cheia de veneno.

Quantos minutos, perguntei a mim mesmo, antes que ela precisasse esvaziar a tigela? Quantos minutos antes que a cobra, reconhecendo sua chance, atacasse? Quantos minutos ou horas antes que eu começasse a gritar em aflição novamente?

O castigo é fútil, é claro. Não impede o crime, desfaz o passado ou faz com que o culpado se arrependa. Na verdade, tudo o que faz é perder tempo e causar sofrimento desnecessário. Talvez seja por isso que é a base de tantas religiões do mundo. Pensei na profecia do Oráculo.

O miserável se parece com Loki. Sua esposa,

Sozinha, está ao seu lado enquanto ele sofre.

Ah, deuses. E eu pensei que a cobra era ruim. Mas esperar até o Fim dos Mundos ouvindo o papo de Sigyn, comendo seu bolo de frutas e vendo a cobra pela lente olho-de-peixe daquela tigela...

Tentei uma última tática miserável.

— Por favor. Eu te amo, Sig — falei.

Estava lamentável a *esse* ponto. Era o quão pesaroso eu me sentia. O quão infelizmente baixo eu cheguei... dizendo a palavra que começa com A *para a minha esposa.*

Ela sorriu mais uma vez.

— Ah, querido — disse ela, e eu soube que minha última manobra falhara.

Na verdade, minhas palavras selaram meu destino: ela me tinha exatamente onde queria. Carente, impotente, desesperado, magoado e em seu poder por completo.

Sigyn olhou para mim com lágrimas nos olhos e sua voz era doce ao dizer:

— Ah, Loki, querido, eu também te amo. E vou cuidar *muito* bem de você.

LIÇÃO 11

Fuga

Nunca negligencie as letras miúdas.

Lokabrenna

A PARTIR DALI SE SEGUIU um tempo longo, estranho e terrível. Em parte dentro, em parte fora do mundo desperto, é difícil dizer o quanto se passou, mas, para mim, foi uma eternidade de tédio, interrompida por intervalos de sofrimento rápidos, porém indescritíveis.

Para dar-lhe crédito, Sigyn tentou o seu melhor. Louca como sem dúvida estava e tão impenetrável às minhas súplicas quanto às minhas bajulações, ela fez o que pode para me ajudar.

A maior parte do tempo consistia em coletar o veneno da sra. Cobrinha. Em intervalos, ela esvaziava a tigela, momentos em que a criatura maldita atacava. Também atacou quando ela me fez beber, o que eu tinha que fazer ocasionalmente, quando tentava me alimentar ou saía para *retocar a maquiagem*. O resultado disso era que eu estava sempre com fome, sede, dor ou os três juntos.

Sigyn era revigorante e maternal, seu tom era como o de uma enfermeira de creche com uma criança problemática. Ela adotou exatamente o mesmo tom que usara comigo para a cobra, nos repreendendo por não "nos darmos bem" e passando leves sermões rígidos. Em outros momentos, ela suspirava em sinal de lástima aos meus sofrimentos, é claro que nunca aceitando me libertar das correntes. Tive a distinta impressão que, apesar de suas reclamações, estava feliz. Ela me tinha finalmente para si e não me deixaria escapar.

O tempo se passou. Não sei quanto. Aprendi a dormir um pouco entre aqueles intervalos de tortura. Ninguém apareceu e perdi as esperanças de que Odin poderia, um dia, ceder e me libertar. Ele era, no entanto e até certo ponto, responsável por parte do meu alívio; Sigyn me contara como Odin a dissera o que fazer para me encontrar e lhe deu permissão para me ajudar no que quisesse. Mas, na verdade, aquilo só piorou as coisas; saber que Odin, que tinha me colocado aqui, preocupava-se com meu bem-estar... ou seria culpa?

Tarde demais. Ele esperava que fosse agradecê-lo? Não, eu não sentia nada além de ódio agora, por ele e seu povo. Quando me libertasse — e jurei que *me libertaria* —, eu os faria pagar por tudo que fizeram. E, depois disso, encontraria a Cabeça de Mímir e a chutaria daqui até o Fim do Mundo, em seguida a enterraria tão profundamente quanto os Aesir me enterraram.

Bem, um homem sempre pode sonhar. Sonhos eram o que me sustentava então, entre aquelas terríveis porções de dor. E o Sonho estava tão *perto*; quase perto o suficiente para ser tocado. Eu podia ouvi-lo através da rocha na qual ficava; correndo pelo Lado Oculto, carregando suas coisas efêmeras até o mundo externo...

O presente de partida de Skadi, para mim, possuía um duplo propósito. Um deles era, é claro, o absoluto prazer de me fazer sofrer. O outro, suspeitei, era manter minha mente longe de pensamentos sobre fuga. Realmente não há muito que você *consiga* pensar quando seus olhos estão queimando, sem visão, com exceção de querer que a dor chegue ao fim. Mas, durante aqueles longos intervalos quando Sigyn mantinha a serpente à distância, eu consegui recuperar alguma clareza e minha mente voltou a funcionar.

Uma coisa que fiz foi repetir várias vezes a profecia do Oráculo. Principalmente a parte que dizia respeito a mim mesmo e as palavras exatas que foram usadas.

Vejo alguém amarrado debaixo da corte,
Sob o Caldeirão dos Rios.
O miserável se parece com Loki. Sua esposa,
Sozinha, está ao seu lado enquanto ele sofre.

A princípio, supus que Sigyn apenas fora mencionada como alguém que poderia permanecer leal aos meus interesses. Agora, dei-me conta de que a verdade era bem mais literal. Eu estava aparentemente preso a ela até o Fim dos Mundos. Não poderia esperar mais nada dela. Repassei o fragmento de texto novamente, analisando as letras minúsculas daquele contrato em busca de brechas.

Vejo alguém amarrado debaixo da corte,
Sob o Caldeirão dos Rios.
O miserável se parece com Loki...
O miserável se parece com Loki.
Se parece com Loki.
Se parece com Loki.

Pensei sobre aquilo por um longo tempo. Por que aquela frase? Perguntei a mim mesmo. Para servir na métrica do verso? Ou por outro motivo, ainda desconhecido?

O miserável se parece com Loki.

Eu sofri. Eu gritei.

O miserável se parece com Loki.

Eu dormi. Eu sonhei.

LIÇÃO 12

Sonho

Com que o escravo sonha?
Ele sonha em ser o mestre.

Lokabrenna

SONHO É UM RIO que corre pelos Nove Mundos, mesmo pela Morte e Danação. Até mesmo os malditos podem sonhar... na verdade, faz parte do seu tormento. Para escaparem, mesmo que por um segundo ou dois, para se esquecerem da realidade e flutuar, apenas para serem arrancados de volta ao mundo desperto como um peixe içado por um anzol.

Sim. Dependendo da situação, isso é até pior do que não ter alívio algum. Aquele segundo ou dois, ao despertar, quando nada parece possível, incluindo a chance de que os últimos dias — semanas ou meses —, também tenham sido um sonho...

E, então, atinge-o nos olhos. Isso é *real.* Isso é *agora.* E sonhos são apenas coisas efêmeras. Nesse caso, você quase pode ser perdoado por tentar não sonhar, por se negar a engolir o pedaço de corda que se aloja no fundo da sua garganta. Mas eu tinha um fiapo de ideia. Não exatamente um plano... ainda não. Nem de perto. Mas a esperança de escapar ainda não havia me deixado.

Era aquela frase do verso. *O miserável se parece com Loki.* Não ele *é* Loki, mas se *parece* com Loki. *Se parece com* Loki. Levantando a pequena possibilidade de que *Loki em si* pode estar em algum outro lugar.

Aquilo seria bom, disse a mim mesmo. Se eu pudesse fazer aquilo acontecer. Mas como eu poderia *parecer* estar em um lugar enquanto, na verdade, estaria em outro?

Sonho era a única resposta. Se eu pudesse, de alguma forma, escapar pelo Sonho, deixando meu Aspecto físico para trás, então estaria livre novamente. Livre para retornar ao Caos, talvez; livre da vingança de Odin.

É claro, haveria sérios riscos. Sonho é um elemento arriscado, sujeito a forças perigosas. Aqui, em sua fonte, poderia ser letal; um rio de coisas efêmeras e selvagens que poderiam destruir a mente de uma pessoa. Por outro lado, todas as coisas sonham e, se eu conseguisse me conectar com a mente de um sonhador adequado, então, talvez, pudesse cumprir a tarefa aparentemente impossível de estar em dois lugares diferentes ao mesmo tempo.

Sim, eu sei. Eu era ingênuo. Mas também estava desesperado. Pronto para arriscar minha sanidade e minha vida pela chance de fugir. Então pratiquei meus sonhos; não como forma de passar o tempo, mas com persistência, força de vontade, assim como prisioneiros arranham o chão de sua cela com uma colher afiada esperando, um dia, cavar um buraco grande o suficiente para conseguirem escapar.

Existem dois tipos de sonho. O tipo que te leva completamente, e o lúcido, no qual você está consciente de que está entre mundos e viajando. Era pelo segundo tipo que eu buscava. Foi necessário praticar e todas as vezes eu corria o risco de arrumar problemas com uma das criaturas que sondavam aquelas profundezas, criaturas ávidas demais para atrair um sonhador inocente antes de consumir sua mente e alma, deixando seu corpo para morrer no mundo desperto. Uma coisa rara nos Reinos Médios, embora aconteça algumas vezes. Mas, próximo como eu estava da fonte do Sonho, isso era quase certo. E, ainda assim, considerei que o risco valia a pena. Qualquer coisa para escapar daquela pedra, para longe de Sigyn e a sra. Cobrinha.

Então comecei a afiar minha colher. Deuses, era trabalhoso. Não existia dia ou noite aqui, é claro. Dormia quando conseguia, aleatoriamente. Pouco a pouco, conheci os perigos e alegrias daquele rio e suas ilhas de coisas efêmeras, algumas tão pequenas quanto bolhas de sabão; algumas tão grandes quanto continentes. Aprendi a explorar aquelas ilhas; a evitar seus perigos; a tocar as mentes dos sonhadores que as criaram. Pouco a pouco, reduzi minha busca, o tempo todo procurando por um sonhador que serviria ao meu propósito.

Tinha que ser uma mente forte, embora nem tanto a ponto de resistir à minha influência ou tentar e acabar me consumindo. Uma mente aberta, imaginativa, não muito ligada à moralidade. Experimentei muitas, apenas para descobrir que nenhuma servia de alguma forma; e, então, depois de uma eternidade de buscas, encontrei a mente perfeita... ou eu deveria dizer que o sonhador *me* encontrou. Uma mente forte, imaginativa, cheia de paisagens familiares. Uma alma relacionada a mim, pensei; representando cenários que quase reconheci.

Alguns eram palpáveis, sonhos reconfortantes de sensações em parte esquecidas. Sonhos de água gelada e doce, de mãos em meu rosto, de lençóis de linho, de árvores com copas sombrias e cheiros bons de terra molhada e vegetação. Preso como estava, nas profundezas do subterrâneo, eu mal conseguia respirar o ar, sempre com medo, sempre com dor, sempre faminto, sedento e dolorido, então aqueles sonhos eram a minha conexão com um mundo mais agradável e eu os abracei fervorosamente.

No entanto, com o passar do tempo, descobri que os sonhos se tornavam cada vez mais violentos. O arco de uma fonte de lava que irrompia do Caos em direção aos Mundos, trazendo destruição em seu encalço. A viagem de um floco de cinzas subindo de uma fogueira. Sonhos de fogo, de fumaça; sonhos abstratos do Caos. Construções queimando e fortalezas desmoronando no crepúsculo, visões do Povo em guerra, os Vermes, o Povo da Pedra, O Povo do Gelo, os deuses...

A princípio parecia quase perfeito demais. Aquela violência, tão semelhante à minha; senti a possibilidade de ser uma armadilha. E então entrei com cautela, evitando os sonhos com cuidado, ocasionalmente adicionando alguns pequenos detalhes para ver se ele mordia a isca.

Bem, eu digo *ele*. Nem sempre é fácil identificar um sonhador. Sonhos são estruturas complexas, difíceis de interpretar ou entender como as profecias. Identidades são particularmente difíceis de determinar, já que o sonhador tende a aparecer em Aspectos muito diferentes. Toda vez que entrei no Sonho, adotei um Aspecto diferente também; um dia eu era um falcão; no outro, gato; no seguinte, talvez, um sapo ou uma aranha. No início, eu tinha que me forçar a não me mover com tanta rapidez, explorando as paisagens do sonhador sem tentar fazer nenhuma tentativa de comunicação ou fazê-lo revelar quem era.

Admito, foi frustrante. Mas eu sabia que teria que ser paciente. Havia encontrado a mente perfeita: esperta, receptiva, imaginativa e com o nível certo de violência reprimida para nos tornar amigavelmente compatíveis. Não queria assustá-lo (ou assustá-la) com a minha avidez. Já sabia tanto sobre o meu sonhador... seus pensamentos e sentimentos, sua inteligência e imaginação; tudo, menos a sua identidade.

Então, uma noite, me vi como mais do que um espectador. Finalmente fiz uma conexão que ia além do mero subconsciente. Apesar das tentativas de me esconder, o sonhador desconhecido me viu.

O sonho era estranhamente reconfortante: uma praia longa e deserta no verão, com árvores quase até a beira d'água e perfume de flores e frutas maduras.

Em um canto da praia, uma garotinha estava ocupada construindo um castelo de areia. *Poderia ela ser o sonhador?*, pensei.

Cheguei um pouco mais perto. Assumi o Aspecto de um pequeno menino ruivo... um Aspecto que julguei ser tanto prático quanto amigável, sem representar ameaça.

A menina parecia completamente absorta na tarefa; cheguei mais perto ainda, mantendo-me no pano de fundo do sonho para não chamar atenção. Mas a menina me viu. Seu olhar era estranhamente penetrante e, quando tentei alterar para o meu Aspecto efêmero a fim de voltar a me tornar imperceptível, percebi que não podia. Fui pego.

A menininha olhou para mim.

— Quem é você?

— Ninguém. Nada.

— Isso não é verdade. Já o vi antes. Por que não me diz o seu nome?

Ela *deve* ser o sonhador, disse a mim mesmo. Mas, assim como eu, era lúcida; claramente capaz de exercer controle sobre os aspectos do seu sonho... e isso incluía Aquele que Vos Fala, preso em uma pequena ilha do Sonho que, a qualquer momento, pode desaparecer em coisas efêmeras, assim que meu sonhador decidisse acordar.

Apesar das minhas precauções, talvez não tivesse sido cauteloso o suficiente, pensei. Confiara demais na camuflagem, acreditando estar invulnerável. E agora fora pego entre realidades, incapaz de mudar, à mercê da inteligência sombria com a qual flertara por tanto tempo e que, independente do que fosse, certamente *não* era uma menininha.

— Quem é *você*? — perguntei a fim de ganhar tempo.

— Heidi — disse ela. — Você viu meu castelo de areia?

Olhei para a praia além dela. O sol estava se pondo e a luz, repentinamente nefasta. Sob seu brilho, o castelo de areia parecia ainda maior que antes e, do nada, ocorreu-me que se parecia bastante com Asgard.

Olhei um pouco mais de perto. Sim, era o salão de Odin, as muralhas, as torres de tiro, as pontes, torres e portões. Ali estava a minha casa e a de Sigyn, o jardim de Iduna, o boudoir de Freia; todos meticulosamente construídos em areia, com a Ponte do Arco-Íris se arqueando do parapeito.

De repente, a maré começou a subir. O vento, tão puro e cheiroso há alguns momentos, agora cheirava a lama e algas marinhas. No brilho do sol poente, as ondas estavam crestadas com fios de sangue.

Mais uma vez tentei mudar para o meu Aspecto efêmero. Tinha uma sensação ruim sobre aquele sonho; a luz sangrenta, a maré remexida, a

Fortaleza do céu feita de areia. Novamente percebi que não conseguia mudar. A vontade do sonhador era mais forte que a minha.

Olhei para o céu. Estava roxo. As ondas alcançaram as paredes externas do castelo de areia. A ponte de areia desmoronou quase que de uma vez; as muralhas conseguiam aguentar um pouco mais.

— Essa é a parte da qual sempre gostei mais — disse Heidi, com uma voz animada. — Vê-lo desmoronar. Não concorda? Assistir enquanto o mar o arrasta, grão a grão, até que não haja mais nada?

Em silêncio, assenti. Independentemente de quem fosse, ela tinha razão.

— Obviamente essas coisas não são feitas para durar. — Heidi continuou com uma voz sedutora. — Ordem e Caos possuem suas marés. É inútil resistir a elas. — Ela olhou para mim. — Sei quem você é. É Loki, o Trapaceiro.

Assenti.

— Certo. E você é Heid, também conhecida como Gullveig. A Bruxa. A senhora das runas. Astuta, gananciosa, vingativa. Sou um *grande* fã, por sinal, essas são as minhas qualidades preferidas.

Ela me lançou um sorriso malicioso. Por detrás do Aspecto de menininha, era complexa, inquietante. E, vamos admitir, atraente; atraente como só um demônio pode ser.

— Ouvi falar bastante sobre você também — disse ela. — É esperto, cruel, egoísta, narcisista, desleal...

Dei de ombros. Ela me pegou, pensei.

— Sempre quis conhecê-la — falei. — Mas você não é uma mulher fácil de se encontrar.

Gullveig sorriu.

— Estava esperando pelo momento certo.

Interessante.

— Por quê? — perguntei.

— Quero lhe propor um acordo.

Um acordo. Você pensaria que, àquela altura do campeonato, eu teria aprendido a ler as letras miúdas. Mas, depois de um tempo indeterminado amarrado a uma rocha no Submundo, eu dificilmente estava em posição de barganhar. Pensei na profecia do Oráculo e disse:

— Esse acordo. Por acaso envolve você me libertando da tormenta, me ajudando a fugir e causando à Asgard o que a maré acabou de fazer com o seu castelo de areia?

— Mais ou menos — respondeu Gullveig.

— Estou dentro.

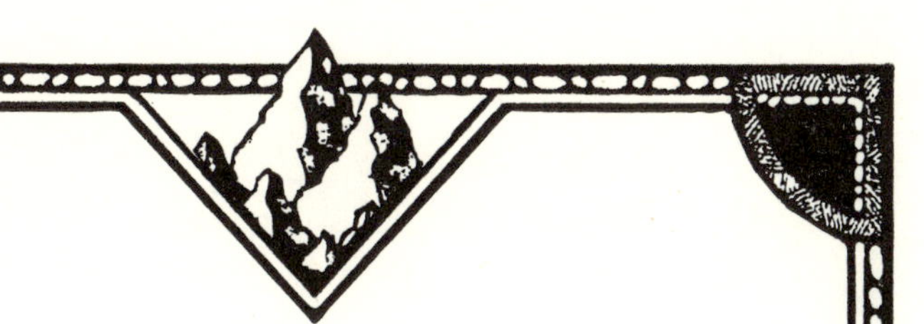

LIVRO 4

Crepúsculo

O lobo uiva no portão do Inferno. A corrente
está quebrada; o filho de Loki está livre.
Finalmente Ragnarök está a caminho,
o destino mais sombrio dos Aesir.

A Profecia do Oráculo

LIÇÃO 1

Heidi

É sério. Aquilo que eu disse no
Livro 1 sobre nunca confiar em ninguém?
É isso.

Lokabrenna

ENTÃO TROQUEI DE LADO NOVAMENTE. Que escolha eu tinha? O Ancião me abandonara. Os Mundos soltaram os cachorros em mim. E aqui estava a Bruxa, Gullveig-Heid, oferecendo-me uma chance de atacar de volta e recuperar meu lugar no Caos...

Eu seria um tolo se recusasse. Qualquer um teria aceitado o acordo. Heidi era poderosa e desejava vingança, principalmente contra aqueles Vanir que a traíram ao se aliarem a Odin. Tecnicamente, eu era o inimigo, mas contava com o fato de que, para ela, minha deserção de Asgard estaria ao meu favor. E, de qualquer forma, eu estava maravilhado. Aquela era a lendária Gullveig-Heid, primeira senhora das runas, pela qual eu buscara os Mundos em vão desde que Odin me enganara pela primeira vez e me fizera assumir o Aspecto corpóreo.

A primeira coisa que eu precisava que ela fizesse era me libertar daquele Aspecto corpóreo, atualmente atormentado em uma caverna perto do Rio Sonho. Aceitei o que me foi oferecido, sem ler muito as entrelinhas. E agora, acordando do estado de sonho no qual ela me recrutara, eu estava tão aliviado por me encontrar livre da sra. Cobrinha, da tigela, do divã de pedra e das minhas correntes gravadas com runas que não me ocorreu perguntar sobre os detalhes específicos como, por exemplo, sobre *o que* aconteceu com Sigyn ou como eu seria reintroduzido ao mundo ardente do Caos. Acontece que esse não era nem de perto o plano, mas imagino que vocês já tenham adivinhado isso. Usado e traído por um grupo de amigos, eu estava prestes a me ver virtualmente na mesma posição com meus novos demoníacos e brilhantes companheiros.

No entanto, em minha defesa, eu experimentava um número de novas sensações revigorantes que me distraíram temporariamente das minhas suspeitas. Extrema gratidão, alívio, liberação, o êxtase de esfregar meus olhos, a alegria em beber água sem receber um jato de veneno no rosto, a reintrodução à comida e bebida (embora eu suspeitasse de que bolo estivesse fora do cardápio para sempre), os maravilhosos prazeres do banho — primeiro, em água fria, em seguida, morna e, depois, em uma quantidade enorme de sabões, óleos e diversos produtos para banho.

Então havia Heidi... atraente e com a habilidade que só um demônio possui de tomar qualquer Aspecto que ela (ou eu) mais desejasse. Ela estava dourada da cabeça aos pés; um anel em cada dedo, olhos como os de um lince e cabelos como cachoeiras e arco-íris. O corpo todo tatuado com runas de ouro, da ponta dos dedos às solas dos pés; elegante, ágil, selvagem, perversa e, assim como Angie, da Floresta de Metal, curiosamente atraída por homens de cabelos vermelhos.

Me julgue: eu me aproveitei. Não foi a jogada mais esperta, devo admitir, principalmente depois do que acontecera com Angie, mas passei muito tempo no subterrâneo para me negar o prazer de um flerte inofensivo. Sexo demoníaco era um prazer do qual há muito não desfrutava e agora eu o tinha novamente, queimando as noites de inverno no fogo da nossa paixão enquanto a Ordem e o Caos se preparavam para a guerra.

Enquanto isso, na minha rocha no Mundo Inferior, um substituto, um efêmero criado a partir de runas e encantos, sofria os tormentos no meu lugar, caso Skadi ou um dos demais voltasse para checar como eu estava lidando com tudo. O efêmero não estava vivo em nenhuma forma real da palavra. Era apenas uma reunião de pensamentos e imagens selecionadas por Heidi durante meu aprisionamento, recebendo substância suficiente para enganar os olhos de um observador casual — o que não era difícil, estando assim tão próximo do Sonho. Uma inspeção mais próxima, é claro, revelaria o golpe; mas, em breve, aquilo não importaria. A guerra estava a caminho e aconteceria bem antes dos Aesir terem que lidar com Aquele que Vos Fala.

O plano possuía três fases. Primeira: preparação. Segunda: opressão Terceira: confronto. Refinado e limpo. O primeiro (e mais tedioso estágio) estava na verdade quase completo, o que significava que, quando me juntei ao acampamento de Gullveig, a diversão já estava prestes a acontecer.

E *foi* divertido... Incêndio, livre, maior e mais malvado que nunca. Heidi e eu acampamos na margem da Floresta de Metal, de onde podíamos observar a Bifrost sem sermos vistos. Era seguro, havia bastante diversão e o rio Gunnthrà, que corria pela floresta, dava direto no Mundo Inferior, fornecendo um conduto para todos os tipos de criaturas entrarem nos Mundos através do Rio Sonho.

Aquele era o local por onde o nosso exército viria, comandado pelos encantamentos de Heidi. Seres de todos os tipos seriam convocados dos medos, sonhos e lágrimas do Povo. Veja, a raça humana se tornara um reservatório de poder. Fora das suspeitas dos deuses, que ainda a via como nada além de um grupo de fãs, o Povo possuía uma capacidade quase incansável de sonhar, imaginar, conjurar as mais complexas fantasias, explícitas e duradouras, as quais a Bruxa poderia usar para a criação do exército mais avançado já conhecido pelos Mundos.

Era isso que ela estava fazendo durante os anos em que a procurei. Vivendo parte dentro, parte fora do Sonho, ela sabia como navegar por suas águas, como seduzi-las com a mente, como passear pelas corredeiras que teriam destruído um ser inferior. Gullveig-Heid era a manipuladora de sonhos mais poderosa que os Mundos jamais viram, e era através do sonho que ela planejava trazer a subjugação a eles.

Obviamente, eu seria uma das partes-chave para aquilo. Conhecia as defesas tanto estratégicas quanto emocionais de Asgard. Por exemplo, sabia que, se adicionássemos alguns elementos à briga (como a Serpente do Mundo ou Fenrir, o Lobo), os principais membros de Asgard estariam certos de vir com tudo, deixando suas posições estrategicamente valiosas para confrontar o inimigo em qualquer terreno que escolhêssemos. O momento certo é tão importante. E possuíamos a vantagem ali; *nós* podíamos escolher quando a guerra começaria e como continuaria.

Ah, ela vinha arquitetando aquilo por décadas. Eu considerava os meus sonhos de vingança grandiosos, mas, perto dos dela, eles não eram mais que sonhos passageiros de um gato adormecido. Gullveig tinha tudo planejado: com o passar dos anos, ela entrara nos sonhos do Povo do Gelo e da Pedra, manipulando seus chefes, sussurrando ódio em seus ouvidos para que agora estivessem quase prontos para atacar. Ela adentrara os sonhos dos loucos, dos assassinos, dos infelizes, dos perdidos. Agora todos convergiam na Floresta de Metal — Povo do Gelo, Povo da Pedra, Povo do Túnel do subterrâneo, lobisomens, bruxas, demônios mestiços e bastardos do Povo do Fogo, de qualquer império minúsculo que tenham construído durante o reino da Ordem —, enquanto o insuspeito Povo, os amados adoradores de Odin, reuniam seus guerreiros aos pés das montanhas e planícies das Terras Internas, motivados por instintos tão poderosos quanto aqueles de um ninho de abelhas selvagens, enxameando sob a influência de uma nova e voraz Rainha.

É óbvio que eu estava deslumbrado. Quem não estaria? Ela era a Rainha dourada, eu era o Rei. É claro que uma colmeia não *tem* um rei, mas eu não estava exatamente seguindo a lógica na época. Heidi me cobriu de elogios, me venerou com o seu corpo, me encheu de presentes extravagantes e me colocou em um navio de fogo à frente de uma frota de batalha que não seria enviada pelo Mar Uno, mas sim pelo Sonho, pela Morte e pela Danação.

Aquele navio de fogo. Era lindo. Delgado e tão mortal quanto uma espada, podia deslizar por qualquer coisa... ar, pedra ou água. Sua vela era como o Fogo do Santo Sepulcro; sua tripulação de esqueletos era incansável. (E, com "tripulação de esqueletos", quero dizer uma tripulação de esqueletos de verdade, trazidos de volta à vida por um feitiço de *Naudr* e respondendo ao meu comando.) Quando cansava de brincar com ele, era possível dobrá-lo como um canivete e carregá-lo por onde fosse, ou ancorá-lo no Sonho, onde o navio esperaria pacientemente para ser convocado.

Quanto ao restante da minha frota de demônios, esses não eram exatamente *navios*. Em vez disso, eram *barcos* para o meu exército, um grupo heterogêneo de mestiços, demônios renegados, mortos-vivos e diferentes criaturas efêmeras, todos convocados por Heidi através do Sonho e declarados à minha aliança. As criaturas me chamavam de General e me veneravam em um jeito subordinado, enquanto eu brincava com Heidi, comia carne de veado, bebia hidromel e ansiava pelo Ragnarök e pelo Fim de Tudo.

Agora chega a conta final.
Agora vem o povo do Submundo.
Agora vem o dragão da escuridão, Morte...

Aquela era a única parte do trato que me causava ansiedade. O Dragão da Escuridão — mais conhecido como Lorde Surt — finalmente tomando um Aspecto físico para entrar nos Mundos e livrá-los daquela intrusa teimosa chamada Vida. Não é o que você chamaria de pensamento feliz. As garantias de Heidi de que, quando a hora chegasse, ele reconheceria nosso papel no triunfo do Caos e nos levaria de volta para o Fogo primário faziam todo o sentido... pelo menos sempre que ela estava por perto. Quando ficava sozinho tendia a me sentir menos certo sobre a coisa toda. Nem tinha certeza de que *queria* voltar permanentemente ao meu Aspecto primário. Encontrei muitas coisas para apreciar nesse corrupto e confuso mundo de conflitos e sensações. Dera-me conta de que uma das coisas das quais mais gostara era desafiar a Ordem e quebrar as regras. E como poderia fazer isso se não houvesse Ordem a ser desafiada? Até mesmo considerar que seria possível ser levado de volta ao coração do Caos, que meu ser radicalmente alterado seria capaz de sobreviver naquele elemento...

Será que eu realmente *queria* aquilo? Será que *alguma vez* quis?

Ainda assim, o futuro que vá para o Inferno. O presente era digno de ser aproveitado. Isso que era a vida, disse a mim mesmo: vinho, mulheres, um veículo de acordo com as minhas necessidades e uma chance de desrespeitar os deuses. Guerra se agitava no ar como um sopro de primavera e eu podia sentir o Caos em mim pulando para cumprimentá-la. E daí que Surt *estava* a caminho? Coma, beba e seja feliz, pensei, porque sabe-se lá o que o amanhã trará.

Tudo bem. Pode chamar de negação. Finalmente eu estava me divertindo. Pela primeira vez, eu era um deus de verdade e, talvez — apenas talvez —, isso tenha me subido à cabeça. Mas, no final das contas, você acha que pode me culpar depois de tudo que passei? Estava em meu elemento. Possuía meu navio de fogo, Gullveig-Heid e um exército de demônios mestiços fanáticos que me adoravam. *O que mais poderia querer?*, pensei. O que poderia dar errado?

LIÇÃO 2

Angie

Uma mulher, problema. Duas mulheres...
Caos.

Lokabrenna

De acordo com o oráculo, tudo aconteceu em apenas algumas estrofes. Na verdade, levou meses para o povo de Asgard encontrar o nosso em batalha. Durante aquela época, o General se fechou em barricada para discutir com a Cabeça de Mímir e conversar por horas a fio com o seu pessoal, enquanto meus aliados recém-encontrados e eu continuávamos a montar lentamente o palco para a invasão e opressão dos Reinos Médios.

O primeiro sinal de problema veio em torno de um mês antes da nossa campanha final. Possuíamos um total de mil navios de fogo esperando para atacar através do Sonho. Ao norte da Floresta de Metal, o Povo do Gelo aguardava pela nossa ordem, vivendo sob tendas de pele de veado, e o Povo da Pedra havia tomado o lado leste, adotando como refúgio um labirinto de cavernas de calcário aos pés das montanhas. Enquanto isso, o Povo se reunia; pequenos grupos de guerreiros, a princípio — não mais que algumas centenas por vez, armadas com espadas, machados, escudos e, algumas vezes, apenas instrumentos de lavoura —, amontoando-se em direção ao sudeste. Aconteceram algumas desavenças, mas nada além disso. O Povo ainda estava incerto. Rumores de uma guerra iminente, presságios no céu de inverno, pesadelos, mortes repentinas, voos agourentos de pássaros em migração... todos sinais de premonições de coisas ruins a caminho para a Humanidade e os Reinos Médios.

Havia boatos de que Angrboda se escondia em alguma parte da Floresta de Metal, comandando um bando de lobisomens que caçava o Povo que se juntava nos arredores da floresta. Não os investiguei. Angie não era uma das minhas maiores fãs, não depois do jeito com que os deuses lidaram com Fenrir, e eu não estava com pressa para apresentá-la a Heidi.

Foi por isso que, quando ela chegou sem se anunciar em uma noite qualquer e exigiu me ver, senti um arrepio de apreensão. Eu estava em minha tenda; uma bem maior que o salão de Odin, gravada com runas de fogo por todos os lados, guarnecida em seda e tapeçaria, e com o chão forrado com peles de lobo. Tinha acabado de abrir uma garrafa de vinho e ouvia os sons da noite quando ela entrou, parecendo belicosa, seguida pelo demônio visivelmente atormentado que eu designara como guarda para evitar encontros como esse.

— Desculpe-me, General — disse ele. — Ela só...

— Posso imaginar — falei.

Quando a Bruxa da Floresta de Metal vem fazer uma visita, sorte ao pobre idiota que irá levá-la à sala de espera. Dispensei o guarda com um aceno fraco.

— Angie! Amor da minha vida! — exclamei.

A Bruxa da Floresta de Metal sempre preferiu um Aspecto jovial e inocente à sua verdadeira figura, que era inacreditavelmente perversa, e hoje ela parecia ter 16 anos, vestida de maneira sedutora em couro negro, os olhos grandes marcados com uma linha grossa de delineador e dreadlocks trançados com fios prateados. A maioria das mulheres dessa idade não carregaria um par perfeito de espadas de lâmina dupla, curvadas tão docemente quanto o sorriso de um bebê e praticamente cantando de tão afiadas... mas Angie nunca foi comum.

— Hoje é o meu aniversário? — perguntei.

Ela me ignorou e olhou com interesse ao redor dos meus aposentos. Notando as cortinas de seda, as almofadas bordadas no chão, as velas, as peles, a comida e a bebida, ela arqueou uma das sobrancelhas desenhadas.

— Suponho que você pense ter tirado a sorte grande — disse ela, sentando-se em uma almofada. — Tudo isso e a possibilidade de uma carnificina, também. Deve estar se sentindo no sétimo céu.

Sorri para ela.

— O que tem de errado nisso? Tive uma Era de dor, desconforto, humilhação e desejos contrariados. Pensei que, talvez, fosse hora de experimentar algumas das melhores sensações antes que os Mundos chegassem ao fim.

— E *depois?* — perguntou Angie. — Você acha que o Caos vai recebê-lo de volta depois de tudo que fez?

Tive que admitir que ela me pegou. Existe uma antessala especial do Sonho reservada para os demônios renegados e eu não tinha pressa alguma para vê-la.

Falei:

— Talvez sim, talvez não. De qualquer forma, não estou planejando morrer. Na verdade, uma fonte confiável me certificou de que acabarei com Asgard.

— Fonte confiável? Você diz o Oráculo — disse Angie, retorcendo o lábio.

— Ele ainda não errou nada — respondi.

— Mas não te contou *tudo.* — Angie se serviu de vinho. — E nem a sua nova amiga, aquela pequena madame chamada Gullveig-Heid.

Ah. Achei que poderíamos chegar àquele ponto.

— Estamos com ciúmes? — perguntei.

— Nem sonhando — respondeu Angie. — Só estou mantendo contato com você pelo bem das crianças. *Belíssimo* cuidado que teve com nosso filho, a propósito. Deixo você passar um fim de semana com ele e, antes que eu saiba, o garoto está acorrentado no subterrâneo, aguardando os Últimos Tempos e fedendo a bebida.

— Ah. Isso.

— Sim. *Isso*. Se você não tivesse estragado tudo, não estaríamos tendo essa conversa e eu não estaria unindo forças com a loira mais venenosa do Pandemônio.

— Você está se unindo a Heidi? — perguntei. Bem, eu podia enxergar as vantagens. Angie era a mãe de Hel, o que a tornava uma força a ser reconhecida. Mas por que Angie concordaria com a proposta? — Ah. Fenrir. — Fazia todo sentido. — Então, Heidi prometeu libertá-lo, não foi? Em troca do seu juramento?

Ela fungou.

— Não tive escolha. Ele é meu filho. Além disso, ela libertou você, não foi?

— Sim.

— *Isso* foi legal. Então o que ela quer?

— O de sempre. Derrubar os deuses, dominar os Mundos, ter satisfação extrema. Na verdade, raramente conheci uma mulher cujos gostos e ambições fossem tão próximos dos meus... com exceção talvez de você, minha querida.

— De fato, uma filantropa e tanto — disse Angie.

— Bem, eu não iria *tão* longe — falei. — Mas Heidi tem sido muito boa para mim.

— E ela não deu motivo algum para acreditar que talvez não esteja te dizendo tudo?

— Bem, não — respondi. — Na verdade, sua geral falta de malícia e desonestidade talvez seja o único defeito que vejo em um pacote quase perfeito.

Angie fungou.

— E a sua esposa?

— Minha *esposa*? O que tem ela?

Boa pergunta, pensei. Na verdade, foi a primeira vez em meses que me lembrei de Sigyn. Eu sei que soa mal. Mas nunca fingi ser o marido ideal ou nada do tipo. Além disso, quando você é o Rei dos Mundos e está encarando os Últimos Tempos rodeado de lacaios que o adoram e mulheres soltas, você tende a ter mais em mente do que camisolas de flanela e bolo de frutas. Mas, agora que Angie a mencionou, dei-me conta de que nunca perguntei o que acontecera com minha amável esposa quando fui resgatado do Mundo Inferior ou o motivo pelo qual ela não tentara vir atrás de mim na Floresta de Metal com promessas de torta de maçã.

— Porque eles a mataram — disse Angie, respondendo à pergunta.

— *O quê?*

— Obviamente a sua amiguinha não a quis passando informações em casa. Foi mais rápido e bem mais eficiente tirá-la do caminho. — Ela olhou para mim. — Você está bem? De repente me pareceu enjoado.

— Estou bem — respondi.

E eu estava. Aquilo me veio simplesmente como uma surpresa. A ideia de que Sigyn estava de fato morta — a doce e inofensiva Sigyn; louca, sem dúvida, com sua paixão por animais peludos e sua capacidade quase que infinita de falar como uma criança —, era, como seu bolo de frutas, quase impossível de digerir. O conhecimento de que Heidi ordenara sua morte sem ao menos pensar duas vezes ou até mesmo discutir com Aquele que Vos Fala...

— Tem certeza de que está tudo bem? — perguntou Angie. — Por um minuto pensei que talvez você estivesse se sentindo responsável.

Balancei minha cabeça, que naquele momento não parecia estar muito clara.

Aquilo era absurdo, disse a mim mesmo. Afinal de contas, estávamos planejando o Fim dos Mundos, Ragnarök, o Crepúsculo do Grupo Popular. O que eu *achava* que iria acontecer quando Asgard caísse?

Que todos os sobreviventes se beijariam e fariam as pazes tomando chá e comendo pequenos sanduíches? É *claro* que os deuses morreriam. Se tivesse sorte, não estaria entre eles. Mas sucumbir a sentimentos a essa altura do campeonato era completamente inapropriado. E sobre se sentir responsável...

— Você não pode fazer um bolo de frutas sem quebrar alguns ovos. Quer dizer... não pode fazer uma *omelete.*

— O quê? — perguntou Angie.

Tentei novamente.

— Danos colaterais, é isso. Escolha o clichê que quiser. Tanto faz. De qualquer forma, a culpa não foi minha.

— Nem precisava dizer — disse ela.

— Então por que me contar? — perguntei.

Ela deu um dos seus típicos sorrisos de criança.

— Deve pensar que Gullveig precisa de você — respondeu ela. — Mas assim que a sua utilidade acabar, você estará na pilha como os demais. Não me importo se confia em mim ou não. Só não vá sair dando as costas para ela.

Quando Angie se foi, pensei por um tempo sobre o que ela disse. Talvez tivesse razão, disse a mim mesmo. Talvez eu não tivesse sido cauteloso o suficiente em meus negócios com Heidi. Talvez tenha deixado a minha busca por prazeres físicos, assim como o meu desejo por vingança, entrar no caminho do interesse próprio. Afinal de contas, o que eu realmente sabia sobre ela? O que ela sabia sobre o Oráculo? E que tipo de trato, se é que havia um, ela possuía com o Caos?

Voltei para a profecia. Não foi de muita ajuda. Heidi não era mencionada por nome, embora eu me lembrasse desses dois versos:

Na Floresta de Metal, a Bruxa aguarda.

O lobo Fenrir terá o seu dia.

A princípio, por conta da referência a Fenny, achei que a Bruxa era Angie. Mas agora comecei a me perguntar se não faria mais sentido se fosse Heidi. Se sim, pelo que aguardava?

Obviamente não tive respostas. Tudo que tinha era a profecia e as suspeitas infundadas de Angie, que poderiam existir por conta de ciúmes ou por simples malícia, quem poderia dizer?

Então continuei com os negócios, dizendo a mim mesmo que sempre poderia me afastar caso as coisas começassem a cheirar mal. Mas, quando me dei conta de como, mais uma vez, fui manipulado, não havia mais nada a ser feito além de correr pela ponte em chamas em direção ao que quer que me aguardava...

LIÇÃO 3

Escuridão

É um mundo louco onde os deuses se devoram.

Lokabrenna

NINGUÉM ENXERGA DIREITO durante uma guerra. A história traz perspectiva. Talvez seja por isso que levei tanto tempo para entender o que aconteceu: a traição que sofremos da Cabeça de Mímir e a traição que sofri de Gullveig. Além do papel de Surt, é claro; o pêndulo do Caos balançando novamente como o machado de um carrasco para cortar a todos nós como um campo de cereal. Ah, foi épico. Estimulante. Rios de sangue, rios de facas, feitos operísticos de bravura e sacrifício próprio.

O Oráculo coloca da seguinte forma:

Eu falo como devo. Três rios convergem
Sobre os deuses em seus domínios.
Do Leste, um rio de facas; do Norte
E Sul, rios gêmeos de gelo e chamas.

De fato, não foi muito diferente da verdade. Organizamos o Povo do Gelo e da Pedra estrategicamente nos lados norte e leste da planície de Ida, mais como distração enquanto o negócio de verdade continuava no reino do Sonho e ao sul da Floresta de Metal, protegidos de vista pelas runas de Heidi.

Enquanto isso, o Povo ainda se juntava, agora em maiores números. Alguns vieram das Terras Externas em navios, outros desceram do Norte e de além dos Ridings. Eram desorganizados, mas numerosos, amontoando-se como formigas ao redor das margens da Floresta de Metal, construindo acampamentos, acendendo fogueiras, olhando ansiosamente para o céu.

Ainda não os havíamos atacado. Tínhamos peixes maiores para fritar. O plano de Gullveig era complexo; tudo meticulosamente organizado para acontecer no momento certo. Com o passar dos meses, seus subordinados foram colocados em discretas posições de comando por todos os Reinos Médios, prontos para agir sob suas ordens e, assim que ela desse o comando, seus planos estariam em moção; começando com a minha liberação, o recrutamento de Angie e a soltura de meu filho, o Lobo Fenrir, que celebrou sua maioridade ao procurar por seus antigos amigos, o lobos-demônios Skól e Haiti, e conspirando com ambos para derrubar as carruagens do Sol e da Lua a fim de mergulhar os Mundos em escuridão.

Aquele foi o primeiro golpe. Aquela escuridão. Amiga dos criminosos em todas as partes, construtora de medos e pesadelos. No alvoroço que sucedeu, a Serpente do Mundo saiu do mar, os lobos--demônios invadiram as planícies e as hordas do Submundo sob o comando de Heidi, e começaram a surgir do reino do Caos para infestar os Reinos Médios.

Alguns atacaram o Povo através do Sonho, enviando loucura e violência. O resto veio naturalmente, como sempre faz em tempos de crise. Comunidades se diluíram, famílias se viraram umas contra as outras, oportunistas aproveitaram a chance para enriquecer às custas de seus vizinhos. As pessoas tendem a culpar o Caos sempre que alguma coisa dá errado, mas na verdade, na maioria das vezes, o Caos não precisa intervir. O Povo não precisa de nenhuma ajuda quando se trata de massacrar uns aos outros. O que vier à sua cabeça, eles fizeram — assassinato, estupro, sacrifício infantil —, o tempo todo culpando o céu sem luz, mesmo quando a escuridão já estava em seus corações.

E, é claro, eles culparam os deuses. Aquela foi a parte da qual eu mais gostei; em que o Povo, que venerara o grupo de Odin de um jeito tão bajulador e desprovido de senso crítico, ao primeiro sinal dos Últimos Tempos, se virou contra ele com ódio irracional, destroçando seus templos, tombando seus menires, derrubando suas árvores sagradas, amaldiçoando seu nome e todos os feitos, e se virando para qualquer conforto doido que fosse oferecido.

Tudo bem, então o resultado final não foi o que você poderia chamar de vantajoso para Aquele que Vos Fala. Mas, nesse mundo louco onde os deuses se devoram, você tem que aprender a se mover com os tempos. E, quando os tempos são ruins, quando a escuridão vem, as pessoas sempre voltam ao fogo. O fogo nunca sai de moda. Em tempos de guerra e de medo, o fogo é o que nos une, agrupados ao redor do brilho de algo quente e perigoso. Previsivelmente, muitos do Povo se voltaram contra os deuses de Asgard e começaram a me venerar. Queimaram seus livros para se manterem aquecidos, criaram paredes corta-fogo contra a noite. Mais uma vez eu recebia um novo nome — Loki, o Portador da Luz — e finalmente ganhava respeito.

Em Asgard, o General observava o colapso dos Reinos Médios. Seus pássaros nunca estavam longe, mantendo vigilância e reportando em casa o que viam. Apesar da ausência do Sol e da Lua, eu sabia que ele conseguia me ver. De longe, mordi meu polegar para ele em sinal de desafio e sorri para mim mesmo. Então, em uma noite...

Bem, é claro, *talvez* fosse dia. Àquela altura, não fazia diferença. De qualquer forma, eles chegaram à minha tenda em forma humana, em vez de corvos; o Espírito e a Mente de Odin, finalmente, querendo fazer um acordo.

Só os vi em Aspectos humanos pouquíssimas vezes ao longo dos anos. Os mensageiros de Odin preferiam a forma de pássaros e, mesmo agora em seus Aspectos, eram mais corvos do que humanos; ambos com cabelos pretos, olhos dourados e uma tendência a gralhar sempre que se animavam. Hugin era um homem e Munin, uma mulher; fora isso e a mecha branca em seu cabelo, poderiam facilmente ser gêmeos. Usavam grande quantidade de joias: braceletes que tiniam quando se moviam; anéis no formato de crânios de pássaros em seus dedos longos e escuros.

Hugin era o mais falante; Munin parecia ser a mais alerta. Ambos estavam nervosos, com razão. A Floresta de Metal não era um lugar bom para eles agora, não com Fenrir livre e meu exército do Povo do Fogo e demônios mestiços tão perto. Mas achei que tinham vindo para conversar e, embora eu não tivesse intenção alguma de aliviar a barra do Ancião, assim como ele não aliviara a minha, eu não perderia aquela chance por nada naqueles Mundos.

Lancei a eles meu sorriso mais amigável.

— Entrem.

Eles me seguiram para o interior da tenda e se sentaram nas almofadas. Havia um prato de frutas cristalizadas em uma das mesas. Munin gralhou e pegou uma pera, devorando-a primorosamente com mordidas pequenas e nervosas.

— A que devo essa visita? — perguntei. — O Ancião está se sentindo sozinho? Estaria ele repensando o fato de ter descartado o próprio irmão? E, se esse é o caso, então por que não me chamou pessoalmente?

— Nós falamos em nome do Ancião — disse Hugin, com sua voz rouca. — Nossas palavras são suas palavras.

Munin gralhou de acordo e começou a comer uma laranja.

— Ele quer que você saiba que não é tarde demais. Ainda podemos evitar a profecia.

— Evitá-la? Por que eu iria querer isso? — perguntei.

— Porque você quer sobreviver — respondeu ele —, e a única maneira de fazer isso é ir contra o Oráculo.

Tive que rir.

— Então basicamente o que está me dizendo é que Odin me quer de volta?

— Sim. Sob algumas condições.

— O quê? — Minha risada redobrou. — *Condições?* Será que aquele olho dele ficou cego? Aqueles são rios de aço, gelo e chamas, não três filetes de pisca-piscas. E se ele pensa que pode apenas dar o comando que eu rastejarei de volta para o seu lado...

— Ele acha que o Oráculo planejou isso tudo. Que Gullveig fez um acordo com ele enquanto estava no acampamento dos Vanir. Um acordo no qual ela prometera vingança contra os Aesir.

— Muito criativo da parte de Odin — falei. — Mas como Gullveig poderia saber que Mímir um dia precisaria de vingança? Quando ele chegou ao acampamento dos Vanir, tudo estava lindo. Não havia motivo para acreditar que seu amado sobrinho planejava sacrificá-lo em nome da própria ambição.

— Ela é uma Vidente — respondeu Hugin. — Ela também deve ter criado a profecia.

Ai. Aquilo estava perto demais do que Angie havia insinuado.

Dei de ombros.

— Nunca confie em um Oráculo. Temo dizer que isso não prova nada.

— O Ancião diz para avisarmos a você que ela o usa para chegar até ele. E que, quando Surt cruzar os Mundos, planeja usá-lo para garantir a si mesma um lugar do lado do Caos.

Sorri.

— Esse é o melhor que ele pode fazer? O Ancião deve estar desesperado. Se eu fosse ele, me concentraria em escolher os trajes com os quais gostaria de ser enterrado. Isso é, caso haja alguma coisa para ser enterrada quando tivermos acabado com ele.

Hugin balançou sua cabeça negra.

— Você está cometendo um erro — disse ele. — Surt jamais o aceitará de volta. Mas Odin, sim, caso o ajude agora. Não é tarde demais.

Sorri novamente.

— Entendo. Isso é uma tática para me fazer rir até ter uma convulsão. Boa tentativa, Odin. Mas, nesse caso, você não está paranoico. Todos *estão* atrás de você. E, quando o seu corpo despencar daquele parapeito, o som que escutará enquanto cai será o meu, rindo até não poder mais.

— *Crawk* — disse Munin, sombria, servindo-se de um abacaxi.

— Ela não fala de jeito *nenhum*? — perguntei.

— Não muito — respondeu Hugin. — Mas quando o faz, normalmente vale a pena prestar atenção. E agora ela diz que o único jeito de parar o Fim dos Mundos é combater Caos com caos, o que significa colocar o livre arbítrio contra o determinismo. Se acreditarmos no Oráculo, o livre arbítrio é meramente uma ilusão, e todas as nossas ações foram escritas em runas predeterminadas desde o início dos tempos. Mas, se tomarmos as rédeas da situação, poderemos escrever as nossas *próprias* runas, refazer a nossa própria realidade.

— Ela disse isso tudo com um *crawk*? — perguntei.

— Mais ou menos — respondeu Hugin.

— Bem, obrigado pela oferta — falei. — Mas estou me divertindo demais com isso. Diga a ele que o vejo em Ragnarök. Diga a ele para tomar cuidado com os lobos.

Depois que os corvos foram embora, abri uma garrafa de vinho e me embebedei. Maldito seja o Ancião. Malditos sejam todos eles. Porque ele me atingiu, é claro, apesar de tudo que me fizera passar. Quando Angie tentou avisar, rejeitei suas suspeitas. Mas agora elas voltaram e, de repente, tudo fazia sentido para mim. Gullveig trabalhara com o Oráculo — ou talvez até mesmo com o Caos —, desde o princípio; que ela usara a Cabeça de Mímir para manipular Odin, para me convocar e para trazer o fim dos deuses; e que ela planejava me entregar a Surt com todos eles assim que a minha utilidade chegasse ao fim.

Um ciclo de traição, começando e terminando com Gullveig-Heid. Gullveig, que inicialmente fora a Asgard para exibir suas habilidades demoníacas, que provocara a inveja de Odin e a morte de Mímir, e quem então enviara a Cabeça de Mímir de volta para Asgard, sabendo que ela continha todo o conhecimento de que Odin precisava para plantar as sementes da própria derrocada.

Será que planejara aquilo desde o início? Será que o Caos a convenceu a fazer isso? Seria tudo parte de um plano maior, um que garantia desde o primeiro momento que o Caos teria em mãos as cartas da vitória? Aquela sensação de ter sido passado para trás... Aquele sentimento de concretização tardia enquanto as peças do complexo quebra-cabeça se encaixavam *justo* no momento em que você se dá conta de que não há volta...

Tem que haver uma palavra para isso, certo? Se não, terei que inventar uma. *Ingênuo.* Acho que é isso. E quem *era* Gullveig, afinal? Nenhum dos Vanir se lembrava de quando ela aparecera pela primeira vez. Ela era parte deles ou algo diferente... um ser mais antigo, de outro lugar?

Eu falo agora sobre a Feiticeira,
Gullveig-Heid, três vezes queimada, três vezes nascida,
Vidente, amante do Fogo
Vingativa, inflamada com desejo.

E lá estava ela, na profecia que Mímir fez a Odin. Não havia prestado muita atenção antes, concentrando-me mais no futuro do que nos eventos passados. Mas lá estava ela em uma estrofe;.amante do Incêndio, disposta a se vingar... mas contra quem? Odin? Os deuses? Ou seria essa vingança por um crime *futuro*? Um crime que apenas aconteceria *por conta* de sua intervenção?

Aquilo fez minha cabeça doer só de pensar. Mas tudo aquilo poderia ser uma tentativa de Gullveig para me atrair para fora do Caos, a fim de usar minha traição para destruir os deuses, em seguida tomando meu lugar ao lado de Lorde Surt no Aspecto de Ambição Ardente, superando até mesmo o Incêndio em absoluta destruição e malícia?

Ah, deuses. Será?

Huh...

Sim, fazia perfeito sentido. Realmente, era lindo. E, ainda assim, eu não podia voltar ao General. Chame de orgulho — que sempre fora a minha derrocada —, mas se aquilo significava jogar o jogo do Oráculo, permitindo que Heidi me usasse, mesmo morrendo em batalha ou pior... Então que fosse. Eu estava pronto. Todas aquelas coisas eram preferíveis a admitir que Odin poderia estar certo.

Então fiquei horrorosamente bêbado e acordei com uma ressaca escandalosa para descobrir que Heidi finalmente havia dado o comando para mover as tropas para fora da Floresta de Metal, em direção à planície de Ida.

LIÇÃO 4

Ida

Quando as coisas começam a apertar,
escolha o seu clichê.

Lokabrenna

ESPERAMOS LÁ por nove dias, firmando acampamento na planície aberta. Estava frio; a ausência do sol trouxera consigo um inverno violento e rigoroso. A geada cobria o terreno, ventos negros sopravam, nuvens de cinza, fumaça e poeira se misturavam com a neve que caía. Acima de nós, a fortaleza de Asgard parecia um berço de esplendor, toda coberta pela aurora boreal e brilhando com runas, com a Bifrost, a Ponte do Arco-Íris, arqueando do parapeito.

Quase me fez sentir pesaroso por termos que derrubá-la. Era a última coisa, a mais bonita, que sobrava naquele mundo moribundo e tenebroso. Mas era tarde demais para arrependimentos. Estávamos comprometidos, o dado fora lançado, o Gunnthrà fora rompido. Escolha o seu clichê.

Aquela era a última parte do plano de Gullveig: o confronto final. O Povo do Gelo se posicionou ao lado norte; o Povo da Pedra, ao leste. Ao Oeste, o Povo ainda permanecia — ou pelo menos o que havia sobrado deles depois da Fase Dois —, esfarrapados, famintos e assustados, mas obstinadamente defendendo seus deuses. Do Sul, da Floresta de Metal, veio o restante do nosso exército. Um exército forte e magnífico de dez mil, espalhando-se pela planície em sinal de provocação aberta à Asgard. Havia demônios e trolls; lobisomens e bruxas; goblins, criaturas efêmeras, monstros humanos e mortos-vivos. Eu possuía o meu navio de fogo, minha frota para navegar entre os Mundos, e a tripulação de crânios e ossos. E sim, estava fabuloso. Mesmo sabendo que Gullveig me trairia, que os Mundos mergulhariam no abismo e que o melhor pelo que poderia esperar seria o esquecimento eterno, eu estava preparado para ir embora com estilo.

Gullveig permaneceu na Floresta de Metal para supervisionar as tropas restantes ao passarem pelo Sonho e seguirem além. Eu fiquei na planície para passar frio, cercado por anéis concêntricos de tochas, braseiros e fogueiras. Fenrir se juntou a mim em seu Aspecto lupino, monossilábico como sempre, mas arrepiado de animação com a possibilidade de uma batalha. Seus amigos, Skól e Haiti, também estavam lá e corriam em trios, rosnando das sombras, devorando coisas, geralmente muito furiosos.

Não eram as melhores companhias para Aquele que Vos Fala, que estava ficando agitado. Eu havia esperado o suficiente. Queria lutar. Odiava passar o tempo assim, discutindo termos e estratégias. Queria a limpeza da carnificina. Queria *certezas*. Isso é tão ruim assim?

Olhando para cima, os pássaros de Odin contornavam as muralhas. Desde sua visita, eles não haviam tentado entrar em contato novamente. Eu me peguei me sentindo obscuramente ofendido por causa disso, como se Odin tivesse me abandonado pela segunda vez.

Perguntei a mim mesmo: se ele quisesse minha volta à Asgard, com certeza teria pedido em pessoa, em vez de enviar aqueles pássaros idiotas, certo? Então, tendo falhado em me persuadir, por que desistiu tão rápido?

Ele que se dane, pensei, e me servi de outra garrafa do nosso minguante estoque de vinho. Não havia razão para tentar salvar nada daquilo; afinal de contas, os Mundos estavam prestes a se acabar em menos de nove dias. Talvez também acabe em festa.

Dez horas depois, sentindo ressaca e lamentando por mim mesmo, me arrependia da decisão. Eu podia ser o Rei dos Mundos, mas vômito espontâneo e uma dor de cabeça latejante não estavam entre as sensações que desejava ter nesse Aspecto. Encontrei-me sentindo profundamente a falta da minha forma pura e elementar, e desejando que, de algum jeito, pudesse voltar no tempo, sem nome, sem culpa, para o Caos.

Não havia chance alguma daquilo acontecer agora. Estava marcado. Tudo pelo qual eu poderia esperar era a chance de derrubar o maior número possível dos meus inimigos — e, com sorte, a Cabeça de Mímir — antes de entrar em chamas. Quanto a Heidi, prometi a mim mesmo que, se pudesse roubar sua chance de me entregar ao Lorde Surt, então talvez pudesse morrer feliz. Eu tinha o vislumbre de um plano — nada grandioso, mas era tudo no qual podia pensar na época — e, se funcionasse, disse a mim mesmo que talvez, apenas *talvez*...

Mas estou me adiantando. Isso aconteceu nove dias depois.

Deixei a minha tenda e meu círculo de fogos e caminhei sozinho até a margem da planície, onde ventos gélidos varriam o chão congelado e a neve era como estilhaços de ferro. Mesmo em minhas peles grossas eu sentia frio; meus pés estavam dormentes, minhas mãos eram garras e o ar em meus pulmões parecia ser feito de cacos de aço. Do outro lado da planície, eu podia ver o meu exército; minhas hordas de criaturas efêmeras, minhas legiões de mortos-vivos, minhas serpentes, trolls e lobisomens; meus navios e embarcações de fogo negro.

Acima de mim, Asgard. Desafiante, amaldiçoada, espalhando suas cores pelo céu. Perguntei-me se o Ancião me observava do seu trono. Permaneci no deserto e desejei que pudesse ver as estrelas, mas a luz das muralhas de Asgard e o brilho das fogueiras na planície de Ida as tornavam invisíveis.

Uma estrela apareceu. A *minha* estrela — Sirius — ainda deixava sua marca. Então, enquanto a observava, uma nuvem de fumaça subiu na planície a encobriu.

A escuridão me chamou. Eu tinha que obedecer. Chame isso de Destino, se quiser, ou predestinação, mas meu caminho estava escrito em runas de pedra, mesmo sabendo que ele me levaria à escuridão. O Ancião sabia antes mesmo de enviar seus pássaros que eu não cederia mais do que ele em meu lugar. Os Aesir cairiam. Asgard cairia. Os Vanir cairiam, e eu...

Bem. De qualquer forma, a culpa não era minha. Eu era uma vítima disso tudo tanto quanto os outros. Se os deuses tivessem confiado em mim, se Odin tivesse engolido seu orgulho, se eu não tivesse dado ouvidos à profecia três vezes maldita do Oráculo...

Em seu ninho sobre a Bifrost, eu sabia que Odin me observava. Mostrei-lhe o dedo. *Maldito seja. Malditos sejam todos eles.* Porque eu poderia ter parado tudo e o bastardo sabia disso. Mas, mesmo assim, seu orgulho colossal o impediu de pedir ajuda; em vez disso, enviara aqueles pássaros ridículos com suas *condições* e seu ultimato, mesmo precisando de tanto de mim que aquilo o estava matando.

Tudo bem, então. Deixe-o cair. Deixe o velho teimoso cair. Eu não derramaria uma lágrima sequer por ele. Deixe-o cair. E que seus últimos e desesperados momentos antes da morte sejam cheios de pesar, arrependimento e o conhecimento de que sua derrocada se deu somente por conta de seu orgulho monstruoso.

Ele me levou àquilo, disse a mim. Não levou?

Não levou?

LIÇÃO 5

Acertando as Contas

E lá se vai o livre arbítrio.

Lokabrenna

No NONO DIA, atacamos. Nove é o número perfeito. Nove Mundos: nove dias, nove noites até o fim dos Mundos. Há uma poesia curiosa em tal equação. Nove dias, nove noites. E, no nono dia, todos morreram.

Todos que importavam, quer dizer.

Obviamente o sol não apareceu naquele dia. Entretanto, seguimos a tradição e atacamos mais ou menos ao amanhecer. O Povo do Gelo e da Pedra fizeram um ataque mútuo ao norte e leste de Asgard, enquanto o restante do nosso exército se juntou para acabar com o restante do Povo e, enquanto o pessoal de Heidi saía da Floresta de Metal para desafiar a Bifrost, eu, em Aspecto de Incêndio, no leme do meu navio de fogo, liderava minha frota pela planície para dizimar o terreno com uma linha fina e vermelha.

Finalmente sabia o que fazer. Estava em meu elemento, acendendo a escuridão com explosões vermelhas e douradas, gloriosas e mortais; devorando madeira, osso e carne; chocando-me com alegria em aço. Em uma hora, os campos cobertos de neve de Ida eram nada além de uma rede de chamas e o parapeito reluzente da Bifrost estava vivo com figuras saltitantes. Lobos uivavam, bruxas voavam, criaturas efêmeras surgiam do Sonho para adquirir a forma que bem desejassem a partir dos medos daqueles que nos atacavam. Os deuses estavam em menor número, dez mil contra um. Lá estavam o Povo do Gelo, o Povo da Pedra e o Fogo Grego ao centro. E, na Ponte, nossos campeões, uivando sua provocação e fúria aos assediados Aesir. Fenrir, o Lobo; Jormungand, curvando-se em sua bainha de limo; e um hospedeiro de criaturas efêmeras repugnantes se arrastou para fora do leito do Rio Sonho.

O ar estava preto de fumaça e cinzas; a planície de Ida, escorregadia de sangue. É claro, em meu Aspecto de Incêndio, eu não podia ouvir o sangue em minhas veias, ou sentir o fedor da carnificina, ou ver as milhões de criaturas efêmeras voando como mariposas em direção à Ponte, ou sentir o gosto salgado do suor em minha língua ou o medo no fundo da minha garganta como um animal tentando fugir, ou ouvir o uivo da batalha como a voz de dez mil ventos.

Mas havia matança, delírio, alegria... e um tipo de pureza. Fazia tanto tempo desde a última vez que experimentei a excitação da destruição desenfreada, desimpedida por consciência, medo, culpa ou qualquer um daqueles outros sentimentos com os quais Odin me corrompera. Pela primeira vez em uma Era eu estava livre, e queria desfrutar de tudo ao máximo.

Lancei meu navio de fogo em direção à Ponte. Ele lançou uma mortalha sangrenta sobre a planície. Atravessando os Mundos como uma lâmina, cortando entre Morte, Sonho e além, liberando fragmentos de Caos no ar carregado e extasiado. Tudo que ficava entre Asgard e nós era a Ponte, encoberta pela aurora boreal, reluzente como a eternidade.

E, agora, uma figura veio se posicionar no meio dela, em sua estreita vastidão. Odin, em seu Aspecto total: lança em mãos, cores ao vento. Sleipnir estava ao seu lado, em Aspecto gigante, com as oito patas perpassando o céu como uma teia de aranha; um nimbo de chamas ao redor de ambos os deu um par de coroas. Tive que admitir que, naquele momento, havia algo magnífico no Ancião; algo nobre e melancólico que poderia *talvez* ter tocado meu coração... isso é, se eu tivesse um.

Conforme foi, livrei-me do meu Aspecto de Incêndio, a fim de melhor desfrutar da cena que estava prestes a se desenrolar à minha frente. O ruído da batalha se silenciou. Todos os olhos se viraram para a Ponte do Arco-Íris.

Agora Odin vem encarar o inimigo.
Contra o lobo Fenrir ele se põe.
Ele luta; ele cai. Preciso dizer mais?

O verso era tão claro quanto a fonte de Mímir, mas, ainda assim, eu não acreditava nele. Odin deve ter tido bastante tempo para analisar as entrelinhas do Oráculo, para entrançar a trama da profecia em algum tipo de rede de segurança. Eu o *conhecia*. Ele não seria tão gentil e, embora Fenrir fosse poderoso, uma parte de mim esperava — com medo — que a astúcia de Odin ainda pudesse vencê-lo.

Atrás de mim veio uma calmaria misteriosa enquanto as hordas do Caos aguardavam. Observei da proa de meu navio, nu, em Aspecto humano. Agora podia sentir o fogo em minhas costas, o frio no ar, a fumaça em meus pulmões. Todos os tipos de sensação me inundaram. Triunfo, admiração...

Esperança?

Ele olhou para mim do parapeito, seu único olho preenchido por fogo azul. Então ele ergueu sua lança de guerra e a arremessou na direção do navio de fogo.

Ele *estava* mirando em mim? Quem sabe? Se sim, errou o alvo. Vi o míssil vindo, xinguei e voltei ao Aspecto de Incêndio. A lança, com sua haste coberta por runas, atravessou o navio de fogo e atingiu a planície flamejante abaixo com uma erupção gélida de encantos. Ele deu mais um passo à frente e lentamente sacou sua espada mental.

— Fenrir, você está pronto? — perguntou Odin.

Deu-se uma onda de fedor. O Lobo Fenrir se apresentou. Fenrir, o Devorador; nove metros do focinho ao rabo, caninos do tamanho do braço de um homem, destemido como a fome encarnada. Por um momento, o Ancião e o Lobo se encararam em silêncio. Reassumi meu Aspecto humano para assistir; agora eu sentia os pelos da minha nuca se eriçarem como uma fileira de lanças em riste. Às minhas costas, todo o Caos observava; até mesmo os moribundos perceberam. Sabíamos que algo lendário estava prestes a acontecer. E então...

Eles se peitaram como espadas desembainhadas, suas sombras gigantescas saltando contra o manto da aurora boreal. Abaixo, na planície, os outros lobos uivavam em uníssono, um som assustador. Acima, Sleipnir, com as oito patas, girava sua teia de luz de runa.

Eles brigaram. Das muralhas de Asgard, figuras familiares observavam o embate, suas cores explodindo: azul, vermelho, dourado. Todos os meus antigos companheiros: Thor, Frey, Týr, Njord, Hoenir, Aegir, Heimdall. Todos assistiam em silêncio enquanto o Pai de Todos batalhava contra Fenrir, o Lobo, com o desespero crescente de um homem que sabe estar destinado a perder.

Não foi um combate elegante. O Ancião possuía seu encanto, suas runas e sua vontade teimosa para lutar. O lobo tinha astúcia e uma força feroz assim como a proteção da mãe. Ambos estavam ensanguentados, cansados e machucados; suas respirações eram uma cortina pálida contra a noite; abaixo deles, a planície de Ida estava queimada e salpicada de feitiços e runas quebradas.

Mas, no final, o Ancião não era páreo para a esperteza brutal e para o vigor do lobo. Sangrando em duas dúzias de lugares diferentes, ele caiu sobre um dos joelhos, e o lobo se aproximou para despedaçar sua garganta com uma única mordida.

No entanto, assim que Fenrir abriu suas mandíbulas para uivar sua vitória para a noite, outra figura surgiu na Ponte do Arco-Íris.

Era Thor, com Mjölnir. Seus passos balançavam a Ponte e fizeram com que pedras despencassem das muralhas de Asgard enquanto, em fúria, ele se arremessava na direção do lobo Fenrir, golpeando-o violentamente e fazendo com que ambos colidissem contra o parapeito da ponte e caíssem sobre o maior grupo de inimigos, que se espalharam a fim de evitá-los como corvos ao som de fogos de artifício.

Pedaços da Ponte caíram. Thor, em seu Aspecto completo, era grande demais para que uma estrutura tão delicada aguentasse, e a passagem, já comprometida pela briga, começou a ceder, as milhares de runas que constituíam seu comprimento se espalhando no ar enfumaçado. Em breve, tudo iria embora, não deixando meio de fuga algum para os deuses e abrindo o caminho para a minha frota.

Enquanto isso, no solo, o Deus do Trovão e Fenrir, o Lobo, se atracavam em um combate mortal. Por um momento, Thor ficou atordoado com a queda e eu esperava que o lobo acabasse com ele, mas então agarrou Mjölnir e, de repente, a luta voltou a acontecer. Precisão não era o forte de Thor, mas ele possuía força para compensá-la. O Mjölnir brilhou em sua mão; o Lobo saltou novamente, rosnando e revelando dentes gigantes.

Por um tempo, rodearam-se; Fenrir se esquivou dos golpes do martelo e Thor se debatia. O grande martelo se chocou contra a planície, abrindo crateras enormes de fogo onde quer que atingisse, reduzindo carne a cinzas, aço a estilhaços, osso a pó. Onde quer que batesse, o Deus do Trovão deixava um rastro de carnificina; fundindo até pedras a vidro. Finalmente, o golpe acertou, esmagando a coluna do meu monstruoso filho, que morreu ali, no campo de batalha, debatendo-se e rosnando seu ódio. Mais um para o Oráculo.

Enquanto isso, Thor caminhava pela planície em direção ao meu navio, usando seu martelo como um mangual, decepando-nos como milho maduro.

De longe, ouvi sua voz.

— Loki! Você é o próximo!

Mas ele nunca me alcançou. Meu segundo filho, o monstruoso Jormungand, notara a sua aproximação. Movendo-se escorregadiamente pela planície, destruindo tropas com seu fedor poderoso, a Serpente do

Mundo agora se movia em direção a Thor, com as mandíbulas enormes abrindo e fechando em limo e aço.

Thor o viu e se virou para lutar, mas a serpente já o engolia pela metade, o puxando para dentro daquela bocarra gigantesca como se ele fosse uma semente de melão.

Eu falei: *Esse é o meu garoto*, ou algo do gênero.

No entanto, Thor tinha o Mjölnir, e Jormungand possuía apenas seu monte de banha fétida. O poderoso martelo golpeou três vezes, mesmo enquanto Thor continuava sendo engolido pela garganta do monstro, seu veneno cascateando sobre seu corpo enquanto ele enviava o martelo para colidir contra a parte de trás da cabeça do monstro.

Jormungand engoliu convulsivamente. Thor se segurou com toda a força, como se sua vida dependesse daquilo. E, então, enquanto eu assistia, o Deus do Trovão cambaleou, livre das mandíbulas da Serpente, e Jormungand, morrendo e fora de controle, moveu-se com pressa pelo chão ainda semicongelado em direção a um lago de lodo e sangue antes de deslizar por debaixo da superfície.

Do parapeito distante de Asgard veio um grito de vitória. Mas a vitória foi curta. Thor deu nove passos para longe do lugar onde Jormungand dera seu último suspiro. Em seguida, soterrado pelo veneno do monstro, o Deus do Trovão desabou e morreu, conforme o Oráculo profetizou.

E lá se vai o livre arbítrio, disse a mim mesmo.

Depois daquilo, o Inferno aconteceu.

LIÇÃO 6

Acertando as Contas II

Então, qual seria a pior coisa a acontecer?

Lokabrenna

TENDO VISTO mortos seus dois maiores heróis, os demais Aesir e Vanir desistiram de qualquer pensamento estratégico. Lutaram onde estavam, nas muralhas de Asgard, sitiadas de todos os lados pela multidão. Algumas de nossas tropas cruzaram a Ponte e já desbastavam os parapeitos, desamarrando as milhares de runas que constituíam as muralhas reluzentes de Asgard. Alguns atacavam do céu, como pássaros, cobras voadoras ou dragões; outras vinham em enxames das profundezas de Ida, prendendo-se na superfície da rocha, e havia aquelas que atacavam diretamente do Sonho.

Bifrost estava a segundos de cair, estilhaçando-se em pedaços brilhosos e vítreos no campo de batalha. Minha tropa de fogo permaneceu pronta para cruzar, arqueando-se claramente em direção ao céu, consumindo tudo o que tocava.

Perdi meu senso de direção; no tumulto de fogo e fumaça, vi, de relance, meus antigos companheiros, suas sombras gigantescas contra o céu: Freia em seu Aspecto de Megera, movendo-se entre as criaturas efêmeras com a ferocidade que lhe era natural; Týr, cuja mão ausente fora substituída por uma luva de encantos, destruindo as multidões com sua espada mental;

Frei, que poderia ter usado a própria espada caso não a tivesse dado, lançando runas em direção à planície; Sif, em seu Aspecto Guerreiro, quase tão medonha quanto Thor, gritando vingança e assassinato.

Tenho que admitir, eles eram bons. Com a minha ajuda, minha lealdade, poderiam até ter sobrevivido ao ataque violento. *Aquilo* era o que mais me magoava, acho; o conhecimento de que, com a minha ajuda, poderíamos ter vencido a profecia. Poderíamos ter mantido Asgard. Poderíamos ter vencido. E, no calor da batalha, com fogo à esquerda e gelo à direita, com fumaça, gases, encantos e sangue pintando seu próprio arco-íris sombrio pelo céu, Seu Humilde Narrador foi de repente tomado por um tipo de clareza.

Olhei para cima, em direção às nossas muralhas, agora desmoronando sob o ataque. Olhei para Bifrost, sua curva brilhante vergando com o peso de uma legião. Mais uma vez assumindo minha forma de Incêndio, deixei meu navio de fogo e corri pelo campo de batalha ensanguentado, deixando um rastro em meu encalço, e saltei para a Ponte do Arco-Íris.

Lá, assumi meu Aspecto humano, vestindo nada além de fumaça e encantos, pronto para abater o inimigo na forma em que mais me conheciam.

Por que deixei a minha tropa, você pergunta? Bem, eu sabia o que vinha em seguida. Bifrost era o elo final na corrente que ligava os Mundos. Gullveig já havia aberto os portões do Sonho e da Morte. Restava apenas um: Pandemônio. O que significava que qualquer assunto pendente, contas a serem acertadas, por exemplo, teria que ser feito rapidamente, caso houvesse necessidade.

Então cruzei a Ponte do Arco-Íris no Aspecto de Loki, o Trapaceiro, assim que os últimos filamentos brilhantes que mantinham tudo junto se dissolveram como bolhas de sabão no sol. Estava desarmado, com exceção dos meus encantos; nunca me interessei muito por armas e, além disso, dessa vez não estava à procura de uma briga. Havia apenas um inimigo em Asgard que não se juntara ao embate, e por uma razão excelente. Ele já estava — pelo menos, tecnicamente —, morto, mas prometi a mim mesmo que aquilo não me impediria de torná-lo ainda mais morto.

O Oráculo. Aquela Cabeça três vezes maldita. A Cabeça de Mímir era a culpada por tudo aquilo. A maldita Cabeça e suas profecias. Por que demos ouvidos a ela?

Bem, eu disse a mim mesmo que se atingisse meu objetivo, ninguém mais a ouviria novamente. Enterraria aquela coisa tão fundo que mesmo o dragão na raiz de Yggdrasil não faria esforço algum para ouvi-la. Com aquela intenção em mente, saltei com rapidez da Ponte que desaparecia; me protegi com um feitiço de *Bjarkán*, deslizei por uma falange de criaturas efêmeras, pulei sobre os campos de batalha, desviei de algumas desavenças e me vi em Asgard mais uma vez, encarando o salão de Odin, seu telhado desmoronado e enegrecido.

Entrei. Estava vazio. O trono suspenso de Odin, tombado e esmagado. Mas a fonte de Mímir ainda permanecia intocada; os intrusos ainda não entendiam a real natureza do inimigo. Tão inofensivo, tão aparentemente morto, tão tranquilo em sua piscina escura, o Oráculo estava ali à minha espera, reluzindo discretamente, como se estivesse satisfeito, as feições calcificadas e brilhantes.

Permaneci ali, nu e coberto em fuligem, olhando para dentro da fonte de Mímir. Mergulhei as mãos e recuperei a Cabeça. Eu a levantei à distância de um braço.

— Seu desgraçado — falei. — Seu desgraçado de pedra sem corpo. Às favas com a sua profecia.

O Oráculo parecia mais convencido que nunca.

— Ei, não atire no mensageiro — disse ele. — Tudo que faço é dizer o que devo. O resto é por conta de vocês.

Olhei para o rosto calcificado.

— Não vem com essa. Descobri tudo. Sei que Heidi armou isso tudo. Vocês estavam juntos nisso.

O Oráculo brilhou.

— Você é um garoto esperto. Eu sabia que descobriria no final.

Rosnei.

— Vamos ver se você descobre *isso*.

Então enfiei a Cabeça debaixo do braço e voltei para os campos de batalha.

— Aonde você está indo? — perguntou o Oráculo.

— Vou te enterrar tão fundo que nem mesmo os Vermes te ouvirão.

— Por quê?

Seu tom fraquejou por um momento.

Eu ri.

— Não vem com essa — falei. — Tenho certeza de que morrerei, mas, se assim for, partirei sabendo que *você* estará onde merece.

— Onde? No Inferno? — perguntou o Oráculo, sorrindo com desdém. — Vá em frente, sem dúvida, me mande para lá. Estive esperando por isso desde a Antiga Era. Ou você acha que eu *gostava* daqui, estando à disposição de Odin, sabendo que ele me usara *duas vezes*, e incapaz de fazer qualquer coisa?

Ri.

— Não o mandarei para o Inferno. O Inferno é perto demais do Caos. O Caos fica muito perto de Heidi, em quem eu confiaria tanto quanto em uma foca faminta com um barril de peixes. Não, Velhote, me certificarei de que fique por perto por um *bom* tempo.

— O que quer dizer com isso?

Sua voz estava aguda.

— Você verá — respondi.

Sempre fui ligeiro em lançar runas. Dessa vez, trabalhei mais rápido que nunca; havia uma nuvem escura no céu ao leste, mais escura que a noite, e, se fosse o que eu pensava que era, não me restava muito tempo. Lancei com avidez uma dúzia de runas seguidas, torcendo-as juntas como os fios de uma rede de pesca. Assim que terminei, possuía algo parecido com uma cama de gato de luz de runas em minhas mãos, a qual prendi bem apertada em volta da Cabeça calcificada. Em seguida, permaneci na muralha e mirei bem para baixo, em um ponto a aproximadamente 150 metros de onde estávamos, onde Jormungand dera seu último mergulho.

— Espere — pediu Mímir. — Devemos conversar.

— Sobre o quê? — perguntei.

— Gullveig-Heid. Posso te contar tudo. Eu sei...

E foi então — naquele *exato* momento —, que Heimdall decidiu me atacar pelas costas, usando uma forma da runa de gelo *Hagall*, derrubando-me de lado e em direção a um parapeito que desmoronava. A Cabeça de Mímir caiu, quicando muralhas a baixo e rumo à planície em chamas, e eu me vi deitado de cara no chão em frente ao Douradinho, armado até os dentes e vestido com sua armadura mais pomposa.

Eu disse:

— Você não sabia que era uma festa? Deveria ter se esforçado.

Heimdall mostrou os dentes dourados.

— Fique de pé, escória — disse ele. — Estive esperando por isso.

Sorri.

— Sempre soube que você se importava.

A nuvem no horizonte ao leste se aproximava muito rápido. Pensei que teria um pouco mais de tempo... tempo para enfrentá-lo, talvez; para pular sobre as muralhas e gritar minha rebeldia contra tudo. Ainda assim, aquilo era melhor do que nada. Se eu fosse morrer em chamas, não poderia ter escolhido companhia melhor.

Assumi meu Aspecto de Incêndio e saltei em direção a Heimdall, com todas as cores flamejantes. Por um momento, ele se prendeu a mim, tentando encontrar um jeito de segurar minha pessoa em chamas. Nós lutamos, ele lançando runas para me imobilizar, eu o queimando com fogo e labaredas.

É claro que eu não tinha chance. Heimdall era mais forte e vestia armadura, e cedo ou tarde eu sabia que ele teria vantagem. Assim que pensei tê-lo sob meu controle — seu rosto parcialmente enegrecido, seus encantos se enfraquecendo —, o Douradinho lançou *Isa* e me congelou instantaneamente, arrancando-me de minha forma de fogo e me fazendo voltar ao Aspecto humano.

Por um momento, o tempo congelou. Eu podia sentir o ar escurecendo, o fedor das covas em chamas; podia ouvir a respiração do Vigia em meu ouvido e ver... Aquilo era uma estrela no céu sinistro? Era a *minha* estrela ali? Olhei novamente para o leste e vi a ponta negra de uma asa gigantesca saindo de uma nuvem sombria.

Então Heimdall olhou bem para os meus olhos e pulou das muralhas, carregando-me consigo pelo ar quente em direção ao campo de batalha destruído.

Eu ri. Ele era *tão* previsível. Adivinhei que me seguiria da Ponte para tentar acertar as contas comigo. Adivinhei que estaria completamente preparado para se sacrificar por minha causa. E, agora, ele encenava um salto duplo, assim que o fim chegava. Seguro na satisfação lúgubre de saber que, se tivesse que morrer, pelo menos me levaria junto.

Não havia muito tempo para lutar. Mesmo que eu tentasse escapar, *Isa* me impediria com rapidez. Tudo que eu podia fazer era assistir ao chão se apressando para me receber, parecendo bem rochoso, duro e cheio de buracos pegando fogo.

Então qual seria a pior coisa a acontecer? Pensei. *Hel não me deve um favor?*

Então algo rasou de um lado a outro do terreno como a sombra de um pássaro negro monstruoso, e o chão desapareceu, o céu desapareceu e um frio como o gelo de estrelas distantes caiu em um silêncio repentino.

Agora chega a conta final.
Agora vem o povo do Submundo.
Agora vem o dragão da escuridão, Morte,
Lançando sua asa de sombra sobre os Mundos.

Ao mesmo tempo, senti algo estalar dentro de mim, como um pequeno osso. Jamais tinha sentido aquilo antes, mas, ainda assim, sabia o que era. Dizem que você sabe instintivamente quando quebra um osso. Da mesma forma, eu sabia que acabara de sentir a runa *Kaen*, entregando o último de seus encantos, revertida por um golpe mental violento.

E eu sabia que a Morte não era problema meu. Não. Meu problema era bem maior. Aquela nuvem — a asa da escuridão — era Surt em seu Aspecto primário. Surt, o Destruidor, o Caos encarnado, o último governante do Submundo, invadindo os Mundos através do Sonho.

Eu disse:

— Ah, merda.

A noite caiu.

Ah, merda. Ao que diz respeito às últimas palavras, aquilo não foi o que você chamaria exatamente de memorável. Mas, enquanto a escuridão gélida caía, eu estava vagamente ciente de uma voz falando comigo muito de perto, como a voz do mar dentro de uma concha, antes da escuridão me engolir finalmente, corpo, mente e o que se passa por alma.

EPÍLOGO

Sempre veja o lado positivo.
E se não houver lado positivo?
Desvie o olhar.

Lokabrenna

TODOS PENSAVAM QUE EU ESTAVA MORTO.

Bem, tecnicamente falando, acho que estava... mas Sonho é um rio que corre pelos Nove Mundos e, no resultado do triunfo do Caos, meus Aspectos físico e efêmero estavam separados um do outro para sempre. O segundo foi arrastado não para o Inferno, onde eu esperava por uma dispensa prematura — Hel fizera um juramento, afinal de contas. Tais juramentos não são facilmente quebrados —, mas dentro do Submundo propriamente dito, a antessala do Caos.

Lá, o Sonho governa em sua forma mais sombria, e todo pesadelo é representado. O Caos não é leniente com aqueles que tentam desafiá-lo. Quem dirá com traidores... Eu, é claro, era os dois.

Não os entediarei com detalhes. Basta dizer que não era divertido. Uma cela construída a partir dos meus medos mais profundos e guardada por um demônio especialmente escolhido para me manter dócil.

Uma cobra, claro. Sempre é uma cobra.

Não era meu melhor momento.

Mas eu não estava sozinho ali. Aqueles que caíram *antes* da chegada de Surt foram levados direto ao Inferno; mas, quando a asa negra desceu e o Pandemônio foi liberado, alguns dos deuses sobreviventes foram arrastados para o Submundo comigo, enquanto o restante caiu na escuridão ou no Sonho, ou no Inferno, ou no Pandemônio. Gullveig-Heid tomou meu lugar junto a Surt, que a deu um Aspecto novo e flamejante. Agora ela era a Ambição Ardente, mais cruel e destrutiva que o Fogo Grego jamais fora. Bem, acho que mereceu. Eu meio que esperava sua ligação e uma visita em minha nova cela — para se vangloriar ou mostrar empatia —, mas isso nunca aconteceu.

Eu sei. *Não* foi um final feliz, mas você já sabia como isso iria terminar. Todo mundo morre, some ou desaparece em esquecimento. Vamos encarar os fatos, é assim que *todas* as histórias acabam, uma vez que você chega à última página. Não existe e-foram-felizes-para-sempre para ninguém, quem dirá para os deuses, que, caso tenham sorte, podem governar o mundo por um tempo antes que outra tribo assuma o papel.

Quanto a Asgard, ela também caiu sob a enorme asa de Surt, sobre a planície de Ida, cobrindo a maior parte do Fim do Mundo com encantos e fragmentos de runas quebradas.

E o Povo?

Efeito colateral, temo dizer. É muito difícil não pisar nas formigas quando você está lutando uma guerra em um formigueiro. Quando a escuridão veio... bem. O inverno fez o resto. Um inverno que durou cem anos, ou pelos menos é o que dizem os novos historiadores, trazendo novos deuses para uma Nova Era de Ordem e iluminação.

Mas estou me adiantando na história. Os Mundos como os conhecíamos chegaram ao fim. Ainda assim, os Mundos já haviam acabado antes, inúmeras vezes, e foram refeitos. Nada dura. A História tece seu fio, corta suas linhas, tece de novo, como o peão de uma criança, voltando ao início. O Oráculo sabia disso. É isso que aquelas últimas estrofes significavam: um novo mundo, surgindo das ruínas do antigo. É claro, não havia chance alguma de *nós* o vermos. Nosso tempo tinha chegado ao fim, o Oráculo deixara isso bem claro. E ainda assim...

E no que outrora fora um campo de batalha
Uma Nova Era desponta. Seus filhos
Encontram os tabuleiros de jogo dourados
Da reluzente Asgard, a decaída.

Viu o que o Oráculo fez ali? É isso que chamamos de provocador. Um gancho, lançado no final de um conto sugerindo uma continuação.

Eu não estava propenso a ir contra *isso.* A minha história precisava de uma sequência. De preferência uma na qual eu retornasse dos mortos, recuperasse meus encantos, salvasse os Mundos, reconstruísse Asgard e fosse recebido por todos como um herói e um vencedor. Mas, nesse oceano de sonhos mutilados, o que havia além de me prender ao menor dos palitos?

Novas runas virão aos herdeiros de Odin,
Novas colheitas serão acumuladas.
Os decaídos virão para casa. A criança
Libertará o pai.

Novas runas? Novas colheitas? Os decaídos voltarão? Aquilo me interessou estranhamente. Mímir estava fadado a dizer a verdade, embora nem sempre da maneira mais clara na linguagem. Ocorreu-me que, se ele *realmente* quisesse esclarecer para a gente quando fizera a profecia pela primeira vez, não teria escolhido versos como seu meio. Talvez, pensei, havia algo escondido no texto da profecia que Mímir não queria que soubéssemos. Se houvesse a menor chance que fosse...

Esperança, o mais cruel dos sentimentos, trazendo redenção em meio a dor, apenas para roubá-la novamente assim que o sofredor ousasse acreditar. Como eu odiava isso. E, ainda assim, mantive o pouco de fé que tinha. Sempre fui otimista. Aquelas últimas estrofes falavam comigo com uma intensidade especial.

É claro que o truque do Oráculo era baseado no fato de que todos ouvem da profecia aquilo que mais esperam ouvir, todos supõem que o verso se refere a *eles* em particular. Sempre havia a possibilidade de Mímir ter colocado aquela última parte apenas para atormentar Aquele que Vos Fala, oferecendo a esperança de escapar como o ouro no final do arco-íris, somente para desaparecer com ele toda vez que eu pensasse chegar perto.

Ainda assim, que outra escolha eu tinha? A parte final da profecia ainda estava aberta a interpretações. E, se eu conseguisse arrumar um jeito de lê-la ao meu favor, então era isso o que eu deveria fazer. Esqueça a Versão Autorizada. O Evangelho de Loki não estará completo até que todas as centelhas de esperança se apaguem. Então, aguardei na escuridão, sonhei e pensei comigo mesmo:

Que se faça a luz.

Que se faça a luz.

Que se faça...

A PROFECIA DO ORÁCULO

Eu conheço uma história sobre os filhos da terra.
Eu a conto, já que é o meu dever.
Sobre como nove árvores deram vida aos Mundos
Os quais gigantes vieram a reter.

Aquela foi a primeira Era, o tempo de Ymir.
Não havia terra ou mar.
Somente o vazio entre duas escuridões,
Nenhuma estrela a se observar.

Até que os filhos de Buri trouxeram a Ordem
Do Caos; luz
Da escuridão; vida que veio da morte,
E da noite, um dia brilhante.

Vieram os Aesir. Na planície de Ida
Os novos deuses construíram seu reino.
Aqui ergueram sua fortaleza, suas cortes,
Seus assentos de sabedoria.

Ouro possuíam em demasia
Do povo do Mundo Inferior,
Eles moldaram os destinos dos mortais
E selaram os seus, tempos atrás.

Do amieiro e do freixo,
Moldaram da madeira o primeiro povo.
Um deu espírito; outro deu a palavra;
Outro, no sangue, deu fogo.

Eu conheço um freixo poderoso que está de pé.
Seu nome é Yggdrasil.
Permanece eterno, duradouro,
Crescendo sobre a fonte da sabedoria.

Eu falo agora sobre a Feiticeira,
Gullveig-Heid, três vezes queimada, três vezes nascida,
Vidente, amante do Fogo
Vingativa, inflamada com desejo.

Eu falo agora sobre a guerra, porque assim devo
Da guerra contra os Aesir.
Os parentes de Gullveig, os Vanir
Bradam vingança por sua irmã.

Odin atira sua lança. Agora a guerra
É rapidamente desencadeada sobre nós.
As muralhas de Asgard são derrubadas;
O povo do Fogo, vitorioso.

Os Aesir reúnem-se em conselho.
Mas juramentos serão quebrados.
A Feiticeira fez seu trabalho.
O Oráculo avisou.

Mas eu vejo mais. Lá, o clarim de Heimdall
Encontra-se debaixo da árvore sagrada.
Na fonte de Mímir, o olho do Pai de Todos
Foi omitido. Você me ouvirá?

Vejo seu destino, filhos da terra.
Ouço o chamado da batalha.
Para cavalgar, o povo de Odin se prepara
Contra as sombras que caem.

Vejo um galho de visco
Manejado por um velho cego.
Esse, o venenoso dardo que tirará
De Asgard o filho mais amado.

Eu falo porque é o meu dever. A pira do funeral
Envia fumaça ao céu esmorecente.
Frigga chora lágrimas amargas... tarde demais,
Seu filho senta, em silêncio, ao lado de Hel.

Vejo alguém amarrado debaixo da corte,
Sob o Caldeirão dos Rios.
O miserável se parece com Loki. Sua esposa,
Sozinha, está ao seu lado enquanto ele sofre.

Eu falo pois eu devo. Três rios convergem
Sobre os deuses em seus domínios.
Do Leste, um rio de facas; do Norte
E sul, rios gêmeos de gelo e chamas.

Vejo um salão na costa da Morte.
Cheio de cobras e serpentes.
O Submundo, no qual os malditos
Aguardam o momento de seu julgamento.

Na Floresta de Metal, a Bruxa acorda.
O lobo Fenrir terá o seu dia.
Seus irmãos uivando nos céus;
O sol e a lua serão suas presas.

Noite cairá sobre os Mundos.
Ventos do mal silvarão e soprarão.
Um vazio entre duas escuridões...
Do que mais saberia o Ancião?

Agora gaba-se o frango dourado
Para chamar os Aesir ao inimigo.
E no silencioso salão do Inferno
Um galo vermelho como fogo cacareja.

O lobo uiva no portão do Inferno. A corrente
Se quebrou; o filho de Loki corre livre.
Ragnarök finalmente chega,
O Caos marcha rumo à vitória.

Agora vem a hora do machado e da espada;
Irmão matará irmão.
Agora vem a hora dos lobos; o filho
Em breve substituirá o pai.

Yggdrasil, o Freixo do Mundo
Balança onde está. O Vigia
Sopra seu clarim. Em Asgard,
Odin fala com a Cabeça de Mímir.

O lobo uiva no portão do Inferno mais uma vez.
O segundo filho de Loki se livra.
A Árvore do Mundo cai; a Serpente se contorce
Chicoteando as ondas com ira.

Agora vem um navio de fogo do Leste,
Com Loki de pé sobre o leme.
Os mortos revivem; os condenados são soltos;
Medo e Caos viajam com eles.

Agora chega o acerto final.
Agora vem o povo do Submundo.
Agora vem a Morte, o dragão da escuridão,
Lançando suas asas sombrias sobre Mundos.

Como vai o povo do Fogo?
E os deuses, como agora estão?
O dia do Ragnarök chegou.
Eu falo já que devo. Você ouvirá mais?

Chamas do sul. Gelo do Norte.
O sol cai do céu aos gritos.
A estrada para o Inferno está escancarada.
Montanhas se separam e bruxam voam.

Agora Odin vem encarar o inimigo.
Contra o lobo Fenrir ele se põe.
Ele luta; ele cai. Preciso dizer mais?
Thor vingará o Ancião.

Agora a serpente que enlaça o mundo
Ataca com fúria o irado Thor.
O Deus do Trovão vence a batalha, mas cai
Para a bocarra do monstro atroz.

Mais uma vez no portão do Inferno o lobo saúda
Os heróis de Asgard, um a um.
A batalha se enfurece, os Mundos colidem.
Estrelas caem. Novamente a Morte vence.

Eu vejo um novo mundo surgindo. Verde
E adorável do oceano.
Montanhas se erguem, torrentes claras correm,
Águias caçam por salmão.

E no que outrora fora um campo de batalha
Uma Nova Era desponta. Seus filhos
Encontram os tabuleiros de jogo dourados
Da reluzente Asgard, a decaída.

Novas runas virão aos herdeiros de Odin,
Novas colheitas serão acumuladas.
Os decaídos virão para casa. A criança
Libertará o pai.

Eu vejo Asgard de pé mais uma vez
Reluzindo sobre a planície de Ida.
Eu tenho dito. Agora eu durmo
Até que as marés do mundo se virem novamente.

Impresso no Brasil pelo
Sistema Cameron da Divisão Gráfica da
DISTRIBUIDORA RECORD DE SERVIÇOS DE IMPRENSA S.A.
Rua Argentina, 171 – Rio de Janeiro, RJ – 20921-380 – Tel.: (21)2585-2000